btb

Buch

Grete Millheim wurde als Kleinkind unter einem Straßenbaum gefunden, gehüllt in zu große Kleider, mit einem Schmuckstück in der Hand. Wer ihre Eltern waren – sie kann sich nicht erinnern. Grete kommt auch ohne Eltern ganz gut zurecht. Sie ist mittlerweile dreißig, arbeitet als Krankenschwester und lebt allein. Sie macht ihre Arbeit gern, genießt gelegentliche Männerbekanntschaften und bleibt doch von allem merkwürdig unberührt. Nachts wird sie von Träumen heimgesucht, die mit ihrer Vergangenheit zusammenhängen. Als sie auch noch anonyme Briefe erhält, in denen jemand behauptet, sie zu kennen, verliert sie allen Gleichmut und macht sich auf die Suche nach ihrer Vergangenheit. Die Spur führt zu zwei verfeindeten Schwestern und dem Porträt einer Frau, die Grete seltsam bekannt vorkommt. Doch erst in dem alten Bauernhaus am Moor findet sie den Schlüssel zu ihrer Geschichte und kann endlich anfangen, wirklich zu leben.

Autorin

Karola Weibezahl wurde 1971 geboren und lebt in Neustrelitz, Mecklenburg-Vorpommern. »Das Herbstkind« ist ihr erster Roman.

Karola Weibezahl

Das Herbstkind

Roman

btb

Umwelthinweis:
Alle bedruckten Materialien dieses Taschenbuches
sind chlorfrei und umweltschonend.

btb Taschenbücher erscheinen im Goldmann Verlag,
einem Unternehmen der Verlagsgruppe Random House GmbH.

1. Auflage
Deutsche Erstveröffentlichung Oktober 2003

Umschlaggestaltung: Design Team München
Umschlagfoto: Wolf Huber
Satz: IBV Satz- und Datentechnik GmbH, Berlin
SR · Herstellung: Augustin Wiesbeck
Made in Germany
ISBN 3-442-73063-5
www.btb-verlag.de

FÜR TRUDI

KAPITEL 1

Schon immer war ich ein Herbstkind. Meine ersten Erinnerungen sind der Geruch von nassem Laub und ein Nebelfilm auf meinem Gesicht. Ein dazu passendes Bild habe ich nicht in meinem Kopf. Als ich auf einem vergilbten Kalenderblatt ein Moor sah, in dessen Mitte kahle Bäume standen, die wie tote Finger in den Himmel griffen, spürte ich leises Wiedererkennen. Ich ließ diesen Anblick durch die dunklen Regionen meines Gedächtnisses wandern und horchte in mich, ob sich Zweifel an seiner Wahrhaftigkeit regten. Drei Dinge: nasses Laub, Nebel, Bäume im Moor. Sie bildeten eine Kulisse. Verschwommene Schatten begannen sich vor dem Hintergrund zu bewegen. Ich hörte eine leise Stimme. Die Härchen an meinen Armen richteten sich auf, ein Frösteln überkam mich. Ich versuchte meine Gedanken festzuhalten, doch die Umrisse verwischten sich, die Konturen lösten sich auf. Zurück blieb nur eine grauschwarze Nebelwand …

Am 29. Oktober vor siebenundzwanzig Jahren fand man mich, ich war ungefähr drei Jahre alt, unter einer Birke am Straßenrand. Ich hatte mich in ein Männerjackett gekuschelt und spielte mit dem Schnürsenkel des einzelnen Schuhes, den ich trug. Der Herbst in jenem Jahr war sonnig, mild und trocken. Ein alter Herr sah mich zuerst. Er sprach mich an, doch ich reagierte nicht. Er hockte sich neben mich und wollte mich bei der Hand nehmen, doch jede Berührung brachte mich zum Weinen. So setzte er sich zu mir unter den Baum und wartete. Irgendwann schlief ich ein, und er trug mich in die Stadt.

Mein neues Leben begann nur wenig später. Helle Wände und der Geruch nach Desinfektionsmitteln. Ein Krankenhaus. Milchsuppe, weiße Kittel. Das Echo von Stimmen in den Gängen. Ich wurde in ein Kinderheim gebracht, und schließlich, noch bevor ich begriff, dass ich eine Heimatlose war, fand ich ein Zuhause. Es lag nicht weit von dem Ort meines ersten Auftauchens entfernt.

Der Mann, der mich zu sich nahm, war Polizist. Seine Frau nähte ab und zu, sie ging selten aus dem Haus. Die beiden hatten einen erwachsenen Sohn, dessen zögerndes Kommen und wütendes Gehen ich mit Furcht beobachtete. Ich dachte, er könnte mir meinen Platz in dieser Familie streitig machen. Er würde mein Zimmer, mein Bett, mein Spielzeug fordern und mich wegschicken. Und wohin sollte ich dann? Doch irgendwann kam er nicht mehr zu meinen neuen Eltern. Sie schienen nicht zu wissen, wo er lebte und was er tat. Es wurde nicht über ihn gesprochen. Sie redeten sich ein, ihn nicht zu vermissen. Vielleicht wollten sie mit mir die Lücke füllen, die er hinterlassen hatte. Vielleicht hatten sie an einem Kind etwas gutzumachen. Auf jeden Fall sollte ich die blasse Frau, die stets ein Nadelkissen am Handgelenk trug, aus ihrer Schwermut reißen. Doch ich war still, unnahbar und selbst stets in Gedanken versunken. Ich hatte es gut. Ich hatte alles. Ich bekam, was ich brauchte.

Im Krankenhaus hatten mich die Schwestern »Gretel« genannt, das verirrte Mädchen. Manchmal hätte ich gerne meinen richtigen Namen gewusst, doch eigentlich konnte ich als »Grete Millheim« ganz gut leben. Als mein Geburtstag war der 29. Oktober festgelegt worden.

Meine richtigen Eltern wurden nie gefunden.

Als ich ungefähr acht Jahre alt war, begannen meine Albträume. Ich fürchtete mich vor der Nacht und versuchte mich wachzuhalten. Manchmal sah ich mich selbst, wie mir der Kopf vor Müdigkeit zur Seite fiel. Und dann erschienen die Bilder.

Ein schwarzer Vogel steht mit dem Rücken zu mir auf einem sandigen Weg. Die Sonne geht unter, versprüht warme Farben, und der Mond erscheint groß und klar am Himmel. Der Vogel dreht den Kopf zur Seite und sieht mich an. Mit stahlblauen Menschenaugen. Er bewegt sich nicht, nur seine Lider zwinkern. Staub wirbelt in meine Richtung. Wolken türmen sich auf, rasend schnell und so dicht, dass kein Licht sie durchdringt. Um mich herum wird es dunkel. Das leise Pfeifen des Windes schwillt an, und mehr, als ich den Luftsog spüre, ist es das Heulen, das mir sagt, ich befinde mich inmitten eines Sturms. Ich reibe meine brennenden Augen, doch ich kann nichts sehen. Schlagartig, gerade, als meine Ohren sich an den Lärm gewöhnt haben, verstummt jedes Geräusch. Sandige Tränen laufen mir über das Gesicht. Die Wolken verlieren an Substanz, werden transparent und geben mit dem Mondlicht meinen Blick frei. Der Vogel liegt steif auf der Seite, und während ich laufe, so schnell ich kann, sehe ich, wie fette weiße Maden aus seinen Augen quellen.

Manche Nächte kam mein Vater und trug mich in das Ehebett. Meine Mutter streichelte meinen Kopf und murmelte leise Worte. Die Angst löste sich auf. Die Gewissheit, in der Nähe meiner Eltern zu sein, nicht mehr allein zu sein, ließ mich ohne Furcht einschlafen. Ich konnte mich ausruhen.

Als ich mit siebzehn Jahren aus dem Haus ging, gab mir mein Vater eine Kiste aus Sperrholz. Die Sachen darin hatte ich getragen, als ich aus dem Nichts gekommen war. Ein kleiner Lederschuh mit einem mehrfach geknoteten Schnürsenkel. Braune Wollstrumpfhosen, an den Zehen mit verschiedenfarbigen Garnen grob gestopft. Ein gelbes, zerschlissenes Sommerkleid. Und das alte Jackett. Auch nach diesen vielen Jahren roch es noch nach Öl und muffigem Schweiß.

Alle Zeitungsartikel, in denen meine Eltern gesucht wurden, waren sauber ausgeschnitten und mit einer rostigen Büroklammer zusammengeheftet. Auf dem Boden der Kiste lag, in ein Leinentaschentuch gewickelt, eine Kette aus geflochtenem Silber. In der Mitte bogen sich die Drähte wie ein Netz auseinander und hielten eine große blaue Glasperle. Das Metall war schwarz und abgegriffen, die Perle stumpf und zerkratzt. Als Verschluss dienten zwei ineinander greifende Haken, einer war so weit aufgebogen, dass er nicht mehr hielt. Woher ich dieses Schmuckstück hatte, wusste ich nicht. Wenn ich das kalte Glas der Perle in der Hand hielt, blieb mein Gedächtnis schwarz. Ich tastete es mit suchenden Augen ab. Irgendwann würde ein Lichtblitz ein Bild erscheinen lassen. Eine Erinnerung würde sich auftun, vielleicht nur für einen kurzen Moment, doch sie würde eine Kettenreaktion auslösen. Sie wäre der Anstoß, sie wäre das Urbild, der Faden, an dem ich den Schleier von meiner Vergangenheit ziehen könnte. Aber noch war es nicht so weit.

Nach meinem Umzug in die Stadt versuchte ich, etwas über meine Eltern herauszufinden. Als sich nach einigen Jahren nicht der geringste Hinweis ergeben hatte, redete ich mir ein, es wäre nicht so wichtig. Das Rätsel meiner Herkunft blieb ungelöst. Der Wunsch nach Aufklärung flackerte manchmal auf und verschwand wieder in den täglichen Dingen. Eine leise Unzufriedenheit nagte an mir, bestimmte den Verlauf meiner Zeit und meinen Umgang mit anderen. Sollten mich doch alle in Ruhe lassen. Sollten sie sich doch mit ihren lächerlichen Problemen beschäftigen. Sollten sie doch denken, ich wäre genauso wie sie und könnte sie verstehen. Sollten sie doch. Aber ich verstand gar nichts. Ich begriff ihre Unzufriedenheit nicht. Warum versteckten sie ihre Normalität, warum wollten sie interessanter sein, als sie waren?

Merkwürdig, wie sehr sie sich mit sich langweilten. Und wie selbstverständlich ihnen all das war, was ich so gerne gehabt hätte. Herkunft, Vergangenheit, Familie. Sie mussten sich nicht ständig dieselben Fragen stellen. Wer bin ich? Wo komme ich her? Was ist passiert? Wie heiße ich? Niemand ahnte, wie schwer es mir fiel zu akzeptieren, dass es keine Antworten für mich gab. Und immer, wenn ich dachte, jetzt habe ich es geschafft, es brennt nicht mehr in mir, ich kann doch auch unwissend gut leben, stürzte meine mühsam aufgebaute Fassade in sich zusammen, fiel in das dunkle Nichts meiner Erinnerung und alles begann von vorn. Wer bin ich? Wie heiße ich? Was ist passiert?

Ich arbeitete in dem Krankenhaus, in dem ich schon Lernschwester gewesen war. Nicht, weil ich mir nichts Besseres vorstellen konnte, sondern weil ich Veränderungen nicht mochte. Manchmal fragte ich mich, ob das nun alles gewesen sei. Immer dasselbe, jeden Tag. Wie es wohl wäre, nicht hier zu sein? Wären die Patienten andere? Die Ärzte, die Schwestern? Ich könnte doch einfach weggehen, nichts hielt mich hier. War es das, was ich wirklich wollte? Schließlich musste ich mitnehmen, was ich so gerne losgeworden wäre – meine Vergangenheit, über die ich nichts wusste.

Ich hatte zwei kleine Zimmer im Schwesternheim angemietet. Unter mir in dem dunklen Gebäude wohnten die Mädchen, die in die Stadt gekommen waren, genauso wie ich vor dreizehn Jahren, um im Krankenhaus zu lernen. Jeden Abend hörte ich ihr Lachen dumpf zu mir hallen. Meine Wohnung hatte hohe Räume und war eher kühl. Stuck und Eichenparkett gaben ihr einen leicht aristokratischen Hauch. Die neutrale Umgebung meiner Kindheit schien immer dankbar für den Einfluss ihrer Bewohner gewesen zu sein. Jede Fotografie, jede Blumenvase und sogar der Stapel alter Zeitungen waren die Markierungen der Menschen, die dort lebten. Hier, unter dem Mansardendach, hallten die Geräusche als Echo von den Wänden. Die schweren Türen fielen nicht zu, sie saugten sich in ihre Rahmen. Diese Wohnung war ein selbstständiges Wesen. Das Rauschen in den Heizungsrohren war ihr Atem, das Knarren der Dielen ihre Stimme. In den ersten Monaten redete ich mit ihr, um mit ihr warm zu werden. Sie war eine vornehme Dame, sehr zurückhaltend und sehr moralisch. Auch als wir uns aneinander gewöhnt hatten, wurde sie nicht meine Freundin, dafür missbilligte sie zu sehr, was ich in ihr trieb. Meine Besucher nannten sie ungemütlich. Die meisten waren abgeschreckt von ihren klaren, scharfen Linien und kamen nie wieder. Wir ähnelten uns, die Wohnung und ich, und wir waren zufrieden miteinander. Sie gab mir Schutz, und ich ließ ihr ihren Stolz. Und wenn ich auf einem der breiten Fensterbretter saß, mit einer Tasse Milchkaffee in der Hand, und die Triebe des wilden Weines an die Scheiben schlugen, als klopften sie an, war es fast so, als wäre ich zu Hause. Oft hockte ich, wenn im Herbst und Winter die Sicht durch die kahlen Bäume frei war, auf meinem Aussichtspunkt im Schneidersitz, den Kopf in den Nacken gelegt, und beobachtete das Treiben im Krankenhaus. Die schnellen Schwestern, die bedächtigen Ärzte, die schleichenden Patienten. Die Neonröhren in den Fluren flackerten, als wären sie der Pulsschlag des Gebäudes. Menschen huschten als kurze Reflexe vor den erleuchteten Fenstern vorbei. Ein Park umschloss das Gelände mit seinen zwei Meter hohen Hecken wie eine derbe Haut. Seine ausgetretenen Wege führten wie Nervenbahnen zu den Eingängen der Klinik und verschwanden dort. Und ich saß hier bei mir über allem.

Ich war sechzehn, als ich das Krankenhaus das erste Mal sah. Meine Eltern hatten seit Monaten versucht, mir diesen oder jenen Beruf schmackhaft zu machen. Schneiderin, Sekretärin, Erzieherin? Nein, nein, nein. Ich reagierte beleidigt auf jeden Vorschlag, der meine Zukunft betraf. Ich pubertierte still vor mich hin, und meine unentschlossenen Hormone schickten mich nach jeder vernünftigen Einsicht in tiefe Depressionen, bis ich wusste, was ich wollte.

Polizist werden wie mein Vater. Anerkannt werden für das, was ich tat. Wichtig sein und von jedem auf der Straße respektvoll gegrüßt werden. Doch statt sich über meine Entscheidung zu freuen, auf die sie gewartet hatten, reagierten meine Eltern entsetzt.

»Auf gar keinen Fall!«, sagte der Polizist in der Familie. Und: »Aber Kind, die furchtbaren Leichen!«, meine Mutter.

Lange brauchte ich, um mich durchzusetzen, dann meldeten sie mich zum Aufnahmetest an. Ich nahm jede Hürde mühelos. Ich lief schneller als die anderen und sprang weiter. Ich war sicher, ich könnte es schaffen. Bis ich auf den Psychologen traf, einen älteren Mann mit rotem Gesicht und schwitzenden Händen. Er begann harmlos, fragte mich, warum ich zur Polizei wollte, und machte sich fortwährend Notizen. Wie selbstverständlich duzte er mich, was mich ärgerte, schließlich war ich erwachsen. Dann fing er an, mich zu provozieren. Er konstruierte ein Szenario, in dem ich mich allein in einer ausweglosen Situation befand.

»Stelle dir vor, drei betrunkene Männer kommen auf dich zu und wollen dir etwas tun. Was machst du?«, sagte er.

Ich fragte nach Details. Wie groß die Männer waren, wie weit weg und was sie von mir wollten.

»Das ist egal«, antwortete er. »Triff eine Entscheidung. Wie reagierst du?«

Ich entschloss mich dazu wegzulaufen und wurde mit dem Vermerk »Zu wenig Selbstvertrauen« aussortiert. Die richtige Antwort nannte er mir nicht. Vielleicht hätte ich die Männer erschießen sollen.

Nach dem missglückten Test verschwand mein Interesse an einem Beruf wieder. Wozu brauchte ich eine Zukunft, wenn ich nicht einmal eine Vergangenheit hatte? Mein Vater verlangte eine Entscheidung, ich reagierte nicht. Er hasste unentschlossene Menschen. Er malte mir ein Leben am Herd mit vielen Kindern aus. Nach einer biederen Ehefrau machte er eine alkoholabhängige Obdachlose aus mir. »Jeder Mensch braucht eine Aufgabe!«, schrie er und schlug bei jeder Silbe auf den Tisch. Ich antwortete ihm, ich hätte genügend damit zu tun, meine richtigen Eltern zu finden, die mich nie zu etwas drängen würden, wenn ich es nicht wollte. Mein Vater hob noch einmal kurz die Hand, sie schwebte über dem Tischtuch, als wüsste sie nicht, in welche Richtung sie wollte, bevor sie sich wieder langsam senkte. Dann stand er auf und ging schweigend aus dem Raum. Er sprach erst wieder mit mir, als ich ihm sagte, ich könnte mir, eventuell, vielleicht und vage, vorstellen, mit Menschen zu arbeiten und ihnen zu helfen. Daraufhin fuhr er mit mir in die Stadt zur Klinik.

Wir waren zu früh und setzten uns auf eine Bank in den Park, weit weg von den Wegen, auf denen die Patienten gingen. Kastanienblätter segelten langsam vor meine Füße, sie raschelten leise. Die Schatten der alten Bäume waren kurz und zeichneten sich scharf auf den satten Grasflächen ab. Es war Ende September, und obwohl die Sonne den Eindruck eines Spätsommertages vermittelte, roch ich den Herbst. Ich fühlte mich ruhig, zufrieden und willkommen.

Wenn ich hier bliebe, könnte ich jeden Tag durch den Park gehen. Ich könnte meine Hände an die Rinde der Bäume legen, ich könnte mit den Fingern durch die Zweige der Hecken fahren, würde spüren, wie sie über meine Lebenslinien kratzten. Ich könnte mich unter die Rotbuchen setzen und das Licht durch ihre Blätter filtern lassen. Im Herbst könnte ich das gefallene Laub mit den Schuhen vor mir her schieben. Im Winter würde der Schnee durch die kahlen Äste auf mein Gesicht wehen. Und wie ein Kind, das seine Entscheidungen nicht erklären kann, wusste ich, dass ich hier bleiben wollte. Auch wenn ich dafür Krankenschwester werden musste.

Mein Leben lief ruhig vor sich hin. Ich ging nach jedem Dienst eine Weile spazieren. Ich liebte diese Stille im Park. Manchmal traf ich Patienten oder andere Schwestern. Wollte ich allein sein, setzte ich mich auf die Bank an der Garage des Fuhrparks, und wenn nicht gerade ein Krankenwagen mit Blaulicht ausrückte, störte nichts meine Gedanken. Hier hatte ich den ersten Mann meines Lebens getroffen, Tobias, einen Sanitäter. Wir hatten eine gute Zeit, die Beziehung zerbrach erst nach Jahren. Später kamen Ärzte, Pfleger und manchmal auch Patienten. Keiner blieb länger als ein halbes Jahr. Manchmal hatte ich Affären mit verheirateten Männern, manchmal lebte ich wie eine Nonne.

In einer Freitagnacht wurden drei Patienten zu mir auf die Station gelegt. Eine stark alkoholisierte Frau, um die 60 Jahre alt. Eine 76-Jährige, die sich beim Sturz aus dem Bett die Hüfte gebrochen hatte. Und eine 17-Jährige mit tiefen Schnittwunden im Gesicht. Ich tat das Notwendige, die Betrunkene ließ ich mir bis zum Schluss. Man hatte sie mit Armen und Beinen an eine Trage gefesselt, weil sie bei der Aufnahme den Pfleger in die Hand gebissen hatte. Sie schlief, als ich sie in das Stationsbad schob und Wasser in die Wanne ließ. Ich löste die Gurte, und sie öffnete kurz die Augen. Sie lächelte mich selig an, als wäre ich ein schöner Traum. Problemlos konnte ich ihr die schmutzige Wäsche ausziehen.

Was diese gefallene Existenz an Kleidung trug, passte überhaupt nicht zu ihrem Zustand. Es war aus edelstem Material. Zwei meiner Monatsgehälter hätten nicht ausgereicht, mich auch nur annähernd so einzukleiden. Jetzt waren Kaschmir und Seide von Erbrochenem durchtränkt. Ich holte eine Plastiktüte und tat alles mit spitzen Fingern hinein.

Ich hob die nackte Frau mühelos ins Wasser, sie war viel leichter, als ich angenommen hatte. Ich wusch sie, sie wachte auch nicht auf, als ihr Gesicht in das Badewasser tauchte. Ihr Körper war gepflegt und wirkte merkwürdig unbenutzt. Sie war attraktiv, allerdings nicht auf eine ihrem Alter angemessene Weise. Eher wie ein nicht mehr ganz junges Fräulein, das fürchtet, seine Schönheit könne durch fremde Berührungen leiden.

Das Gesicht der Frau bildete einen harten Kontrast zu ihrem Körper. Es war hager, und das grelle Make-up lief in den tiefen Falten aus. Die geschlossenen Lider deckten große Augen ab. Ich konnte mir den naiven Ausdruck in ihrem Blick vorstellen. Sie reckte sich meinem Seifenlappen entgegen, die reibenden Bewegungen gefielen ihr. Ich fragte mich, ob sie jemals von einem Mann berührt worden war. Auf mich wirkte sie wie eine alte Jungfer.

Betrunkene Patienten hatte ich viel zu häufig zu versorgen. Sie waren schmutzig, nicht bei Sinnen und stanken zum Erbrechen, aber eigentlich hatte ich sie gern. Ich nahm es ihnen nicht übel, dass ich ihre Körperflüssigkeiten berühren musste. Mir war es vor ungefähr sechs Jahren ähnlich ergangen. Ich hatte etwas getrunken, Wein glaube ich, und war frierend in einem Bett meiner Station wieder aufgewacht. Man hatte mir den Magen ausgepumpt, der Schlauch hatte seine Spuren in meinem Kehlkopf hinterlassen, das Schlucken tat noch tagelang weh. Ich wusste nichts mehr von den Medikamenten, die ich genommen haben soll. Tagelang schlich ich mit weichen Knien durch die Gänge. Mehrmals wurde mir die Frage gestellt, ob ich denn sterben wollte. Ich konnte darüber nur lachen. Dann war ich mir nicht mehr sicher. Manchmal fand ich den Gedanken nicht schlecht.

Später hatte ich einen Traum, in dem ich es wirklich tat. Ich fühlte mich krank, einsam und leer und wollte es wissen.

Ich sehe mich an den Arzneischrank gehen und ein Tab-

lettenröhrchen öffnen. Ich schütte mir den Inhalt in die Hand, es sind kleine, blaue Perlen. Sie schmecken staubig, fast wie Kreide. Deutlich kann ich spüren, wie die krümelige Substanz das Innere meines Halses zerkratzt. Vor mir öffnet sich ein langer, weißer Korridor, eine enge Gasse. Eine Tür schwingt auf. Und wieder ein Gang und noch eine Tür. Stimmen murmeln einen Singsang, eine Art Melodie, eine ständige Wiederholung. Ich bin in einer Zeitschleife gefangen. Aber ich kann noch denken. Eigentlich hatte ich nur sterben wollen, um die Stimmen in meinem Kopf zum Schweigen zu bringen. Was mache ich denn jetzt? Befinde ich mich in der Hölle und muss meine letzte Handlung wiederholen, also denken? Die Ewigkeit ist in meiner Vorstellung anders gewesen.

Ich hob die Frau aus der Wanne und brachte sie ins Bett. Sie war eine Versagerin, so wie jeder ein Versager war, der in diesem demütigenden Zustand eingeliefert wurde. Ich hatte zwei von ihnen die Woche, die Männerstation ungefähr zehn. Sie gaben mir das Gefühl, glücklich sein zu müssen. Manchmal beneidete ich sie darum, sich einfach gehen lassen zu können. Doch meistens hatte ich Mitleid mit ihnen, und Mitleid war in einem Krankenhaus ein seltenes, kostbares Gefühl.

Die nächste Nacht borgte man mich an die Notaufnahme aus. Ich ging nicht gern, denn hier herrschte die Meinung, dem fremden Personal müsse das Arbeiten erst beigebracht werden. So klebte ich Pflaster und legte Verbände an. Ich ließ die üblichen dummen Bemerkungen über mein sonst so ruhiges Schwesterndasein über mich ergehen.

»Hier sind Sie am Puls der Zeit, hier dürfen Sie richtig arbeiten und nicht nur den Blumen frisches Wasser geben.« Oder: »Das nennen Sie eingipsen? Sie rühren da oben wohl nur Gesichtsmasken an?«

Ich setzte mein »Lasst mich doch alle in Ruhe«-Gesicht auf und wünschte mir eine ruhige Minute. Gerade als ich dachte, ich könnte mich endlich einen Moment setzen, wurden mir zwei Gestalten zugewiesen. Sie trugen karierte Hemden und schmutzige Jeans. Einer von ihnen hatte ein großes, violettes Veilchen, die Augenbraue war aufgeplatzt und tropfte noch. Der andere tastete sich abwechselnd Kinn, Schulter und Brustkorb ab. Ich tippte wegen des Biergeruchs, der von ihnen ausging, auf eine Kneipenschlägerei, und lieferte den Unblutigen bei der Röntgenschwester ab. Dann widmete ich mich dem demolierten Gesicht. Ich wischte die Wunde sauber und klebte den klaffenden Spalt zusammen. Das Auge schwoll zusehends an und verlieh dem Patienten einen schläfrigen Ausdruck. Beim Abwaschen der Krusten kamen noch eine gespaltene Oberlippe und ein angeschlagenes Jochbein zum Vorschein. Ich tupfte mit einem Wattebausch über die Haut und wünschte den Arzt herbei, der die Naht machen sollte, um endlich zu meiner Pause zu kommen. Ich drückte meinem tausendsten Patienten ein Glas Wasser in die Hand und bückte mich, um die Blutspuren vom Fußboden aufzuwischen.

»Viel los hier?«, hörte ich das Gesicht murmeln.

»Mhmm.«

»Lange keine Pause gemacht, was?«

»Mhmm.«

»Tut mir Leid, das Blut hier überall«, nuschelte er.

»Mhmm.«

»Sind Sie immer so gesprächig?«

»Ja.« Wo war der Arzt?

»Wann kommt der Arzt?«

»Jeden Moment«, sagte ich. Hoffentlich, dachte ich.

Dann schwiegen wir uns an, bis sich die Tür öffnete. Ein grüner Kittel, er kam mir bekannt vor, betrat den Raum. Ich machte mir nicht die Mühe, seinen Namen zu lesen. Ärzte gab es hier zu Dutzenden. Sie kamen und gingen, und sie waren nie da, wenn man sie brauchte. Außerdem waren die meisten besonders unhöflich, so wie dieser hier.

»Na, Schwester …«, er starrte mein Schild an, bis ich »Grete« sagte.

»Gehen Sie nachher mit mir etwas essen?«

»Nein.«

»Na gut, dann wechseln Sie doch bitte dem Opa in Zimmer fünf die Windeln.« Er grinste mich an.

Eine halbe Stunde später schlich ich mich davon. Ich setzte mich an den hintersten Tisch in der Cafeteria und schlürfte meinen Kaffee. Mir war kalt vor Müdigkeit, und die bittere Flüssigkeit ließ mich zusätzlich frösteln. Ich dachte mir eine Erklärung für mein unerlaubtes Weggehen aus, falls mich jemand sehen sollte. Gleichzeitig nahm ich mir vor, nicht zu lügen. Ich war seit neun Stunden ununterbrochen auf den Beinen und hatte etwas Ruhe verdient. Meine beiden letzten Patienten kamen in den Saal und setzten sich an den Nachbartisch. Ich ignorierte sie und träumte vor mich hin. Ab und zu fing ich Satzfetzen ihres Gespräches auf.

»… muss noch einige Tage hier bleiben …«

»… schade, der Auftrag …«

»… auskurieren …«

»… nette Schwestern …«

»… nee, nicht die da …«

Ich schielte zur Seite. Der mit der Kopfverletzung grinste. Ich zeigte ihm meine Zunge und ging wieder an die Arbeit.

Schlafen! Einfach nur schlafen. Feuchter Wind schlug mir stechend ins Gesicht. Ich drehte den Kopf hin und her, die Schultern taten mir weh. Ich schloss die Augen und trottete blind den ausgetretenen Pfad zum Schwesternheim. Morgens war es hier im Park besonders friedlich. Im Sommer schlief ich manchmal auf meiner Bank ein und wachte erst

Stunden später wieder auf. Ich konnte so schön entspannen im Freien. Ich stolperte und öffnete die Augen. Ich war im Gehen eingenickt.

Und wieder eine Nacht. Dann noch eine und noch eine. Und dann die letzte in dieser Woche. Und zum Glück keine davon mehr in der Notaufnahme. Die betrunkene Frau, jetzt ausgenüchtert, war immer noch auf meiner Station. Greber hieß sie. Lotte Greber. Sie schlief leise röchelnd. Unruhig wälzte sie sich hin und her. Die Patientin neben ihr weinte leise, ich ignorierte es, bis sie schniefend aufstand und steif durch den Raum lief. Vom Bett zur Tür, zum Fenster und zurück. Fenster, Tür, Bett. Bett, Tür, Fenster.

»Schmerzen?«, fragte ich schließlich, und sie nickte.

Ich machte die Lampe auf ihrem Nachttisch an und winkte sie zu mir. Ihre beiden Arme waren verbunden, Wundwasser hatte den Mull durchnässt. Ich wickelte die Binden ab. Brandwunden. Ich hasse Brandwunden. Ich spürte den Brechreiz in meiner Kehle, nur mühselig konnte ich mich zusammenreißen.

»Nicht bewegen. Ich hole den Arzt.«

Sie nickte schwach, ein bisschen sah es wie Kopfschütteln aus. War es bejahend gemeint? Oder verneinend? Was sollte es heißen? Nicht den Arzt wecken? Oder: Natürlich bewege ich mich nicht bei diesen Schmerzen. Ersteres bedeutete, sie war ein freundlicher Mensch, der niemandem zur Last fallen wollte mit seinem Elend. So etwas gab es, aber selten. Das zweite bedeutete: Sieh zu, dass ich schlafen kann! Weniger sympathisch, aber verständlich.

Keine Schwester weckt grundlos einen Arzt. Ich hielt mich nur widerwillig an diese ungeschriebenen Gesetze im Krankenhaus, schließlich durfte ich in meiner Nachtschicht auch nicht schlafen. Obwohl, manchmal kam es vor.

Ich kannte den Arzt kaum. Ein paar Mal hatte ich ihn in der Cafeteria beim Essen gesehen. Jetzt stand ich vor seiner

Tür und dachte an schlafende Hunde. Ich klopfte leise. Nichts. Ich klopfte lauter. Wieder nichts. Ich öffnete die Tür und schaltete das Licht an.

»Wer stört?«

»Die Patientin mit den Brandwunden kann nicht schlafen.«

»Und?«

»Die andere Patientin beschwert sich, weil sie so laut jammert.« Na gut, das war gelogen. »Können Sie ihr etwas gegen die Schmerzen geben?«

Das war eine Bitte und hatte den gewünschten Effekt. Er stand auf und trottete vor mir in das Zimmer. Er war sehr verschlafen. Sonst musste ich immer vor den Ärzten gehen, als würden sie ohne meine Hilfe nicht das richtige Zimmer finden. Er sah harmlos aus.

Er gab der Frau eine Spritze und sagte zu mir: »Verbinden!« Und außerdem: »Kaffee!«

Ich ging langsam zum Automaten und warf einen Coupon ein. Dann trug ich den Becher in das Schwesternzimmer. Der Arzt hatte einen Stapel Krankenakten vor sich liegen, blätterte mal in dieser, mal in jener. Er sah desinteressiert zu, wie ich ihm das Gewünschte auf den Tisch stellte. Ich drehte mich um und ging zur Tür. Kaum hatte ich die Klinke in der Hand, hörte ich sein »Halt!« und blieb stehen. Er taxierte mich.

»Wollen Sie mir nicht Gesellschaft leisten?«, fragte er in einem Tonfall, der kein Nein als Antwort zuließ. Schweigend setzte ich mich ihm gegenüber an den Tisch und versuchte, freundlich auszusehen. Er wollte sich unterhalten.

»Eine Patientin aus Zimmer sieben hat sich beklagt, dass Sie immer so lange brauchen, wenn sie nach Ihnen klingelt.«

Gespräche über Patienten waren die Einleitung. Zum Warmwerden.

Zimmer sieben war das größte und letzte auf der Station.

Es gehörte ursprünglich zu einer anderen Abteilung. Irgendwann, als Betten und Platz knapp geworden waren, wurde die Wand zum Seitenflügel durchbrochen. Auf dem Weg dorthin musste man um zwei Ecken gehen, ein Krankenbett konnte nur mit gutem Augenmaß hindurchgezirkelt werden, darum lagen auf Zimmer sieben nur unproblematische Fälle. Leider hatten einige dieser vergleichsweise harmlos Erkrankten kein Einsehen und wollten wie Kleinkinder umsorgt werden.

»Es dauert nun einmal länger, weitere Wege zu gehen«, gab ich zur Antwort.

Er sah mich an und runzelte die Stirn. Ich hatte es gewagt, mit ihm nicht einer Meinung zu sein, ich war also nicht nur eine besonders langsame Schwester, sondern hatte mich auch noch als Schande meines Berufes bloßgestellt. Während ich mir die Worte über subjektives Schmerzempfinden anhören musste, betrachtete ich den Mann genauer.

Er war klein und unscheinbar. Ich wusste jetzt, was mir schon früher an ihm aufgefallen war. Seine tiefe Unzufriedenheit. Er fühlte sich unzulänglich. Er glaubte sich seine demonstrierte Überlegenheit nicht, und die Tatsache, nicht überzeugend genug blenden zu können, machte ihn bissig. Er war kein Mann, den Frauen ernst nahmen, zumindest nicht die Frauen, die er haben wollte. Ich saß mit gesenktem Kopf vor ihm und schwieg. Er redete, und ich schloss meine Augen. Ich stellte mir mein Bett vor. Mein schönes, großes Bett. Seine Worte verloren zunehmend an Sinn. Ich kuschelte mich in meinen Gedanken in die kühle Bettwäsche. Ich dachte noch, ich bin wach und sitze im Schwesternzimmer mit diesem Arzt, als ich durch eine Berührung zusammenzuckte. Ich lag mit dem Kopf auf den Patientenakten. Seine Hand spielte mit einer meiner Haarsträhnen. Als er merkte, dass ich wach war, strich er sie mir langsam hinter das Ohr. Ich wusste nicht, wie lange ich geschlafen hatte. Das Zimmer roch nach Rauch, eine ausgedrückte Zigarette lag neben seinem leeren Kaffeebecher.

»Sehr hübsch, wie Sie da eben geschlafen haben«, sagte er und zog dabei die Mundwinkel leicht nach unten.

Ich presste die Zähne zusammen und setzte mich wütend zurecht. Ich spürte, wie mir das Blut in den Kopf schoss.

»Ich wusste gar nicht, dass Sie rot werden können, Schwester Grete.«

Meine Haut juckte an der Stelle, die er berührt hatte.

»Sie müssen ein anstrengendes Privatleben haben, wenn Sie in Ihrem Alter einen Nachtdienst nicht durchhalten können.«

»Ja«, sagte ich kurz.

»Eine peinliche Situation. Und dass ausgerechnet Ihnen das passiert, wo Sie doch immer so korrekt sind.« Er schüttelte seinen kleinen Kopf.

»Kann ich jetzt gehen, oder wollen Sie noch etwas von mir?« Ich stand auf.

Er antwortete mir nicht, sondern suchte die Zimmerwände nach dem Dienstplan ab. »Sie haben Samstag frei?«, fragte er schließlich.

»Wieso?«

»Ich würde Sie gerne zum Essen einladen.« Es war seine Angewohnheit, direkten Blicken auszuweichen. Jetzt sah er mir frontal in die Augen. Ich schwieg. Er lehnte sich auf seinem Stuhl zurück und starrte mich an. Meine Lippen begannen ein Nein zu formen. Er zog die Brauen hoch und sagte: »Oder passt es Ihnen in der nächsten Woche besser?«

Ich hatte keine Lust auf Diskussionen. »Samstag ist okay«, sagte ich und verließ den Raum. Im Flur lehnte ich mich an die Wand neben der Tür und fragte mich, ob es ihm gelungen war, mich zu hypnotisieren.

Wir trafen uns am späten Nachmittag in einem kleinen Eckcafé am Stadtrand. Obwohl ich pünktlich war, wartete er schon auf mich. Er sprang auf, als er mich sah. Ich hatte ihn kleiner in Erinnerung. Ich bestellte Kaffee und Eis und überließ das Reden ihm. Bei einem zufälligen Blick unter den Tisch konnte ich seine Schuhe sehen. Seine Hosenbeine waren hochgerutscht. Ich hätte mir mit diesen Absätzen die Füße gebrochen. Eine Gelegenheit, höflich zu verschwinden, zeigte sich nicht. Ab und zu unterbrach er seinen Redefluss. Anfangs hatte er mich geduzt. Dann suchte er krampfhaft nach Formulierungen, die die Wörter »Sie« und »Du« ausschlossen. Jetzt schwieg er ganz. Vielleicht sollte ich auch irgendwas sagen? Normalerweise hatte ich kein Problem damit, Männer vor den Kopf zu stoßen, doch ein Blick in seine Richtung sagte mir, dass ich ihn nicht so einfach loswerden konnte. Ihn würde ich mit zu mir nehmen müssen. Er würde mich erst in Ruhe lassen mit seinem lästigen Schweigen, wenn er bekommen hatte, was er wollte.

Wir lagen danach nebeneinander und berührten uns nicht. Er war still und bewegungslos, dann griffen seine Hände in meinen Nacken und zogen meine Haare unter meinem Rücken hervor. Er ließ seine Finger wie einen Kamm hindurchgleiten und fuhr dabei gedankenverloren mit seinem Handrücken über meinen Arm. Es war nicht unbedingt unangenehm.

»Grete?«

»Mhmm?«

»Müde?«

»Ja.«

»Soll ich gehen?«

Eine direkte Frage.

»Ich wache morgens lieber alleine auf«, sagte ich, und sofort erhob er sich und griff nach seinen Sachen auf dem Boden. Beim Anziehen sah er mich nicht an. Wie nebenbei fragte er:

»Warum bist du so?«

»Wie bin ich denn?«

»Unnahbar.«

»Komisch, dass du das gerade jetzt sagst.«

Er ging. Seine Frauenabsätze klapperten auf den Treppenstufen. Als unten das schwere Tor in den Angeln quietschte, stellte ich mich an das Fenster. Er hastete über den Weg und stolperte. Ich musste lachen. Vielleicht hatte ich mir alles nur eingebildet. Vielleicht wäre es auch anders gegangen, vielleicht hätte ich mir das nicht antun müssen. Ich sah auf das zerwühlte Laken auf dem Bett und ekelte mich. Dann legte ich mich auf die Couch und schlief ein.

Ich sitze unter einem blühenden Apfelbaum auf einem großen Stein, der halb in die Erde eingesunken ist. Er ist warm und glatt. Sonnenstrahlen lassen die Quarzkristalle auf seiner Oberfläche glitzern. Meine Hände liegen ineinander gefaltet auf den Knien, ich betrachte fasziniert das Schattenspiel der Zweige auf meiner Haut. Ich denke an nichts, die Blätter über mir rauschen leise, ansonsten ist es still. Ich streichele den Stein, er fühlt sich wie geschliffener Marmor an. Keine Unebenheit ist zu spüren. Ich lege meinen Kopf nach hinten. Braune vertrocknete Blätter fallen mir aus der durchlässigen Baumkrone ins Gesicht. Es ist Herbst geworden, und ich sitze immer noch hier. Schneeflocken rieseln auf meine Hände, sie schmelzen nicht. Milchig weiß liegen sie auf meinen Fingerkuppen, die Kristalle so geometrisch klar angeordnet, dass ich in ihrer Struktur das Muster der Natur erkennen kann. Die Sonne hängt klein und dunkel am Winterhimmel, Wind weht staubfeinen Regen in meine Richtung. Der Stein überzieht sich mit einer Eisschicht. Ich rutsche. Ich versuche krampfhaft, mich festzuhalten. Und während ich abgleite, ertasten meine Finger Riefen unter der Eiskruste. Linien, fein gemeißelt, die sich zu Buchstaben und Worten fügen. Ich falle von meinem Stein. Hart schlage ich mit dem Hinterkopf auf die gefrorene Erde auf, und bevor ich Sinn in das bringen kann, was ich lese, wird die glatte Oberfläche stumpf und rau. Ich taste auf Knien hockend die verwitterten Buchstaben ab, ich weiß, dort steht ein Name, ein Name, den ich nicht kenne, mein Name, doch mit jeder Bewegung reibe ich Sand aus dem Stein. Er quillt zwischen meinen Fingern hervor. Ehe ich begreife, was geschieht, ist der Stein nur noch ein kleiner Haufen Staub, den der Wind davontreibt …

Ich erwachte aus dem Traum, blieb auf dem Rücken liegen und horchte auf das Klopfen in meiner Brust. Diffuses Licht kam durch das Fenster, ich konnte nicht sofort sagen, welche Tageszeit es war. Feiner, trüber Nieselregen schlug gegen die Scheiben.

Solange ich denken konnte, hatte ich versucht, meine Träume zu deuten. Immer wieder glaubte ich, ich könnte verschüttete Bilder aus meiner Kindheit erkennen. Ich hatte es über Jahre regelrecht erforscht, hatte Freunde und Kollegen gefragt, ob sie sich an etwas erinnern konnten, was vor ihrem dritten Lebensjahr lag. Die Antworten lauteten fast immer »Ja«, bruchstückhaft, hieß es, manchmal auch glasklar. Nur bei mir funktionierte das nicht. Aber ich war trotzdem fest davon überzeugt, dass alles, was ich erlebt hatte, in meinem Gehirn gespeichert war. Im Unterbewussten codiert, aber ständig wach gehalten von dem Wunsch, etwas über meine Herkunft zu erfahren. Und jeder meiner Träume könnte der Schlüssel zu meinen frühesten Wahrnehmungen sein, könnte das, was ich damals sah und nicht begriff, wieder wachrufen. Und dann würde ich mich erinnern.

Ich ging in das Bad und ließ die Wanne voll laufen. Ich stellte leise Musik im Radio ein, holte mir ein Glas Rotwein und legte mich ins Wasser. Ich redete mir ein, meine Unruhe sei nur ein Zeichen dafür, dass der Nachtdienst meinen Rhythmus durcheinander gebracht hatte. Ich schloss die Augen und atmete tief. Ich trank einen großen Schluck und versuchte mich zu entspannen, doch jeder Gedanke wurde von Bildern aus dem Traum zerrissen. Wäre ich nur schneller gewesen, dann hätte ich meinen Namen lesen können.

An den Wänden lief das Kondenswasser herunter. Ich stand auf und wischte die beschlagenen Fliesen und Spiegel mit meinem Nachthemd trocken. Ich lehnte mich an die Wand, die Beine gekreuzt, das Glas Wein in der Hand, tropfnass. Ich starrte auf mein Spiegelbild. Ich suchte nach meiner Mutter, nach Ähnlichkeiten, nach irgendetwas.

Dreißig Jahre alt war ich, zumindest ungefähr. Mittelgroß. Mittelblond. Die Beine etwas zu stämmig, die Taille ausgeprägt, die Brüste noch fast an derselben Stelle, wo sie sich vor zehn Jahren befunden hatten. Die Haut sehr hell. Schultern, Nacken und Arme muskulös, fast männlich. Die langen Haare, vor Nässe jetzt ganz dunkel, hingen in Strähnen wirr um das Gesicht. Energisches Kinn, großer, voller Mund. Die Mundwinkel zeigten nach oben. Regelmäßige, vom Rauchen leicht verfärbte Zähne. Die Nase war nicht mehr ganz gerade, ich hatte sie mir gebrochen, als ich mit dem Wagen einen Brückenpfeiler gerammt hatte. Erste feine Linien zeigten sich um die blaugrauen Augen und auf der Stirn. Sehr hohe Wangenknochen. Keine Narben, kein Muttermal, keine Schönheitsflecken. Ich hatte kein auffälliges Gesicht.

Ich duschte und ging wieder ins Bett. Diesmal schlief ich traumlos.

Vierzehn Tage später fand ich unter meiner Tageszeitung einen Brief. Er war nicht genau adressiert, in schrägen, nach links fallenden Buchstaben stand »Schwesternheim des Klinikums z. H. Schwester Grete Millheim« geschrieben. Kein Absender. Ich nahm meinen Schlüssel zwischen die Zähne und ergriff die Messingklinke der schweren Flügeltür. Ich stemmte mich mit der Schulter gegen das verschnörkelte

Türgitter und riss im Durchschlüpfen den Umschlag auf. Ein kleines, graues Stück Packpapier segelte auf die Treppenstufen. Ich bückte mich und las einen einzigen Satz: »Ich kenne dich.«

Zitternd öffnete ich meine Wohnungstür und legte den Papierfetzen auf den Küchentisch.

»Ich kenne dich.«

Was sollte das? Wer kannte mich? Warum dieser Brief? Kein Absender, kein Hinweis. Fast wünschte ich, der Schreiber wäre irgendein Perverser, der mich nachts in meinem Schlafzimmer beobachtete. Oder ein verschmähter Verehrer, dem ich von mir erzählt hatte und der sich für eine Zurückweisung rächen wollte. Oder ein schlecht behandelter Patient. Oder ein Werbegag des Kaufhauses. Oder eine betrogene Ehefrau. Oder ein Irrtum.

Wer kannte mich? Was hinderte ihn, mich anzusprechen? Mich zu fragen? Mir diesen Brief direkt zu geben? Wer kannte mich? Ich lief auf und ab. Das knarrende Geräusch der Dielen unter meinen Füßen, das ich sonst so liebte, klang wie ein Zahnarztbohrer. Innerhalb einer Stunde rauchte ich eine ganze Schachtel, hatte die nächste Zigarette schon in der Hand, während die erste noch nicht ausgedrückt war. Ich aschte in die Blumentöpfe, in die Spüle und schließlich nur noch auf den Fußboden. Man kannte mich. Irgendwer kannte mich. Doch wer? Wer? Dieser Brief war kein Irrtum, kein dummer Scherz. In meine Aufregung mischte sich die Angst vor der nächsten Nacht. Träume würden auf mich einstürzen, die schlimmsten Albträume, die ich je hatte. Schlimmer als der tote Vogel und die tiefen Wasser. Die Dunkelheit würde noch schwärzer und die Angst noch grausamer sein. Schon jetzt spürte ich klirrende Kälte und dunkle Schatten um mich. Ich traute mich nicht, hinter mich zu sehen, als stünde dort ein Gespenst. Ich wagte keinen Blick auf die Straße, als wäre dort etwas Schreckliches. Ich drückte eine

Zigarette auf dem grauen Wisch aus. Die Glut fraß ein kleines Loch in die Schrift.

»Ich kenne ch.« stand jetzt dort. Man kennt mich. Würde ich mich doch selber kennen! Nur ein kleines bisschen. Eine furchtbare, traumverzerrte Nacht lag vor mir. Und nicht nur das. Ein ganzes einsames Wochenende. Ich musste hier raus. Ich schaltete jede Lampe in jedem Zimmer an. Ich riss eine verwaschene Jeans und ein weißes Leinenhemd aus dem Kleiderschrank. Instinktiv griff ich danach, bloß kein Schwarz, kein Grau, kein Braun heute. Ich rannte aus dem Haus, lief so schnell ich konnte zur nächsten Hauptstraße und fand ein Taxi.

In der Innenstadt stieg ich aus und ging in die Kneipe, aus der der meiste Lärm kam.

Mit dem Rücken zur Wand setzte ich mich in die hinterste Ecke. Eine Lautsprecherbox hing direkt über mir. Hart dröhnte der Bass, ich wurde ruhiger. Hier war ich richtig. Hier kannte mich niemand.

Ich starrte in mein Glas, ließ die Eiswürfel leise klappern und hing meinen Gedanken nach.

Ich bin in einer Kleinstadt aufgewachsen. Meine Kindheit war ruhig und normal. Ich ging schon zur Schule, als ich die eigentliche Tragik meiner Geschichte begriff. Ich hatte keine Wurzeln. Neidvoll betrachtete ich Männer mit ihren Frauen, Mütter mit ihren Kindern, Kinder mit ihren Geschwistern. In meiner Klasse saß ein Mädchen vor mir, Anna hieß es. Anna hatte lange blonde Locken und blaue Augen. Sie trug jeden Freitag ein dunkelblaues Kleid mit weißen Spitzen am Saum. Ihre Fingernägel waren immer sauber, ihre Schuhe immer blank. Es war bitter, zu sehen, dass alle Erwachsenen freundlich zu ihr waren, weil sie niedlich war. Sie bekam Geschenke, einfach so. Hier ein Eis, dort ein Stück Schokolade. Und die Jungen gaben ihr Ringe mit bunten Steinen oder ihre schönsten Glasmurmeln. Ihre Mutter holte sie jeden Tag von der Schule ab. Sie war klein und zierlich und genauso blond und genauso schön wie die Tochter. Ständig lief ihr Bruder, ein schmuddeliger, verrotzter Junge, hinter Anna her. Sie ignorierte ihn. Er schien daran gewöhnt zu sein und machte sich selten bemerkbar. Nur einmal sah ich, wie er ihr wütend eine Hand voll Sand in das Gesicht warf. Er bekam eine Ohrfeige und rannte schreiend davon. Er tat mir Leid, und ich dachte mir, wenn sie ihn nicht haben wollte, für mich war er gut genug. Ich nahm ihn mit und versteckte ihn auf unserem Dachboden. Er ließ es sich mit Engelsgeduld gefallen, von mir gekämmt und gewaschen zu werden. Vielleicht fand er auch das aussortierte Gerümpel dort oben interessant. Wir saßen zusammen auf einem Lumpensack unter dem Dachfenster. Ich erzählte ihm ein Märchen. Ich kam mir so erwachsen vor. Als er einschlief, deckte ich ihn mit einer alten Gardine zu und schlich leise davon. Ich hatte einen kleinen Bruder und war glücklich, ich dachte, ich könnte ihn für immer behalten und stellte ihm eine Schüssel Milch vor die Tür, als wäre er eine Katze.

Meine Eltern und ich saßen gerade beim Abendessen, als es klingelte. Die Mutter des Jungen stand im Türrahmen, sie hielt Anna am Handgelenk. Ihre Stimme zitterte, als sie nach ihrem Sohn fragte. Meine Eltern schüttelten synchron die Köpfe. Niemand fragte mich. Ich sah Anna an. Ihr Gesicht war geschwollen, auch im Halbdunkel des Flures konnte ich deutlich den Abdruck von Fingern auf ihren beiden Wangen sehen.

»Anna hat nicht auf ihn aufgepasst. Immer wieder habe ich zu ihr gesagt, sie soll auf ihn aufpassen, aber …« Die Frau weinte, Anna zeigte keine Regung.

»Wenn Sie irgendetwas hören, bitte, sagen Sie mir Bescheid.« Sie schniefte noch einmal, drehte sich um und ging zum nächsten Haus. Anna zog sie hinter sich her.

Ein schlechtes Gewissen hatte ich nicht. Warum sollte ich

ihn hergeben, er hatte sich nicht beklagt. Es gefiel ihm bei mir. Ich lag im Bett, als ich das Blaulicht sah. Es wanderte über die Decke meines Zimmers. Ein Polizeiwagen fuhr durch die Straße. Eine hohle Lautsprecherstimme gab die Personenbeschreibung des Jungen durch.

»Gesucht wird der siebenjährige Ricardo Maien. Er ist ungefähr einen Meter fünfzehn groß. Er hat blonde, längere Haare und blaue Augen. Bekleidet ist er mit schwarzen Hosen und einem dunkelgrünen Pullover. Wenn Sie Ricardo Maien gesehen haben, melden Sie sich bitte umgehend bei der Polizeiwache.«

Die Stimme wurde leiser und verstummte schließlich, das Blaulicht verschwand, der Wagen war in die nächste Straße eingebogen, und ich musste einsehen, dass ich keine Chance hatte. Früher oder später würde man ihn finden. Ich schlich mich auf den Dachboden und weckte ihn. Verschlafen sah er sich um, als wüsste er nicht, wo er war. Ich legte den Zeigefinger auf seine Lippen und zog ihn die Treppe hinunter. Meine Mutter sah im Wohnzimmer fern, mein Vater war unterwegs und half bei der Suche nach dem vermissten Kind. Leise öffnete ich die Tür und lief mit dem Jungen um das Haus. Ich begleitete ihn den halben Weg durch Gärten, über Hecken und Zäune. Hunde kläfften in ihren Zwingern. Ich küsste ihn zum Abschied auf den Mund und schob ihn in Richtung seines Zuhauses. Dann schlich ich zurück in mein Bett und schlief herrlich. Am nächsten Morgen schien alles wie immer. Ricardo lief vergnügt über den Schulhof. Er ließ sich von den anderen Kindern bewundern, als wäre er ein heimgekehrter Abenteurer. Seine Schwester ging hinter ihm. Jede Pause, jeden Weg. Warum er mich nicht verraten hat, weiß ich bis heute nicht.

Schmerzhaft dröhnte die Musik in meinen Ohren. Nur Männer im Raum, ich war die einzige Frau hier. Eigenartig, wie mein Desinteresse an ihnen zu mir zurückkam. Niemand schien mich zu beachten. Ich winkte dem Kellner und zeigte auf mein leeres Glas. Sofort brachte er mir ein neues.

Ich hielt es vor meine Augen und lehnte mich an die Wand hinter mir. Der schnelle Bass drang durch die Kopfhaut in mein Gesicht. Der Arzt fiel mir ein. Ich hatte nach diesem Wochenende noch zwei Schichten mit ihm allein durchstehen müssen. Ich wusste nicht, was er dachte. Er hatte mich fragend angesehen, als ich sein »Guten Tag« nur mit einem Nicken beantwortet hatte. Ich war erfahren genug, um zu wissen, dass flüchtige Bekanntschaften am Morgen ihren Reiz verlieren. Ich hatte mir nie vorgelogen, in den Nächten dieselbe zu sein wie am Tag. Es hatte keinen Zweck, in unserer Begegnung mehr zu sehen als einen kurzen Moment trügerischer Nähe, eine Ablenkung, ein bisschen Vergessen.

Die Welt sieht vollkommen verändert aus, wenn man sie durch Eiswürfel betrachtet. Klare Linien und Farben lösen sich auf. Gedanken verschwimmen, werden unklarer.

Ein Objekt kam durch die helle Flüssigkeit auf mich zu und blieb vor mir stehen. Ich setzte das Glas auf den Tisch und sah einen jungen Mann vor mir. Er hielt ein Bier in der Hand und lächelte mich freundlich an.

»Hallo, Schwester.«

Ein Patient. Es gab Tausende von ihnen. Sie waren überall und dachten immer, ich müsse sie wiedererkennen. Statt zu antworten, starrte ich in mein Glas. Mein Zeigefinger fuhr den Rand entlang. Obwohl ich ihn ignorierte, machte er keine Anstalten zu gehen. Er stand vor mir, versperrte mir den Blick in den Raum und beobachtete mich. Ich war ungehalten, weil er meinen Gedankenfluss unterbrochen hatte.

»Ich würde dir gern was ausgeben«, schrie er gegen den Lärm und setzte sich ungebeten zu mir.

»Warum?«, fragte ich schließlich.

»Für die freundliche Behandlung.« Er legte die Betonung auf freundlich.

»Ich arbeite seit Jahren auf der Frauenstation, da gibt es keine männlichen Patienten.«

Hatte er mich überhaupt verstanden? Es war so laut hier. Er sah auf meine Lippen und tippte sich mit dem Finger an die Stirn.

Irritiert folgte mein Blick seiner Bewegung. Schließlich beugte er sich zu mir, runzelte die Stirn und zeigte auf sein linkes Auge.

»Toll verheilt, was?«

Eine feine rote Naht verlief direkt unter der Braue.

»Kennen wir uns wirklich? Ich kann mich nicht erinnern.«

Loswerden wollte ich ihn. Nicht, dass er mir nicht gefallen hätte. Dunkle Haare, dunkle Augen. Typ Bauarbeiter auf dem Heimweg, schlecht angezogen, kariertes Hemd und Jeans mit Mörtelspuren. Eine blaue Baseballkappe steckte zusammengeknüllt in seiner Hosentasche. Durchaus interessant an anderen Tagen, aber heute war das kein Grund für ein längeres Gespräch.

»Doch, ich weiß es genau. Du warst die schweigsame Schwester in der Notaufnahme. Du hast mir in der Cafeteria die Zunge rausgestreckt«, sagte er.

»Okay. Kann schon sein. Manchmal muss ich in der Notaufnahme arbeiten. Aber ich weiß trotzdem nicht mehr, wer du bist.« Ich wollte allein sein.

»Na ja, ich mache es kurz. Ich habe mit Peter gewettet, dass ich mich traue, dich anzusprechen.«

Ich war der Gegenstand einer Wette.

»Du hast mich angesprochen, du hast gewonnen, tschüs.« Obwohl ich sehr viel Ablehnung in meine Stimme legte, ging er nicht.

»Ich habe erst gewonnen, wenn du dich zu uns an den Tisch setzt und etwas mit uns trinkst.«

»Keine Lust.«

»Du willst, dass Peter gewinnt? Der glaubt doch den ganzen Mist, der im Krankenhaus über dich erzählt wird. Ich denke, die Jungs da haben zu viel Desinfektionsmittel eingeatmet. Die spinnen. Du bist nicht so.«

»Ach, was sagt wer über mich? Wie bin ich denn?« Es war billige Neugier, die mich das fragen ließ.

»Unnahbar. Schwer zu kriegen. Dann aber, wenn …, na, du weißt schon.« Er grinste anzüglich, und mir fehlten die Worte. Er griff nach meinem Arm und zog mich vom Stuhl. Ich stand aufrecht neben ihm und ging ihm gerade bis zur Schulter.

»Wenn du jetzt mitkommst, lade ich dich ein. Na gut, Peter lädt dich ein. Dann hat er nämlich verloren und bezahlt meine Rechnung. Und ich lade dich ein, also bezahlt er auch deine Rechnung. Alles klar?« Er lief los, und ich musste hinterher. Er hatte so wenig Gefühl in den Fingern, dass ich mir die blauen Flecke, die sein Griff auf meinem Oberarm hinterlassen würde, schon bildhaft vorstellen konnte.

Der andere, Peter, war etwas älter. Er saß hinter einer Pyramide aus leeren Schnapsgläsern und verzog keine Miene, als das karierte Hemd mich auf einen Stuhl drückte.

»Also, das ist Peter. Peter, das ist …« Er sah mich wartend an. Ich sah ihm in die Augen, lächelte und wartete auch.

»Ja, das ist Schwester X, du kennst sie ja. Von der Notaufnahme. Die mir einen billigen Abend auf deine Kosten garantiert.«

Peter sah nicht annähernd so überzeugt von sich aus wie das karierte Hemd.

»Wie heißt du?«, fragte er.

»Grete.«

»Hallo, Grete. Ich bin Peter, und das ist André. Schön, dass du zu uns gekommen bist. Diese Männerabende werden auch immer langweiliger. André sucht todsicher eine Kneipe aus, in der es keine Frauen gibt. Irgendwann muss ich mit ihm noch in eine Schwulenbar.«

André biss sich kurz auf die Lippen, dann beugte er sich zu mir und sagte: »Peter hat ein kleines Problem. Nach dem zehnten Bier hält er sich für unwiderstehlich, und dann baggert er alles an, was weiblich aussieht. Dummerweise sind die meisten Frauen aber nicht allein unterwegs. Da kommt es schon mal vor, dass sich ein paar Männer zusammentun, um Peter zu fragen, warum er in Susis Ausschnitt gestarrt hat.« André sah Peter an, Peter sah in sein Glas. Der Kellner brachte mir meine Jacke, und wir schwiegen für den Moment. Kaum war er weg, sagte Peter entschuldigend: »Sie hat mit mir geflirtet, wirklich.«

»Ja klar, und die drei Typen, die mit ihr an der Bar standen, hast du gar nicht gesehen.« Ich konnte mich jetzt wieder genau an den Tag erinnern, an dem die beiden in die Klinik gekommen waren.

»Wieso flirtet sie mit mir, wenn sie mit ihrem Macker unterwegs ist?«

»Was weiß denn ich, was Frauen so denken? Höchstwahrscheinlich haben ihr drei Männer nicht gereicht und sie wollte einen vierten Trottel, der sie bewundert. Stimmt's, Schwester?« André sah mich an, als erwartete er ein Nicken. Ich zog die Schultern hoch.

»Du bist doch nur sauer, weil sie dir dein Gesicht ein bisschen verschönert haben. Ich musste schließlich fünf Tage im Krankenhaus liegen. Meine Rippen tun mir immer noch weh. Hier, fühl mal«, sagte Peter, holte tief Luft und streckte mir seinen Brustkorb entgegen. Ich schüttelte den Kopf.

»Ich bin kein Arzt«, sagte ich.

»Fünf Tage Krankenhausessen. Furchtbar. Und der Typ, der neben mir gelegen hat, hat ununterbrochen geredet. Noch mehr als André. Von wegen Ruhe und Erholung. Wie hältst du es da nur aus?«, sagte Peter zu mir. Und: »Du bist ganz anders, als sie von dir gesagt haben.«

»Was haben sie denn gesagt?« Die Neugier. Natürlich gab

es Gerüchte, über jeden im Krankenhaus. Aber aus erster Hand zu erfahren, was erzählt wird, war durchaus interessant.

»Ach, das willst du bestimmt nicht hören. War auch nicht so nett. Hattest du tatsächlich Affären mit allen Ärzten?« Er lachte.

»Maximal mit zwanzig von ihnen«, sagte ich und lehnte mich zurück.

»Warum nennen sie dich den ›Gletscher‹?«, fragte er, legte den Kopf schief und sah auf meinen Hals, als stünde dort die Antwort geschrieben.

»Den Namen kannte ich noch nicht.«

André betrachtete uns schweigend. Peter trank schnell, und die Pyramide vor ihm wuchs zusehends. Seine Hände zitterten nicht, aber seine Augen wurden klein und rot. Mit jedem neuen Glas gab er mir einen anderen Namen, kein einziger davon war schmeichelhaft. Ich wollte weg hier.

»Ich gehe jetzt«, sagte ich und griff nach meiner Jacke. Peter sprang auf, sein nach Alkohol riechendes Kunstwerk fiel scheppernd in sich zusammen.

»Ich komme mit«, sagte er leicht schleppend.

»Quatsch«, meinte André energisch. »Ich bringe dich jetzt nach Hause. Du hast genug.«

Peter reagierte nicht. Stattdessen musterte er mich langsam, von unten nach oben, schließlich blieben seine Blicke an meinem Kragen hängen. Plötzlich griff er nach mir, ich war so überrascht, dass ich nicht ausweichen konnte. Seine Hand schlang sich um meinen Hals und drückte zu. Ich schnappte nach Luft. Noch bevor ich reagieren konnte, zerrte André ihn weg.

»Bist du verrückt geworden?«, schrie er. »Es ist jedes Mal dasselbe mit dir!«

Der Kellner kam zu uns, kassierte und zeigte schweigend auf die Ausgangstür. André nahm seinen Freund bei den

Hüften und versuchte, ihn aus der Kneipe zu schieben, doch Peter stemmte sich gegen ihn.

»Kommst du auch mit?«, fragte er. Er sprach wieder laut und deutlich, aber seine Zunge schien das Einzige zu sein, was er noch beherrschen konnte. Er schwankte und hielt sich am Tisch fest, während das karierte Hemd an ihm zerrte.

»Klar kommt Schwester Grete mit«, antwortete André an meiner Stelle. Ich sah ihn fragend an.

»Hilf mir, bitte, sonst habe ich spätestens in einer Stunde das nächste Veilchen«, sagte er zu mir. Ich wusste aus dem Krankenhaus, dass es am einfachsten war, Betrunkenen ihren Willen zu lassen. André rieb über seine Augenbraue.

»Wenn er mich noch mal anfasst, trete ich zu«, sagte ich und legte mir Peters rechten Arm über die Schulter.

Wir schwankten den Gehweg entlang. Zwischen meinen keuchenden Atemzügen hörte ich Peters Worte über Freundschaft und Weiber. André sagte ab und zu »Ja« und »Alles klar«. Nach ungefähr zehn Minuten hielten wir vor einem mehrgeschossigen Haus. André schloss die Tür auf, und wir zerrten Peter vier steile Treppen hoch. Wir ließen ihn im Schlafzimmer auf das Doppelbett fallen, er rollte sich zur Seite und begann sofort zu schnarchen. André zog ihm Schuhe und Hemd aus. Ich fand in einer Abstellkammer einen Eimer und stellte ihn neben das Bett, er würde ihn brauchen können. Wir löschten das Licht und setzten uns in die Küche.

Die Wände der Wohnung waren in matten Pastellfarben gestrichen. Lange Gardinen umrahmten die Fenster. Ich konnte auf die hell erleuchtete Stadt hinuntersehen. André holte eine Flasche Wein, dann saßen wir im Dunkeln und redeten.

»Eigentlich ist Peter ganz in Ordnung«, sagte André. »Aber vor sechs Wochen hat ihn seine Frau verlassen. Das hat ihn etwas durcheinander gebracht. In ein paar Monaten ist er drüber weg, dann fängt er sich wieder.« Er nahm einen tiefen Schluck aus seinem Glas.

»Ich weiß nicht. Bist du dir sicher, dass er noch niemanden erwürgt hat?« Ich tastete nach meiner Kehle.

»Was wolltest du eigentlich in dieser Spelunke?« André sah mich an.

»Weiß nicht. Manchmal muss ich einfach raus. Ich war heute so unruhig.«

»Arbeitest du gern im Krankenhaus?«

»Ich kenne nichts anderes.«

»Wie alt bist du, Schwester Grete?«

»Dreißig. Und nenne mich nicht Schwester. Und wie alt bist du?«

»Siebenundzwanzig. Was machst du denn so, wenn du nicht in Kneipen rumhängst?«

»Interessiert dich das wirklich?«

»Ich dachte, Frauen reden gern über sich.«

Er griff nach meiner Hand. Seine Haut war warm und rau. Er streichelte seine Wange mit meinen Fingern und schloss dabei die Augen. Er küsste meine Handgelenke. Nur das Licht der Straßenlaternen kam durch das Fenster. Andrés Körper war ein bleigrauer Schatten, seine Bewegungen erschienen in meinen Augen verzögert, als hemme die Dunkelheit der Nacht den Ablauf der Zeit. Ich reagierte mechanisch, ich war mir nicht sicher, ob ich es wollte. Dann fiel mir der Brief ein.

Ich setzte mich auf das kalte Linoleum und zog ihn zu mir. Ich legte meine Lippen auf seine Stirn. Ich wollte, ich wollte alles, nur nicht nachdenken müssen.

Leise hatte ich mich davongeschlichen, hatte die Tür nicht ins Schloss fallen lassen. Jetzt lief ich frierend durch die Innenstadt. Durch Straßen, die ich nicht kannte, in die Richtung, in der das Krankenhaus lag. Gegen vier hielt ein Taxi neben mir. Ich schüttelte verneinend den Kopf. Ich war eine Stunde unterwegs, als ich das Wohnheim endlich sah. Niemand war mir auf meinem Weg durch diese Millionenstadt begegnet. Ich zog mich an dem Messinggeländer hoch in meine Wohnung. Wie ich war, fiel ich ins Bett. Es war jetzt fünf Uhr. Gegen acht schlich sich ein Telefonklingeln in meinen traumlosen Schlaf, mechanisch griff ich den Hörer. Die Oberschwester fragte, ob ich die nächste Nachtschicht übernehmen könne. Ich sagte mit geschlossenen Augen zu, rollte mich zusammen und verschwand wieder im Nichts.

Der Dienst war mühselig. Ich hatte Kopfschmerzen und hoffte auf eine ruhige Schicht. Auf dem Zimmerplan las ich den Namen »Lotte Greber«. Sie war also wieder hier. Erwartungsgemäß.

Gegen zwei Uhr rief mich ihre Patientenklingel. Es kostete mich einige Überwindung, die Augen offen zu halten, als ich das Krankenzimmer betrat. »Schwester, bitte geben Sie mir etwas zu trinken«, hörte ich eine schwache Stimme sagen. Ich holte einen Becher kalten Tee aus dem Spender und stellte ihn Frau Greber ans Bett. Hastig griff sie danach. Ihr Schlucken hörte sich an wie das Gurgeln einer Abwasserleitung.

»Schwester ..., wie heißen Sie?«

»Grete.«

»Schwester Grete«, flüsterte sie. Dann noch einmal »Grete«. Sie sprach meinen Namen in den Raum und sah dabei an die Decke, als könnte sie das Wort dort oben schweben sehen. Dann sagte sie, ihre Augen waren immer noch nach oben gerichtet: »Sie haben ein interessantes Gesicht.«

»Danke«, erwiderte ich.

»Haben alle in Ihrer Familie diese ausgeprägten Wangenknochen?«

»Ich weiß nicht.«

»Haben Sie Ihre Augen von Ihrem Vater geerbt?«

»Ich glaube nicht.«

»Sie sollten mehr aus sich machen. Sie wirken so herb mit dieser Frisur.« Sie musterte mich.

Ich lachte höflich und tastete nach meinen hochgesteckten Haaren. Ihr Blick folgte meiner Handbewegung. Ein leichtes Zucken lief um ihre Mundwinkel.

»Ich verstehe Frauen wie Sie nicht. Ist es Ihnen denn egal, wie Sie aussehen? Und dieser weiße Kittel macht Sie viel zu blass.«

Ich nickte artig. Was erwartete sie von einer Krankenschwester? Sollte ich wie sie mit goldfarbenen Pumps durch die Flure laufen?

»Ich bin müde«, hauchte sie und schloss die Augen.

»Gute Nacht«, sagte ich. Im Schwesternzimmer sah ich mir ihre Akte an.

Sie war fünfundfünfzig Jahre alt. Leberkrebs. Diagnose: noch ein Jahr. Maximal.

Ich dachte nie über Patienten nach. Ich fragte mich nicht, warum sie hier in der Klinik lagen. Ich wollte nichts über ihr Schicksal wissen. Ich war froh, wenn ich sie gehen sah und nicht in das gewisse Zimmer schieben musste, mit dem Tuch über dem Gesicht. Sie waren mein Job, mehr nicht. Irgendwann würde auch ich »der Job« sein, zwecklos, es zu ignorieren. So gut wie niemand starb heute noch zu Hause. Mir würde es reichen, zu wissen, wo dieses Zuhause ist, bevor der weiße Stoff sich über mein Gesicht legt.

»Guten Morgen, Frau Greber. Es ist sechs Uhr. Ich will Sie waschen.«

»Guten Morgen.« Hatte sie tatsächlich geschlafen? Sie war hellwach. Ihr Körper war dürr, im Neonlicht sah sie aus wie eine Greisin. Sie würde bald sterben, ich konnte es an ihren Augen erkennen.

»Haben Sie Familie?«, fragte sie mich plötzlich. Patienten reden gerne mit Schwestern. Sie langweilen sich.

»Ja. Aber nicht hier in der Stadt.«

»Ich habe eine Schwester. Sie sitzt im Rollstuhl. Ich pflege sie schon seit Jahren. Wenn ich sterbe, ist sie ganz allein.«

»Denken Sie jetzt erst mal an sich, Frau Greber.« Standardsätze.

»Ich suche eine Pflegerin. Wie viel verdienen Sie hier?«

»Ich glaube nicht, dass ich Ihnen das sagen kann.«

»Ich zahle besser. Glauben Sie mir. Wir haben ein großes Haus in der Südstadt. Sie könnten dort wohnen. Umsonst.«

»Das ist ein interessantes Angebot. Aber mir gefällt meine Arbeit hier.«

»Denken Sie noch einmal darüber nach.« Sie lehnte sich enttäuscht zurück und schloss die Augen.

Ich nickte. Draußen zwitscherten die Vögel. Der Wind spielte mit der Gardine des offenen Fensters. Sie würde kein Jahr mehr schaffen, ich war mir sicher.

Um acht Uhr morgens lag ich wieder in meinem Bett. Ich schlief tief und wachte erst auf, als es draußen schon dämmerte. Es war Sonntagabend. In meiner Wohnung herrschte noch das Chaos, das der rätselhafte Brief ausgelöst hatte. Schnell räumte ich auf und verwischte alle Spuren. Den grauen, durchlöcherten Zettel legte ich in die hinterste Ecke meines Kleiderschrankes. Ich spazierte zum Ausklang des Abends durch den Park und traf eine OP-Schwester, mit der ich öfter essen ging. Sie erzählte mir den neuesten Krankenhausklatsch. Ich war ein dankbares Opfer. Ich lud sie zu Tee mit Rum zu mir ein, und wir redeten.

»Man munkelt, dass Doktor Schneider und du ...« Sie kicherte.

»Nein. Aber wahrscheinlich bin ich die Einzige im Krankenhaus, die nichts mit ihm hatte.«

Sie lächelte geheimnisvoll. »Er fordert ja regelrecht dazu auf, ihm einen Korb zu geben. Er kommt sich so unwiderstehlich vor. Aber gut sieht er aus, das muss man ihm lassen.« Sie kicherte wieder, so auffällig hysterisch, dass ich misstrauisch wurde. Dieses Gespräch war nicht der übliche Tratsch unter Kollegen. Sie sammelte Informationen. Vielleicht wollte sie etwas von Schneider, vielleicht testete sie die Konkurrenz. Zugegeben, er war eine interessante Mischung. Gepflegtes Äußeres. Intelligenz. Arroganz. Das reichte, um in aller Munde zu sein. Fehlte nur eines davon, waren Männer im Krankenhaus nicht angesagt. Wer würde auf den Gedanken kommen, ich und der kurze Arzt mit diesen lächerlichen Schuhen ... ich galt durchaus als wählerisch. Er war diskret und hatte es niemandem gesagt. Angst, man würde ihm nicht glauben, musste er nicht haben, wenn man meinen Ruf bedachte.

»Und, Grete? Wer ist dein Favorit?«

»Ich weiß nicht so genau. Vielleicht der neue Fahrer. Der mit der Vollglatze.«

»Ja, der ist ganz nett.« Sie war enttäuscht von meiner Wahl, denn ganz nett war nur ein kleiner Ersatz für den Umstand, kein Arzt zu sein. Ich verstand sie nicht. Schneider war als Weiberheld verschrien, und trotzdem stellten sich die Schwestern der Reihe nach bei ihm an. Als gehöre es zum guten Ton, eine Kerbe in seinem Bettpfosten zu sein. Wie die meisten anderen hatte auch ich ein eindeutiges Angebot von ihm bekommen.

»Sie müssen doch einsam sein, so alleine in der großen Stadt«, hatte er zu mir gesagt.

»Ich komme zurecht.«

»Was machen Sie eigentlich nach dem Dienst?«

»Meistens lege ich mich in mein Bett und schlafe.«

»Allein? Ich könnte das ändern.« Er hatte gegrinst, und ich war still gewesen.

»Immer nur unter Frauen zu sein, kann Sie doch nicht befriedigen. Erst die Schwesternschule, dann das Schwesternwohnheim und die Frauenstation. Das ist doch langweilig. Sie könnten eine Menge über Physiologie von mir lernen. Wie die Organe des Mannes funktionieren.«

»Danke für das Angebot. Welches Ihrer Organe spricht denn jetzt gerade?«

Er verstand meine Antwort als das, was sie war: ein Nein. Ich hatte ihn nicht nötig. Ich konnte es einfacher haben. Und ich wollte kein Strich in seinem Kalender sein, ich machte meine eigenen Kerben. Und wenn ich so etwas tat, hatte es einen Grund. Dann ging es um mich und nicht um die Eitelkeit irgendeines Schürzenjägers.

Mit meinem letzten Nachtdienst hatte ich mir einen freien Tag erarbeitet. Ich fuhr früh los, um meine Eltern zu besuchen. Es war schon länger her, dass ich mich bei ihnen hatte blicken lassen, und ich hatte ein schlechtes Gewissen, keine fürsorgliche Tochter zu sein. Sie registrierten meine Ankunft mit dem üblichen Desinteresse. Ich unterhielt mich eine Weile mit ihnen. Unsere Gespräche waren in letzter Zeit immer einseitiger geworden. Auch heute zeigten sie mir deutlich, dass ich ihren Tag störte. So blieb ich nicht lange. Als ich bei meiner Rückkehr die Post aus dem Briefkasten nahm, fand ich einen weiteren Umschlag ohne Absender.

Nein, diesmal würde es mich nicht aus dem Haus treiben. Der Brief lag auf dem Küchentisch, harmlos weiß sah er aus, doch ich wusste, was mich erwartete. Ich schlitzte ihn mit dem Küchenmesser auf und schüttelte seinen Inhalt auf das karierte Tischtuch. Ein abgerissenes gelbes Blatt segelte mit der Schrift nach unten auf meine Tageszeitung. Schon beim Umdrehen erkannte ich die Schrift.

»Hast du Angst?«, stand dort geschrieben.

Angst. Ja, ich hatte Angst. Boshaft verkroch sie sich in

meinem Gehirn, wie ein heimtückischer Virus. Ich verbannte den Brief in meinen Schrank. Und die Hoffnung, jemanden gefunden zu haben, der mir bei der Lösung meines Rätsels helfen konnte, begrub ich gleich mit.

Ich legte mich auf mein Bett und schloss die Augen. Gesichter tauchten auf. Die meiner Eltern, mein eigenes und das von Tobias, meinem ersten Freund. Das waren die einzigen Menschen, die etwas über mich wussten. Tobias war weggezogen aus der Stadt, schon vor Jahren. Anfangs hatten wir noch miteinander telefoniert, jetzt war er verheiratet und hatte ewig nichts von sich hören lassen. Er hatte ein Kind mit seiner Frau, auch eine Krankenschwester. Es war kein Platz mehr für mich in seinem Leben. Er hatte mich verlassen. Einen Grund konnte er mir nicht sagen. Einfach so war er gegangen, ich hatte ihn nicht halten wollen. Und lange dachte ich, ich hätte diesen latenten Schmerz verdient. Es tat weh, ihn nicht mehr zu sehen. Nicht mehr mit ihm zu arbeiten. Und ihn nicht vergessen zu können. Magisch zog es mich an Orte, die wir gemeinsam kannten. Als ich das bemerkte, ging ich nicht mehr dorthin. Ich genoss mein Leben auf andere Art, gönnte mir das, was in einer Beziehung strikt verboten war. Liebhaber und einen kerngesunden Egoismus. Dann verblasste sein Bild.

Hast du Angst?

Ich sagte diese Worte im Halbschlaf vor mich hin.

Wie von fern sehe ich mein verheultes Gesicht, als Tobias seine Sachen aus meinem Schrank räumt. Ich spüre die Angst, ab jetzt alleine zu sein, wie damals. Dann verändert sich der Ausdruck meiner Augen. Das bin nicht mehr ich auf dem Bett, das ist eine Fremde. Ich bin mit ihr alleine im Raum. Sie dreht sich zu mir und drückt ihren mageren Körper an mich. Sie streichelt meinen Kopf. Ihre Wangen sind eingefallen, und ihr Schädel zeichnet sich deutlich unter der Haut ab. Sie sieht krank aus. Ich setze mich auf und will sie umarmen, doch sie weicht mir aus. Ununterbrochen fährt ihre Hand über mein Haar. Ihre Bewegungen werden schneller und härter. Sie hat Finger aus Knochen, vollkommen fleischlos, ein Skelett. Die Hand beginnt mit mir zu kämpfen. Sie will mein Gesicht berühren. Ich versuche, mich zu wehren, doch sie ist stärker als ich. Immer näher und näher kommt sie meinen Augen. Ich sehe Nägel aus Stahl aus ihren Fingern wachsen.

Schweißgebadet wachte ich auf. Sollte das ewig so weitergehen?

Ich erschien viel zu früh zum Dienst und musste lange warten, bevor die Oberschwester kam. Sie nahm mein Angebot sofort an und fragte nicht, warum ich einen ganzen Monat Nachtdienst machen wollte. Ihr Plan war gesichert, für sie gab es jetzt keine Diskussionen mehr. Kein Streit mit den Kolleginnen. Wahrscheinlich dachte sie, es ginge mir um das Geld. Für sie gab es keinen anderen Grund. Sie wusste nicht, dass ich nicht ruhig schlafen konnte. Sie ahnte nichts von den unerklärlichen Bildern, die mich in meinen Träumen verfolgten. Ich wollte einfach keine Dunkelheit mehr um mich haben, wenn ich zitternd aufschreckte. Ich wollte nicht mehr nach dem Lichtschalter tasten müssen. Meine Albträume konnte ich nicht verhindern. Aber wenn ich aufwachte und es wäre hell, taghell, vielleicht könnte ich dann wieder einschlafen. Vielleicht könnte ich mich einfach umdrehen und mir sagen: Es war doch nur ein Traum, Grete. Es ist gar nichts passiert. Die Lernschwestern würden in ihren Zimmern unter mir laute Musik hören. Sie würden lachen und mit den Türen knallen. Ich müsste nicht mehr ängstlich in die Stille lauschen.

Ich bestand darauf, schon heute Abend mit meinem Dienst zu beginnen. Vorher konnte ich noch einmal nach Hause gehen, in die Stadt fahren, einkaufen.

Ich setzte mich in ein Straßencafé und beobachtete die

Leute, die an mir vorbeihasteten. Es hatte begonnen zu schneien, und die weißen Flocken verwandelten sich auf dem Boulevard zu graubraunem Schleim. Mütter zerrten ihre Kinder an dem großen Panoramafenster vorbei. Ein kleines Mädchen drückte seine Nase an der Scheibe platt und schnitt mir Grimassen. Ich musste lachen. Dann lief es weiter, seinen Eltern in die Arme. Bitter stieg in mir die Gewissheit hoch, dass ich nie eine Familie haben würde. Keinen Mann. Kein Kind. Ich rührte in meiner Tasse. Das Sahnehäufchen drehte sich stetig um seine eigene Achse, wurde immer kleiner und löste sich schließlich auf. Genau das war mein Leben. Solange ich denken konnte, drehte ich mich im Kreis. Zuerst stellte ich mir die Frage, wer ich bin. Dann folgte: Wo komme ich her? Was ist passiert? Ich fand keine Antwort. Immer wieder fing ich von vorne an. Wer bin ich? Ich griff nach Strohhalmen. Was wäre, wenn ...

Was wäre, wenn meine Mutter mich nicht ausgesetzt hatte? Vielleicht war ich einfach weggelaufen? Suchte sie mich?

Möglichkeit verwerfen. Sie hätte mich längst finden können. Jahrelang haben die Behörden nach ihr gefahndet. Sie hat mich nie gesucht.

Was wäre, wenn sie das Gedächtnis verloren hätte? Sie erinnerte sich nicht mehr an ihre Tochter. Das konnte doch sein.

Irriger Gedankengang. Jede Anstalt ist überprüft worden.

Was wäre, wenn mein Vater sie gezwungen hätte, mich wegzugeben? Männer waren doch immer die Bösen in diesem Spiel zwischen Mann, Frau und manchmal Kind.

Nein. Es gab keinen Anhaltspunkt. Kein Standesamt hatte irgendwelche Unterlagen über mich. Kein Name, kein Geburtsdatum, nichts, das auf mich auch nur annähernd zutreffen könnte. Alle Kinder im ganzen Land waren vorhanden, genau dort, wo sie sein mussten. Nur ich nicht.

Was wäre, wenn? Wie kommt ein dreijähriges Kind vielleicht mehrere Tage alleine durch? Mitten im Herbst? Mitten in der Wildnis? Kann es das, ohne Hilfe? Wird es nicht gesehen? Fragt sich niemand, was macht dieses Kind hier auf der Straße? Hat es etwas zu essen? Hat es Angst?

Natürlich hat es Angst. Und die Angst löst etwas aus. Gedächtnisverlust, zum Beispiel. Oder Albträume. Oder beides. Wie schnell läuft ein Kind? Schafft es fünf Kilometer am Tag? Oder zehn? Kann es mehrere Tage hintereinander laufen, ist das möglich? Und warum kämpft so ein kleines Ding um sein Leben? Ich würde mich heute nicht mehr anstrengen, ich würde nicht weitergehen, ohne zu wissen, wohin. Ich würde mich unter einen Baum setzen und einfach sterben. Über mir würde die Sonne durch die Äste scheinen, und ich würde einschlafen. Ich hätte keine Angst mehr. Sollte danach doch kommen, was wolle, ich wäre dann nicht mehr da.

Aber Kinder begreifen Worte wie hoffnungslos nicht. Oder wie aufgeben. Aber Angst kennen sie. Und Angst treibt weiter. Könnten sie eine aussichtslose Situation verstehen, könnten sie angemessen reagieren, dann wäre ich heute nicht hier.

Was, wenn ich meine Eltern nie finden würde? Was bedeuteten die Nachrichten auf den abgerissenen Zetteln?

Mein Briefkasten blieb leer. Ich wusste nicht, ob das beruhigend war. Dann, fast hatte ich den anonymen Schreiber vergessen, sah ich einen Umschlag vor meiner Tür liegen.

»Wer bist du wirklich?«, stand auf dem Zettel.

Ich zerriss ihn zu winzig kleinen Fetzen und heulte. Mach mich nicht verrückt! Was willst du von mir? Warum zeigst du dich nicht? Was hast du zu verbergen? Wie wild lief ich durch die Zimmer. Es musste jemand aus dem Krankenhaus sein. Jemand, der mich beobachten konnte. Ich finde dich, warte nur ab.

Das Übliche meiner Arbeit war getan. Auf der Station war es ruhig. Ich griff mir die Akten aus dem Schrank und blätterte. Ich finde dich. Es konnte nur ein Patient sein. Wann hatte ich den ersten Brief bekommen? Ich fing bei A an. Drei Stunden und vier Klingeln weiter war ich bei H und erkannte die Schrift sofort. Margitta Holz. Sie war es. Sie hatte eine Erklärung unterschrieben, in der sie auf Ansprüche gegen das Krankenhaus verzichtete, dann hatte man sie zur plastischen Chirurgie überwiesen. Sie war siebzehn. Ich konnte mich nur dunkel erinnern. Sie war in meiner Schicht eingeliefert worden. Drei Tage später wurde sie verlegt. Woher sollte mich eine Siebzehnjährige kennen? Ich rief unter einem Vorwand in der Chirurgie an und fragte nach ihr. Ihr nächster Termin war morgen neun Uhr dreißig. Und die Operation war gut verlaufen. Ach ja.

Margitta Holz, wer bist du? Warum machst du mir Angst? Siebzehn, ein Kind noch. Eine Schwester? Wäre mir eine Ähnlichkeit aufgefallen, wie vielleicht ihr? Ihr Gesicht war zerschnitten gewesen, jetzt war es rekonstruiert. Würde es eine Erinnerung in mir wachrufen? Sah sie wie ihre Mutter aus? Wie meine Mutter? Oder sogar wie ich? Noch ein paar Stunden, dann würde ich es wissen.

Ich setzte mich nach meinem Dienst in das Wartezimmer. Patienten kamen, Patienten gingen. Um neun Uhr zwanzig betrat sie den kahlen Raum. Sie war eine Fremde. Groß, schlank und fremd. Ich beobachtete sie. Sie hatte freundlich in den Raum gegrüßt. Sie hatte mich registriert, ich war mir sicher. Doch keine Regung deutete auf Erkennen hin. Punkt halb zehn wurde sie aufgerufen.

»Frau Holz, bitte!«

Eine Viertelstunde später ging sie, und ich folgte ihr.

»Moment«, sagte ich. Wir standen auf dem schmalen langen Krankenhausflur.

Sie drehte sich zu mir um.

»Ja?«

Sie hatte ein sympathisches Gesicht. Dunkle Augen, schmale Stirn. Noch waren die Operationsnarben rot und deutlich zu sehen. In einigen Wochen würden nur noch dünne weiße Linien übrig geblieben sein. Sie hatte ein Grübchen im Kinn. Ihre Haare waren strohblond gefärbt. Wir ähnelten uns in nichts.

»Du bist Margitta Holz?«, fragte ich.

»Ja. Und Sie sind die Krankenschwester von Station fünf. Stimmt was nicht?«

Ich wühlte in meiner Jackentasche und holte die Papierschnipsel hervor.

»Hast du das geschrieben?«

Ich hielt ihr die Fetzen aus meinem Schrank unter die Nase. Sie wurde blass, lachte dann unsicher.

»Ja. Aber ich wusste doch nicht, dass ... es war ein Scherz. Ein Streich. Es ist doch so langweilig hier, also habe ich gern mitgespielt.«

»Für wen hast du das geschrieben?«

»Ich weiß nicht, wie sie heißt. Eine Patientin von Ihrer Station. Ich habe sie im Park getroffen. Sie hat gesagt, dass sie ihre Schwester ein bisschen ärgern will. Sie hat mir etwas Geld gegeben, und dann habe ich aufgeschrieben, was sie wollte, und die Briefe eben eingeworfen. Beim letzten Mal sollte ich ihn vor die Tür legen. Habe ich auch gemacht. Heute wieder.« Sie zitterte mehr als ich und gab mir den Umschlag.

»Komm zu mir!« Das wäre es also heute gewesen.

»Wie sah sie aus? Bitte!«

»Na ja, sie war klein und grauhaarig. Und krank, richtig krank hat sie ausgesehen. Sie war gut angezogen. Sie hat mir auch gesagt, dass sie bald sterben muss, da konnte ich doch nicht Nein sagen.«

»Wenn sie dich wieder fragt, mach weiter, was sie will.

Klar? Und sag ihr auf keinen Fall, dass wir miteinander gesprochen haben.« Sie nickte unsicher, und ich ließ sie stehen.

Warum wollte Lotte Greber mir Angst machen?

Ich verschlief meine Tage. Träume kamen, Träume gingen. Manche hafteten sich hartnäckig an meine Gedanken. Manche tauchten boshaft in scheinbar ruhigen Momenten auf und verschwanden dann für eine Weile. Bilder blätterten sich vor meinen Augen auf, wie von einem abgerissenen Kalender. Unerwartet und immer wieder neu.

Ich schwimme durch einen See. Unter mir unschätzbare Tiefe, über mir die blauschwarze Kuppel mit ihren funkelnden Sternen. Ich drehe mich auf den Rücken, und die sachte Bewegung meiner Hände ist das einzig Unruhige, das einzig nicht Erstarrte in der schlafenden Welt. Der schlammige Geruch des Wassers mischt sich mit dem Schwall feuchter Erde, den der Wind vom Ufer zu mir treibt. Luftblasen steigen vom Grund an die Oberfläche und streicheln meine Beine. Ich hole tief Luft und lasse mich sinken. Das Wasser schlägt warm über meinem Gesicht zusammen. Ich schwebe in die Tiefe. Ich sehe die Sterne kleiner werden, verschwommen, wie durch nasses Fensterglas. Dann verschwinden sie ganz, und der Himmel wandelt seine Farbe in strahlendes Blau, es ist Tag geworden. Sonnenlicht dringt zu mir und färbt das Wasser flaschengrün. Algen schweben an mir vorüber, die Welt ist sanft verschleiert. Dann höre ich ein Geräusch, einen dumpfen Schlag, dann noch einen, sie verdichten sich, so schmerzhaft laut, dass ich mir die Ohren zuhalten will. Doch meine Bewegungen sind gehemmt, ich kann die Hände nicht an meinen Kopf legen. Ich schließe die Augen, und als ich sie wieder öffne, ist es um mich herum schwarz und kalt. Der Himmel ist grau und nur Fetzen sind zu sehen. Bevor ich verstehe, dass es regnet und ich wieder nach oben muss, um nicht verrückt zu werden vor Lärm, zieht es mich tiefer und tiefer. Ich kämpfe, doch ich sinke. Das Geräusch lässt keinen klaren Gedanken zu. Panisch fühle ich, wie mir die Luft knapp wird. Ich merke, wie sich meine Füße in weichen Morast bohren und beginne im Zeitlupentempo zu laufen. Angst breitet sich in meinem Kopf aus, in die sich ein leises Flüstern mischt, eine zischende Stimme. Blind stolpere ich über den Seeboden. Mit letzter Kraft stoße ich mich ab und erreiche die Oberfläche nicht weit vom Ufer. Ich schwimme. Ich stoße mir die Knie am Grund. Das Wasser ist jetzt flach, und es sind nur noch ein paar Meter. Stolpernd raffe ich mich auf und kämpfe mich durch dichtes Schilf, das klaffende Wunden in meine Beine schneidet. Mit dem ersten Schritt auf festem Boden wird es still. Der Himmel ist klar, ein ruhiger Morgen liegt vor mir. Blut vermischt sich mit dem Wasser, das von mir tropft, zu kleinen, hellroten Rinnsalen.

Auf einen alten Kassenbon hatte ich die Adresse aus der Akte von Lotte Greber geschrieben. Sie war wieder entlassen worden. Aber ich musste nur warten. Sie würde zurückkommen. Das war ganz sicher.

An meinem freien Wochenende lief ich durch die Stadt. Ich ging ins Kino und sah mir die Auslagen der Juweliere an. Ich hatte mich an den Nachtdienst gewöhnt. Morgens um sieben ging ich ins Bett und stand zehn Stunden später wieder auf. Mein Leben war trüb, ich war ein bisschen depressiv. Die Zeit verlief stetig. Dann fand ich den nächsten Brief von Margitta Holz vor meiner Tür. Lotte Greber war wieder da.

»Ich träume von dir.«

Ihre Worte lösten eine Flut von dunklen Bildern aus.

Ich stehe vor einer Frau aus schwarzem Marmor. Ihre Gesichtszüge sind friedlich, ihr Lächeln freundlich. Sie bewegt sich, und die Steinhülle knackt. Weiße Flügel entfalten sich auf ihrem Rücken und recken sich in den blauen Himmel.

Lange Federn spreizen sich und filtern alles Grelle aus dem Sonnenlicht. Dann laufen Risse quer über die Engelsfigur, jeden Moment wird auch der Körper lebendig werden, er versucht, die Fesseln aus Stein zu sprengen. Wild schlagen die riesigen Flügel. Staub wirbelt auf. Eine Schwinge trifft mich und wirft mich um. Ich liege auf dem Boden, über mir verzerrt sich das Engelsgesicht. Lava quillt rot glühend aus den Rissen der Figur, sie erstarrt. Der Körper bückt sich wie im Schmerz. Und langsam, ganz langsam, verwandeln sich die weißen Federn seiner Flügel in hässliches Gestein. Eine nach der anderen. Jede einzelne Faser der Federn kann ich erkennen, wie fein gemeißelt. Mit einem lauten Krachen brechen die Flügel aus dem Rücken des Engels. Sie zersplittern auf dem Boden in tausend Stücke. Und während ich durch die Scherben davonlaufe, sehe ich, wie meine Haut sich mit schwarzen Schuppen belegt …

»Kann ich Ihnen noch etwas bringen, Frau Greber? Ein Glas Wasser, einen Früchtetee? Oder einen Wodka?«

Sie sah verwirrt um sich. In einem pinkfarbenen Morgenmantel aus Seide stand sie im Türrahmen des Schwesternzimmers. Es war viertel nach drei.

»Wieso sagen Sie so etwas zu mir?« Sie hatte Tränen in den Augen. Ich roch den Alkohol in ihrem Atem, obwohl ich am anderen Ende des Raumes stand. Sie war betrunken. Sie streckte ihre Arme nach mir aus, als wollte sie auf mich zulaufen. Sie hob den Fuß und stolperte über die Schwelle. Lang schlug sie vor mir auf den Boden. Ich trug sie zurück in ihr Bett. Sie winselte wie ein junger Hund.

Ich schlug die Bettdecke unter ihren Armen ein. Sie sah mich flehend an, als hätte ich etwas Schlimmes mit ihr vor. Und dann sagte sie es:

»Sie erinnern mich an jemanden.« Mein Herz setzte einen Schlag aus.

»So, und an wen?«

»An sie.« Ihre Augen funkelten kurz auf.

»An wen denn?« Sprich!

»An sie, Sie erinnern mich an sie.«

»Und wer ist sie?« Hätte es etwas gebracht, sie zu schlagen, ich hätte es getan.

»Ich kann nicht schlafen. Ich träume immer so schreckliche Dinge. Von ihr. Sie tut mir weh, sie macht alles kaputt. Ich bringe sie um.« Sie flüsterte, ihre Worte wurden immer leiser.

»Frau Greber, wer ist sie?«

»Kennen Sie sie? Sie ist überall. Sie beobachtet mich.« Sie versuchte, sich unter der festgezogenen Decke umzudrehen.

»Ganz ruhig. Von wem reden Sie? Hier ist niemand.«

»Doch, sie ist hier. Geh weg!«, schrie sie plötzlich. »Weg!!«

Sie meinte mich.

Es hatte keinen Zweck. Ich zog eine Spritze auf und holte den Arzt.

Am Morgen wartete ich auf die Ablösung. Ich übergab meine Schicht und fragte nebenbei nach der Patientin mit dem Leberkrebs, Frau Greber. Ja, sie geht spazieren. Nein, sie ist nicht zu schwach dafür. Noch nicht.

»Ruf mich bitte an, wenn sie rausgeht«, sagte ich zu dem anderen weißen Kittel.

»Wieso?«

»Frag nicht. Kriegst du das hin? Bitte.«

»Okay. Ich versuche es. Aber nur, wenn hier nicht so viel los ist.«

Und schon stand ich alleine auf dem Gang.

Gegen drei wurde ich vom Telefon geweckt und lief in den Park. Ich musste nicht lange suchen. Frau Greber saß auf einer Bank am Hauptweg. Ihre Augen waren geschlossen.

»Guten Tag«, sagte ich und nahm, als wäre ich rein zufällig hier, neben ihr Platz.

»Haben Sie gut geschlafen?«, fragte ich vorsichtig.

»Danke, ja, sehr gut.« Ihre Stimme war brüchig.

»Wissen Sie, gestern Nacht, so etwas kann jedem passieren«, fing ich an.

Sie lächelte verwirrt.

»Was war gestern Nacht?«, fragte sie unsicher. Sie konnte sich nicht erinnern. Blackout. Filmriss. Umso besser für mich.

»Ach, nichts weiter. Sie haben schlecht geträumt, und da hat der Arzt Ihnen eine Spritze gegeben.«

»Ja?«

Wie bekomme ich sie nur dorthin, wohin ich sie haben will?

»Wie geht es Ihrer Schwester?«

Das war der falsche Weg, sie rückte von mir ab.

»Ganz gut, glaube ich«, sagte sie. Sie spielte mit dem Verschluss ihrer Handtasche, ließ ihn aufschnappen und kratzte mit dem Fingernagel an dem Metall. Ich suchte noch nach den passenden Worten, als sie sagte: »Haben Sie Familie?«

»Ja«, antwortete ich artig. Ich erinnerte sie nicht daran, dass sie mich genau dasselbe schon einmal gefragt hatte. Das Gedächtnis von Alkoholikern ist trügerisch, und genau das wollte ich für mich nutzen. »Meine Adoptiveltern leben nicht weit von hier. Ich sehe sie ab und zu.«

»Sie sind adoptiert?« Sie horchte auf.

»Ja.« Wieso wusste sie nichts davon? Ich wurde unsicher.

»Und was ist mit Ihren richtigen Eltern?« Sie rutschte unruhig über die Holzfläche der Bank.

»Keine Ahnung. Ich weiß nicht.« Ich sah ihr ins Gesicht, sie wich mir nicht aus.

»Das müssen furchtbare Menschen sein«, sagte sie langsam.

»Das kann ich mir nicht vorstellen«, sagte ich, weil ich es mir nicht vorstellen wollte.

»Warum haben sie das getan?« Frau Greber atmete tief ein.

»Was getan?« Ich beobachtete sie.

»Na, Sie zur Adoption freigegeben?«

»Sie haben mich nicht freigegeben. Sie sind verschwunden. Ich weiß nicht, wohin. Wahrscheinlich sind sie tot.«

Ihre Hand zuckte und wischte die Tasche von ihrem Schoß. Ich bückte mich, registrierte die angeschwollenen, tiefblauen Adern ihrer Beine unter den dünnen Nylons und klopfte nebenbei den Staub von dem weichen Leder.

»Wer ist tot?« Sie sah mich an, als wüsste sie nicht, wen ich meinte.

»Meine Eltern. Sie müssen tot sein. Ich kann sie jedenfalls nicht finden.«

»Vielleicht wollen sie auch nicht gefunden werden.« Sie hatte die Augen zusammengekniffen und die Stirn gerunzelt.

»Nein. Nein, dafür gibt es doch gar keinen Grund.« Ich hoffte, sie hörte nicht die Unsicherheit in meiner Stimme. Ich hatte diesen Gedanken schon tausendmal beiseite geschoben, er drängte sich immer wieder auf, angesichts meiner jahrelangen erfolglosen Bemühungen. Er war die Ursache für wochenlanges Selbstmitleid, für Resignation und plötzliche Wutanfälle. Nie würde ich sie finden können, wenn sie sich vor mir versteckten. Nie würde ich etwas erfahren, wenn sie es nicht wollten. Nie würde meine Erinnerung zurückkehren, wenn ich keinen Anstoß erhielt. Nie. Ich hielt immer noch die Tasche in der Hand, Frau Greber griff nicht danach. Ihre Hände lagen bewegungslos ineinander verschlungen auf ihrem Rock.

»Ihre Mutter ist schuld daran. Ihre Mutter hat Sie verlassen. Glauben Sie mir. Es gibt Frauen, die benutzen ihre Kinder, um die Männer zu erpressen. Und wenn kein Mann mehr da ist, dann haben sie keine Verwendung mehr für das Kind. Frauen sind scheußliche Wesen. Frauen kennen keine Gnade.« Der Ausdruck in ihrem Gesicht veränderte sich. Ihre Nasenflügel bebten, ihre Lippen wurden schmal und blass. Ihre Worte klangen verbittert, als wäre sie das Opfer und nicht ich. Ich spürte, wie mein Hals rau wurde. Warum sagte sie das? Ich rieb mit dem Handballen über die kleinen Zettel mit ihren Nachrichten, die in meiner Hosentasche steckten. Das Papier raschelte leise und drückte sich warnend an die Haut meines Oberschenkels.

»Sie leben allein mit Ihrer Schwester?« Ich versuchte, das Thema zu wechseln, egal, ob ihr der Schwenk passte oder nicht. Aber diesmal rückte sie nicht von mir ab.

»Ja. Meine Schwester ist gelähmt. Sie sitzt im Rollstuhl. Noch ist sie rüstig und kommt gut alleine klar. Aber wenn ich nicht mehr bin, wird es schwierig für sie.« Sie sah auf ihre Füße.

»Sie dürfen nicht so negativ denken. Versuchen Sie zu kämpfen«, sagte ich, obwohl ich wusste, dass sie nicht mehr zu retten war. Aber ich wollte auf keinen Fall, dass sie unser Gespräch abbrach, weil ihr einfiel, wie wenig Zeit sie noch hatte. Ich wollte sie nicht in einer depressiven Phase versinken sehen. Das hätte Schweigsamkeit bedeutet und half mir nicht weiter. Also versuchte ich, sie bei Laune zu halten.

Zuerst hörte ich ein verhaltenes Prusten, das durch die Finger ihrer Hand kam, die sie sich vor den Mund hielt. Ich dachte, ich hätte sie zum Weinen gebracht, aber dann lachte sie lauthals, bis ihr die Tränen über die Wangen liefen.

»Wieso lachen Sie?«

Sie schüttelte sich und wischte über die Augen.

»Natürlich werde ich bald sterben. Und Sie wissen das auch.«

»Und was ist daran so komisch?«

»Sie lügen ganz, ganz schlecht.« Sie fing wieder an zu lachen und stieß mich mit dem Ellenbogen in die Seite, als hätte mein Witz eine köstliche Pointe gehabt. Ich war nahe daran, einzustimmen, aber das Gefühl, ihr aus Berechnung etwas vorgemacht zu haben, hinderte mich. Nein, Frau Greber, Ihre Leber wird Ihnen den Suff schon verzeihen. Und jetzt, wo die liebe Schwester Grete Sie so nett beschwindelt hat, erzählen Sie doch mal, warum Sie mir diese Nachrichten haben zukommen lassen. Ich hatte nicht vergessen, dass man scheinbar alles, was ich dachte, sehen konnte, ich hatte nur nicht erwartet, dass auch ihr das gelang. Ich hätte schon vor Jahren lügen lernen müssen. Es erleichterte die Arbeit und gab manchen Patienten Hoffnung. Nur kam mir dieser Betrug so schwer über die Lippen, dass ich es nicht oft versucht hatte. Vielleicht, weil ich es hätte wissen wollen, wenn es so weit war, wenn ich nur noch wenig Zeit zu leben hätte. Ich schimpfte innerlich auf meine Eltern, die die Ehrlichkeit in mein Wesen einzementiert hatten. Sie hatten mich damit um die Möglichkeit gebracht, Problemen auszuweichen. Ich hatte dieser verfluchten Ehrlichkeit zu verdanken, als kratzbürstig und unhöflich zu gelten, weil ich Worte nicht zu meinem Vorteil nutzen konnte. Wie viel einfacher wäre alles für mich gewesen, hätte ich die fremden Eitelkeiten nur mit ein paar kleinen Schmeicheleien und Lügen schmieren können. Doch sobald ich es versuchte, klang ich falsch, und weil so vieles in meinem Leben falsch war, ohne dass ich einen Anteil daran hatte, ließ ich es bleiben.

Frau Greber knetete ein Papiertaschentuch in den Händen. »Nur so zu gehen, das ist schon bitter. Dass nichts übrig bleibt. Kein Kind, kein Mann. Es ist so ungerecht.« Ich dachte daran, dass sie ihren Abgang selber inszeniert hatte. Gegenüber unserer Bank stand eine Buche, ihr Stamm war mit kinderkopfgroßen Wucherungen übersät. In der Krone hingen Misteln wie Vogelnester, und ein trockener Pilz wuchs mehrere Meter über dem Boden aus der Rinde. Ich wusste, dass dieser Baum im Frühjahr nicht mehr austreiben würde, er war tot und stand nur noch hier, weil im Winter sein Zustand niemandem auffiel. Er fügte sich in das Parkbild ein, und wenn man ihn fällte, würde eine Lücke entstehen. Sein Inneres musste ähnlich aussehen wie der Körper von Frau Greber. Das Zentrum war zerfressen, die letzte Kraft hatte er verbraucht, um die Geschwüre zu ernähren. Ich fragte mich, warum sie sich von allen Bänken ausgerechnet die mit Blick auf diesen krebskranken Baum ausgesucht hatte, als sie sich zu mir wandte und sagte: »Möchten Sie nicht für mich arbeiten?« Die ganze Zeit hatte ich diese Worte noch einmal hören wollen, jetzt trafen sie mich unerwartet. Ich wusste nicht, wie ich reagieren sollte.

»Denken Sie darüber nach, bitte. Wir brauchen dringend eine Hilfe. Sie passen sehr gut in unser Haus. Obwohl Sie …«, sie brach den Satz ab. Ich malte mit der Schuhspitze Kreise in den staubigen Weg. Aus den Augenwinkeln verfolgte ich ihren musternden Blick. Sie tastete mein Haar ab, mein Profil und schließlich meine Hände, als ob sie irgendetwas suchte. »Wissen Sie was? Ich mache es Ihnen ganz einfach. Ich schicke Ihnen die Papiere zu, ändern Sie, was Ihnen nicht gefällt. Es wäre doch gelacht, wenn ich Sie nicht zu uns locken könnte.« Sie stand auf, reichte mir die Hand zum Abschied, sagte: »Auf Wiedersehen«, und ging, ohne nach meiner Adresse gefragt zu haben.

Noch in derselben Woche unterschrieb ich den Vertrag. Es störte mich nicht, dass dort unter Aufgaben auch ›Erledigung allgemeiner Hausarbeiten‹ stand. Es störte mich noch weniger, dass ich zu diesem Zeitpunkt weder Frau Grebers Schwester kannte noch meine neue Unterkunft gesehen hatte. Es gab eine Spur, nur das war wichtig. Vielleicht hätte ich ein bisschen feilschen sollen, um nicht verdächtig zu erscheinen, aber das kam mir zu spät in den Sinn. Das Krankenhaus ließ mich auf meinen Wunsch ohne zu zögern, ohne Bedauern, sofort gehen. Man fragte mich nicht einmal nach dem Grund. Ich packte meine Sachen und verschwand. Ich ließ mehr als dreizehn Jahre zurück. Als meine Möbel in den Umzugswagen eingeladen wurden, sahen die Lernschwestern kichernd aus den Fenstern. Ich fragte mich, welches der jungen Mädchen wohl meine Stelle einnehmen würde.

KAPITEL 2

Reimann/Greber stand auf dem Klingelschild. Ich drückte auf den Knopf aus geschwärztem Messing, und die schweren Torflügel öffneten sich, ohne dass eine Stimme aus der Wechselsprechanlage gefragt hätte, wer ich war. Man hatte mich erwartet. Ich fuhr über den mit weißen Kieseln ausgelegten Weg, vorbei an winterkahlen Bäumen und immergrünen Hecken, direkt auf das Portal zu. Der Weg war lang und steil genug, um die Größe der Villa, die von der Straße eher wie ein Teehaus aussah, ins rechte Licht zu rücken. Jeder Meter, den ich zurücklegte, ließ mehr Wände, Fenster, Ziegel hervortreten, die Front wuchs, bis ich überzeugt war, ein Schloss vor mir zu sehen. Als ich den Wagen anhielt und ausstieg, enttarnte sich dieser Eindruck als Täuschungsmanöver des Architekten, der das Gebäude geschickt in den Hang eingefügt und die Wirkung von Entfernung und Proportionen genau berechnet hatte. Der Verputz erschien in der nachmittäglichen Dämmerung als stumpfgraue Fläche, als Frau Greber jedoch in dieselbe Farbe gehüllt aus der Tür trat, wurde mir klar, dass die Wände bei Tageslicht strahlend weiß sein mussten. Das dumpfe Matt lag vielmehr auf ihrem Gesicht, vom Make-up kaum überdeckt.

»Liebe Schwester Grete, wie ich mich freue, Sie hier begrüßen zu können.« Sie kam mir entgegen, die Arme weit von sich gestreckt, schritt sie, ohne auf die Stufen zu sehen, die Treppe hinunter. Sie warf einen kurzen Seitenblick auf meinen Wagen, dessen Roststellen, statt im Zwielicht zu verschwinden, aufzublühen schienen. Mein Wagen und ich standen wie zwei Fremdkörper vor der Villa, derb wie abstrakte Kunstwerke zwischen barocken Formen, und ließen uns von Frau Greber mustern.

Sie klapperte mit dem Schlüsselbund in ihrer Hand und führte mich um die Hausfront herum zu einem Eingang im Seitenbereich der Villa. Sie öffnete die Tür und tapste mir voran. Die Treppe führte in das Dachgeschoss. Sie war so steil, dass ich beim Aufstieg die Wäsche der Hausherrin unter ihrem Rock sehen konnte. Cremefarbene Seide und halterlose Strümpfe mit breitem Spitzenrand. Sehr feminin. Sehr unpraktisch.

»Wir hatten früher viel Personal«, sagte sie, »einen Chauffeur«, ihre Lungen rasselten wie die einer Kettenraucherin, »einen Gärtner«, sie holte tief Luft, »eine Köchin«, die nächste Stufe, »ein Kindermädchen«, zwei Stufen, »und eine Privatlehrerin.« Drei Stufen, eine Biegung, Ende der Treppe und Halt vor einer dunkelbraun lackierten Tür. »Und nie hatten wir Probleme, wir sind mit allen sehr gut ausgekommen. Ich hoffe, wir werden auch mit Ihnen positive Erfahrungen machen.«

Verschwunden war die schüchterne Freundlichkeit, die sie im Krankenhaus gezeigt hatte, vergessen die schwachen Momente, in denen ich sie erlebt hatte. Ich war das Personal, sie bezahlte mich schließlich. Ich seufzte innerlich, denn ich ahnte, dass sie mich genau so behandeln würde. Ihre Leutseligkeit war vorbei, und dass sie mir von sich erzählt hatte, musste ihr jetzt wie ein Verstoß gegen die Etikette vorkommen. Ihre Augen blieben an meinen neutralen schwarzen Hosen hängen. Sie wendete sich abrupt von ihnen ab, als hinge das Schild *Chemiefaser* aus dem Bund, und stieß die Tür auf.

»Ich hoffe, es genügt Ihren Ansprüchen.«

Wir standen in einem kahlen Raum mit weiß gekalkten Wänden. Die Zimmerdecke erhob sich in der Mitte über drei Meter hoch. Sechs sich gegenüberliegende Mansardenfenster standen weit offen und ließen außer der Kälte viel Licht hinein. Holzständer, geschwärzt und nur grob bearbeitet, trennten den hinteren Wohnteil ab. Es roch nach frischem Lack. Ja, ich war durchaus zufrieden. Das hatte ich nicht erwartet.

»Das hier ist das Atelier. Meine Eltern hatten viel für Malerei übrig. Besonders meine Mutter. Viele mittellose Künstler haben hier gewohnt.«

Eine großherzige Familie. Ja, die gute alte Zeit.

»Kommen Sie!« Sie tippelte über die glatt versiegelten Dielen mit ihren kurzen, schnellen Schritten und öffnete die Tür zum Bad. Ein kleiner, quadratischer Raum. Die ehemals weißen Fliesen waren vergilbt, sie reichten bis unter die Decke. Ihre glasierte Oberfläche war gesprungen, feine Risse liefen netzartig über die Wände. Grün gesprenkeltes Linoleum lag auf dem Fußboden, wölbte sich an den Ecken nach oben und war zum großen Teil bis auf die Fasern abgetreten. Ein zweigeteiltes Gaubenfenster sah wie ein halb geschlossenes Auge aus Glas auf uns herab, jede der beiden Scheiben so klein, dass ich sie mit meinen Handflächen hätte bedecken können. Statt eines Waschbeckens war eine angeschlagene Emailleschüssel in einem Drahtgestell zwischen die Ränder der gusseisernen Wanne geklemmt. Die Toilette stand auf einem Sockel, der hinter einem roten Rüschenvorhang versteckt war. Neben den Stoffkaskaden befand sich eine weitere Tür, die nach außen aufging. Eine schmale Treppe führte hinab in das Hauptgebäude. Ich tastete nach einem Lichtschalter, fand aber keinen.

»Von hier aus kommen Sie direkt in die Bibliothek und von dort in die anderen Zimmer.«

Frau Greber führte mich in die Küche. Sie hatte den gleichen Grundriss wie das Bad und war ausgefüllt mit einem Küchenbüfett mit Milchglasscheiben, einem Holzregal, auf dem ein elektrischer Zweiplattenkocher stand, und einem Tisch mit eingelassenen Schüsseln, der eine frühe Variante der modernen Küchenspüle darstellte. Statt des Fensters war eine Glastür in das Dach eingelassen, von außen mit einem französischen Metallgitter gesichert. Ich konnte in die Auffahrt und durch einen der Torflügel auf die Straße sehen. Der Wagen mit meinen Möbeln fuhr gerade vor.

»So, ich sage jetzt den Männern Bescheid. Am besten richten Sie sich erst einmal ein. Und morgen früh, sagen wir neun Uhr, stelle ich Ihnen dann meine Schwester vor.«

Frau Greber drückte mir die Schlüssel in die Hand und ging durch das Atelier zur Tür. Ihre Schuhe klackerten über die Dielung, die Absätze waren dünn und spitz und hinterließen feine Kratzer auf der polierten Lackschicht. Ich beobachtete ihre Füße, bis die Tür hinter ihr zuschlug.

Der Möbelwagen fuhr über die Kiesel der Einfahrt zum Tor. Seine Räder trafen genau die Spur, die er im Kommen gelegt hatte. Er bog auf die Straße und verschwand aus meinem Blickfeld. Die natürliche Ordnung des Hauses war wiederhergestellt, kein Trampeln auf der Treppe, kein Möbelrücken mehr. Es war still im Haus. Nur die verschobenen Kiesel der Auffahrt wiesen auf meine Ankunft hin.

Ich schloss die Fenster und setzte mich auf den kalten Fußboden. Mein bisschen Mobiliar sah verloren aus vor den hellen Wänden. In meinem Rücken knackte die Luft in den Heizungsrohren. Die Arme über die Knie gelegt, betrachtete ich meine neue Welt. Schäbig kam ich mir vor, gewöhnlich, geradezu ordinär und vollkommen unpassend. Wie die Reste der Ölfarben unter dem neuen Lack der Dielen. Ich sah mein Spiegelbild in einer Fensterscheibe und hörte wieder Frau Greber, wie sie zu mir sagte: »Sie wirken so herb mit Ihrer Frisur.« Ich zog die Klammern aus meinem Haar. Strähne für Strähne löste sich, drehte sich auseinander und verursachte ein Kribbeln auf meiner Kopfhaut. Wie viele Friseurinnen hatten versucht, es meinen Wünschen anzupassen, hatten es gewaschen, geschnitten, geföhnt und mit Chemikalien behandelt, ich wollte eine sichtbare Veränderung, aber es war zwecklos. Nach wenigen Tagen hing es an mir herunter, die Versuche allesamt missglückt. Ich sah aus wie eine Puppe, an deren Kopf sich ein Kind mit der Schere versucht hatte. So musste ich mich jeden Morgen mit Metallklammern malträtieren und mich in eine Wolke aus Spray und Lack hüllen. Ich fuhr mit den Fingern über den Ansatz im Nacken und spürte die klebrigen Reste. Vielleicht könnte ich wirklich attraktiver sein, wenn ich mir nur ein wenig mehr Mühe geben würde. Nicht nur die Frisur, auch alles andere, was Weiblichkeit so ausmachte. Aber auch Kleidung bedeutete mir eben nicht so viel wie den meisten Frauen. Meine Arbeit zwang mich zu Weiß, vielleicht trug ich deshalb privat eher dunkle Farben. Der Inhalt meines Schranks war schnell zu überblicken. Möglicherweise hätte er bei einem modebewussten Menschen eine Krise ausgelöst. Was ich an Make-up besaß, war nur eine bessere Grundausstattung. War Schönheit mir unwichtig? Ich war mir nicht sicher. Zumindest war ich nicht eitel. Ich beobachtete, wie Frauen es genossen, auf Grund ihres Aussehens bewundert zu werden. Wie anerkennende Männerblicke sie aufbauten. Mir war diese Aufmerksamkeit unangenehm und das Gefühl, hübsch sein zu müssen, blieb mir fremd. Manchmal betrachtete ich voller Sorge mein Gesicht. Wie die ersten Linien begannen, sein Aussehen zu verändern. Wie Müdigkeit es blass erscheinen ließ, und wie Augenringe nach durcharbeiteten Nächten kaum noch verschwinden wollten. Ich hatte keine Angst, älter zu werden, das nicht, aber ich fürchtete um die charakteristischen Anzeichen meiner Jugend. Vielleicht würde meine Mutter mich nicht mehr erkennen, wenn sie mich zufällig sähe. In ihrer Vorstellung war ich ein Kind, war mein Gesicht jung, es war rund und hatte kaum Konturen und schon gar keine Falten.

Ich hatte mir vorgenommen, an meinem dreißigsten Geburtstag keine Krise zu bekommen, diesem Tag, vor dem sich jede Frau fürchtet, weil niemand in ihr je wieder ein Mädchen sehen wird. Und ich bin nie gerne ein Kind gewesen, ich wollte immer erwachsen sein. Ich hatte geglaubt, dann würde ich ALLES verstehen. Also hatte ich feiern wollen, wie die totgeglaubten und doch geheilten Patienten aus dem Krankenhaus. Schön, dass ich überhaupt so alt geworden bin. Was kümmerte mich der blätternde Lack. Es gab da schließlich einen Tag im Herbst vor siebenundzwanzig Jahren, da hatte ich kaum eine Chance, überhaupt dreißig zu werden. Es hätte mich damals nur niemand finden müssen. Ich hätte mir einen anderen Baum aussuchen können, an dem niemand vorbeigegangen wäre. Aber vielleicht war es auch gar kein Zufall, dass ich genau dort gesessen hatte, an diesem Weg, in dieser Stadt. Vielleicht war es geplant, vielleicht sollte ich dort sein, vielleicht war noch kurz vorher jemand bei mir gewesen. Jemand, der gesagt hatte: »Setz dich hin und warte. Ich komme gleich wieder.« Nur, daran würde ich mich bestimmt erinnern. Ich wusste doch auch noch genau, wie dieses zerfurchte Männergesicht über mir aufgetaucht war. Ich wusste immer noch, dass die Finger, die nach mir gegriffen haben, krumm und zittrig gewesen sind und nach Zigarettenqualm gerochen haben. Und dass ich nicht wollte, dass sie mich berührten, dass ich überhaupt nicht angefasst werden wollte, nie wieder, dass ich Angst davor hatte, fremde Hände auf meiner Haut zu spüren, auch das wusste ich noch ganz genau.

Ich hatte im vergangenen Oktober das Büfett für besondere Gelegenheiten aus der Krankenhausküche bestellt. Es war nicht gut, viel zu teuer, aber bequem. Meine Kolleginnen sangen *Happy birthday* und *Weil heute dein Geburtstag ist*. Ich musste immerzu lachen, einerseits, weil ich reichlich Sekt getrunken hatte, andererseits, weil ich als Einzige wusste, dass ich wahrscheinlich nicht an diesem Tag geboren war. Überhaupt fühlte ich mich so gut, dass ich den weiblichen Horror vor der Dreißig vergaß. Dann erhob sich die Oberschwester und rezitierte ein selbst verfasstes Gedicht, dessen holprige Reime aufzählten, was jemals in der Welt am 29. Oktober geschehen war. Jede Strophe endete mit »Und du, liebe Grete, und du.« Genau im Gedächtnis geblieben ist mir jedoch nur, dass Rosemarie Nitribit an diesem Tag getötet worden war und man nie ihren Mörder gefasst hatte, was meine Gäste zum Brüllen und mich zum Heulen brachte. Wie ich nach Hause gekommen bin, weiß ich nicht mehr. Am nächsten Morgen hatte ich nur den Wunsch nach einer Kopfschmerztablette. Ich schlich in die Küche und durchwühlte meine Hausapotheke. Außer Pflaster, Verbandsmull und altem Hustensaft fand ich nichts. Ich lehnte meine Stirn an die Kühlschranktür, das Metall war angenehm kühl. Ich dachte an die geringe Wahrscheinlichkeit, Hinweise über mich zu finden. Und je mehr Zeit verging, umso kleiner wurde jede Chance. Ich kroch zurück in mein Bett und zog die Decke über mein Gesicht.

Als ich aufwachte, war es draußen immer noch dunkel. Die Laternen entlang der Auffahrt zur Villa drängten ihr Licht zu mir ins Zimmer. Ich lag im Bett und betrachtete die Schattenspiele an der Decke. Ich wusste genau, wo ich war, aber der Ort kam mir unwirklich vor. Ich war fast enttäuscht, dass ich nicht geträumt hatte. Der erste Traum in einer neuen Wohnung erfüllt sich, und ich war bereit, jeden Aberglauben für real zu halten, der mit meinen nächtlichen Bildern in noch so ferner Verbindung stand.

Punkt neun klopfte ich am Haupteingang. Frau Greber öffnete mir sofort, als hätte sie hinter der Tür gestanden und auf mich gewartet.

»Guten Tag.« Genau wie gestern gab sie mir nicht die Hand. »Ab morgen kommen Sie bitte vom Atelier ins Haus.« Sie meinte den Durchgang, der von meinem Bad in das Gebäude führte. Sie trat nach hinten und ließ mich in das Foyer.

»Ich zeige Ihnen jetzt das Haus«, sagte sie und ging mir voran. Jeder unserer Schritte hallte lange nach, kroch die breiten Treppen hinauf und verklang im Obergeschoss. Von einer Stuckrosette hing ein Kronleuchter. Er wurde von drei konzentrischen Kreisen aus Kristalltropfen gebildet, die Lampen brannten jetzt nur im kleinsten, oberen Bereich und beleuchteten ausschließlich die Decke. Der Raum selbst blieb dunkel, das einzige Licht drang durch ein buntes Bleiglasfenster und erzeugte die Atmosphäre einer Kirche. Instinktiv sprach ich nur mit gedämpfter Stimme, sie wurde von den Wänden als flüsterndes Echo zurückgeworfen. Außer der Treppe, die sich auf halber Höhe des nächsten Geschosses nach links und rechts teilte, gab es noch zwei weitere Wege aus der Halle, beide durch weiße, dreiflügelige Türen verschlossen.

»Rechts ist unser Esszimmer, die Küche liegt dahinter. Das Essen wird zweimal täglich geliefert. Für alle anderen Einkäufe sind Sie zuständig. Sie fahren mit unserem Wagen und führen bitte das Fahrtenbuch, das im Handschuhfach liegt. Der Garagenschlüssel befindet sich an Ihrem Schlüsselbund. Links«, sie wedelte mit der Hand vage in die Richtung, »sind die Räume meiner Schwester. Sie hat einen Lift in ihrem Zimmer, er führt in die Bibliothek. Über dem Esszimmer sind mein Reich und die Gästezimmer. Aber wir bekommen kaum Besuch. Manchmal trinken wir auf der

Terrasse Tee, dann müssen Sie dort decken. Kommen Sie mit.«

Sie führte mich zuerst in das Esszimmer, das mit antiken Möbeln zugestellt war. Ein runder Esstisch mit acht Lehnstühlen bildete das Zentrum. An den Wänden hingen zwischen Ölgemälden kleine geschnitzte Bilderrahmen, die alle leer waren. Der Geruch von Möbelpolitur und schwerem Parfüm hing in der Luft. Auf den Fensterbänken aus Marmor standen Orchideen in Messingkübeln, keine von ihnen blühte. Eine zu beiden Seiten freischwingende Tür verband den Raum mit der Küche. Sie war weiß gefliest, der Boden mit Terrazzo ausgelegt. In drei Meter Höhe lief ein Band aus blassgrünen glasierten Efeuranken über die Wände. Die Milchglasscheiben des Fensters versperrten der Wintersonne den Eintritt. Eine Neonröhre flackerte hektisch an der Decke. Es gab keine Sitzgelegenheit. Neue Küchengeräte aus Stahl waren in die Schrankzeilen eingepasst worden. Nichts wies darauf hin, dass in diesem Haus gekocht wurde. Es gab keine Pflanzen, keinen Nippes, nicht einmal Staub. Hier herrschten die Sterilität und die Gemütlichkeit eines Krankenhausflures. Ich musterte Frau Greber von der Seite. Ihre Hände waren mager und kraftlos, sahen aber im Wesentlichen kaum älter aus als meine eigenen, an denen jahrelang Desinfektionsmittel, Wasser und Seife gearbeitet hatten.

Wir gingen in die obere Etage, und Frau Greber zeigte mir ihre Räume. Die Wände im ersten Zimmer waren in einem stumpfen Altrosa gestrichen. Die zierlichen Stühle, die niedrigen Tische, die Couch leuchteten weiß, die Facetten an den Kommoden und Schränken waren zusätzlich goldfarben akzentuiert. Der leuchtend rote Plüschteppich war so dick, dass ich stolperte. Im zweiten Zimmer standen vor den hellen Stofftapeten nur ein Himmelbett mit einem tiefblauen Überwurf und ein mindestens zwei Meter hoher, ovaler Spiegel, der in alle Richtungen drehbar war. Auf einem Nachtschrank aus Muschelkalk saßen kleine Stofftiere. An den Wänden hingen naive Malereien in schrillen Farben. Alles in allem erinnerte mich die Einrichtung an die Puppenstube der blonden Anna aus meiner Kindheit. Frau Grebers Badezimmer war in Schwarz, Weiß und Gold gehalten. Der Hals einer Flasche sah hinter dem Toilettenbecken hervor. Aus dem Bürstenhalter, kein schlechtes Versteck. Frau Greber stand schweigend neben mir, bis ich sagte: »Sie fühlen sich hier bestimmt sehr wohl.« Sie antwortete mit einem dünnen »Ja«, dann lief ein Zucken um ihre Mundwinkel, und sie führte mich aus ihrem Reich in die Bibliothek.

Der Staubfilm vor den Büchern in den unzähligen Regalen war fein und an keiner sichtbaren Stelle verwischt. Zwei identische Schreibtische aus rötlichem Holz standen sich schräg gegenüber in der Mitte des Raumes, der noch höher als das Atelier war. Auf dem rechten häuften sich Stapel von Papieren, jeder mit einer schweren, bunten Glaskugel beschwert. Die Schreibgeräte lagen quer auf der Platte verstreut, ein Bleistift war auf den Lederbezug des Stuhls gerollt. Der rechte Platz wirkte nackt. Es gab keine Sitzgelegenheit, und das Arbeitsmaterial bestand nur aus einem Brieföffner mit blanker Klinge und einem unbeschriebenen weißen Blatt Papier.

Die Terrassentür war angelehnt, der Store bewegte sich leicht im kalten Zug. Ich trat vor das Panoramafenster zum Park, der sich um das komplette Grundstück zog. Von der Straßenseite aus hatte er einen ländlichen, verlassenen Eindruck gemacht, gerade jetzt im Winter. Von meinen Fenstern im Atelier konnte ich von der hinteren Ansicht nur die Spitzen der groß gewachsenen, schmalen Nadelgehölze sehen. Hier, vom Mittelgeschoss aus, zeigten sich zirkelgerade immergrüne Hecken, die sternförmig aufeinander zuliefen und einen perfekten Kreis bildeten. In seinem Zentrum stand ein steinerner Brunnen, auf dessen Rand eine Frauenfigur saß. Mehr war auf diese Entfernung nicht zu erkennen. Die Geometrie des Gartens und das Grün neben der braunen Erde der Wege machten zu dieser Jahreszeit einen trostlosen Eindruck.

Als ich mich umdrehte, um mich wieder Frau Greber zuzuwenden, hob sie eine der Glaskugeln, die blaue war es, von ihrem Schreibtisch auf. Der Stapel Papier darunter verdoppelte, vom Gewicht befreit, seine Höhe und rutschte fächerförmig auseinander. Sie achtete nicht darauf. Sie hielt den Briefbeschwerer in beiden Händen und betrachtete ihn. In seiner Mitte befand sich eine Blase aus Luft, gerade noch durch das sich brechende Licht zu erahnen unter der glatten, blassblauen Fläche.

»Ein schönes Stück«, sagte ich.

Sie nickte mit dem Kinn zur Wand, an der sich die Bücherregale teilten.

Gegenüber der Fensterfront hing, in einem breiten Rahmen aus dunklem Holz, ein Bild. Eine junge Frau in einem smaragdgrünen Charlestonkleid lächelte von der Leinwand. Sie lehnte an einer niedrigen Mauer, einer Art Brücke. Der Saum des Rockes endete kurz unter dem Knie in Schnüren aus schwarzen Perlen. Sie öffneten sich über den Waden und ließen einen Blick auf ihre fleischfarbenen Strümpfe zu. Sie hatte die Beine leicht übereinander geschlagen. Ihre Füße steckten in schwarzen Riemenschuhen mit breiten Absätzen. Ein dunkler, am Oberarm befestigter Reif bildete einen krassen Kontrast zu ihrer blassen Haut und dem verwischten blauen Hintergrund des Himmels. Ihre nackten Schultern waren rund und makellos, ihre hellbraunen Haare waren zu Zöpfen geflochten und mehrfach um ihren Kopf gelegt. Eine einzelne Haarsträhne hatte sich gelöst und lag auf ihrem linken Jochbein. Ihre Augen waren kräftig geschminkt und halb geschlossen. Sie lachte katzenhaft und ließ eine

Reihe kleiner weißer Zähne sehen. Sie hielt die blaue Glaskugel von Frau Grebers Schreibtisch wie einen Strauß Blumen in den Händen. Das Licht schien sich darin zu spiegeln, es warf ein Bild zurück, zu klein, um Details zu erkennen.

Dieses Blau. Es sprang mich regelrecht an, es hypnotisierte mich. Ich konnte meinen Blick und meine Gedanken hineinversenken wie in eine andere Sphäre. Es dehnte sich in die Unendlichkeit aus. Ich schloss die Augen und sah ein Meer aus Kornblumen, das bis zum Horizont reichte und sich dort, an einer unsichtbaren Grenze, im wolkenlosen Himmel auflöste. Über mir formte sich eine Kuppel aus blauem Glas …

Ich hörte mich mit einer glucksenden Stimme lachen, ich spürte große, kräftige Hände unter meinen Achseln. Ich sah die Kornblumen unter mir, mal näher, mal ferner, ich strich mit den Handflächen über die Blüten und griff nach ihnen, sie lösten sich von ihren Stängeln, und als der Himmel näher kam, warf ich sie über mich. Dann fiel ich auf die Erde, vom dichten Pflanzenteppich sanft aufgefangen, und Kornblumen regneten auf mein Kindergesicht.

Ich befand mich im Inneren dieser Kugel aus Glas, in den Händen dieser fremden Frau, ich schwamm in blauer Ölfarbe und schmeckte alten Staub. Ich wusste ganz genau, die Bilder vor meinen Augen waren nicht real, ich stand vor einem alten Gemälde in einem fremden Haus, und ich war nicht allein. Aber das, was ich sah, war so intensiv, so wahr, das Blau so tief, die Kornblumen so nah, es konnte unmöglich meiner Fantasie entspringen. Ich hörte mich doch lachen, ich spürte doch, wie ich mich im Flug dem Himmel näherte, wie der Boden unter meinen Füßen nachgab und wie ich mit zittrigen Knien ins Blaue fiel.

»… Mutter …«, hörte ich aus dem Hintergrund.

»Was?!«

»Das ist meine Mutter.« Frau Greber trat vor das Bild.

»Meine Mutter liebte Glas. Das hier«, sie drehte den Briefbeschwerer in ihren Händen, »hat mein Vater ihr geschenkt. Er hat gesehen, wie sie vor einem Schaufenster stand und es bewunderte. Er ist in den Laden gegangen und hat es gekauft. Als sie es annahm, war das so viel wie ein ›Ja‹.« Ich spürte, dass sie mich musterte, konnte aber nicht in ihre Richtung sehen, um ihren Blick zu erwidern.

»Was ist mit Ihnen? Sie sehen blass aus. Ist Ihnen nicht gut?«

»Doch«, antwortete ich und sah dabei auf meine Hände. Ich hatte sie zu Fäusten geballt, als hielte ich etwas in ihnen fest, die Knöchel traten weiß hervor.

»Doch«, sagte ich noch einmal, »es geht mir gut. Ich glaube nur …, ich glaube, ich habe mich eben an etwas erinnert.«

Ich strich mir über das Haar, beinahe verwundert, keine Blütenblätter dort zu finden. Ein dumpfes Geräusch erklang, ein Rasseln, und Frau Greber neben mir zuckte leicht zusammen. Sie drehte ihren Kopf hastig zu der Seite des Raumes, in der sich zwischen zwei Bücherregalen eine kleine Lifttür öffnete. Eine alte Dame im Rollstuhl fuhr heraus und auf uns zu. Sie blieb kurz vor mir stehen, kniff die Augen etwas zusammen und musterte mich lange. Dann lächelte sie, indem sie die Anordnung ihrer Falten veränderte, und reichte mir die Hand.

»Also Sie sind unsere neue Hilfe. Grete Millheim, nicht wahr?«

»Hilfe« hatte sie mich genannt. Ich nickte.

»Wie ich sehe, hat Lotte Ihnen schon den wichtigsten Teil der Familiengeschichte erzählt.« Sie sah auf den Schreibtisch ihrer Schwester, die sofort anfing, die verrutschten Papiere gerade zu rücken.

»Lotte hat einen Hang zu romantischen Geschichten. Welche war es denn? Wie unser Vater mit Hilfe einer billigen Glaskugel die Liebe seiner Frau errungen hat?«

»Die Version Ihrer Schwester hat mir besser gefallen«, sagte ich, und Frau Reimann lachte.

»Hat sie Ihnen auch erzählt, dass meine Mutter in diesem Geschäft gearbeitet hat? Sie hat das Schaufenster dekoriert und als sie es von außen betrachtete, ging unser Vater vorbei. Meine Mutter kam aus bescheidenen Verhältnissen und besaß so gut wie nichts. Das verschweigt Lotte immer, es ist ihr peinlich.«

»Du sollst nicht so reden, Heide.«

»Wieso denn nicht? Mutter war eine praktische Person, das finde ich bewundernswert. Leider habe ich diese Eigenschaft als Einzige geerbt. Lotte ist dafür in der Lage, jede Situation hoffnungslos zu romantisieren. Was ist mit Ihnen, Frau Millheim? Sind Sie romantisch oder praktisch veranlagt?«

»Ich denke, praktisch, sonst wäre ich nicht hier.«

Frau Reimann lächelte, die Antwort schien ihr zu gefallen.

»Na dann, Frau Millheim, herzlich willkommen. Lotte wird Ihnen alles zeigen. Hoffentlich gefällt es Ihnen hier. An uns soll es nicht liegen, nicht wahr, Lotte?«

Sie lenkte den Rollstuhl rückwärts, fuhr ihre Schwester dabei fast um und verschwand wieder zwischen den Regalen im Lift.

Ich warf einen Blick auf Frau Greber. Sie hatte ihre Wangen nach innen gesaugt, kaute darauf herum und sah aus wie ein Fisch. Sie öffnete die Schublade ihres Schreibtisches, holte ein eng beschriebenes Blatt Papier heraus, das sie mir in die Hand drückte.

»Das ist heute zu erledigen. Da können Sie gleich den Wagen ausprobieren. Na los, gehen Sie schon.«

Eine eigenartige Familie. Und eine Erinnerung. Ich hatte mich tatsächlich an etwas erinnert, was immer es auch war.

Frau Greber schlenderte mit mir durch den Park.

»Warum sitzt Ihre Schwester im Rollstuhl?«, fragte ich und gab mir keine Mühe, meine Neugier zu verbergen.

»Sie hatte einen Autounfall. Zum Glück war sie allein im Wagen. Nicht auszudenken, wenn ein anderer gefahren wäre.« Sie zuckte desinteressiert mit den Schultern und meinte: »Das ist schon ewig her.«

»Ihre Schwester ist Witwe?«

»Ja.«

»Wann ist Herr Reimann denn gestorben?«

»Das war ungefähr ein Jahr vor Heides Unfall.«

»Wie war er denn so?«

»Er war sehr nett, wirklich. Er war Versicherungsvertreter. Er hat viel gearbeitet und war manchmal wochenlang unterwegs.«

»Das war bestimmt schwer für Ihre Schwester, zwei Schicksalsschläge, so kurz hintereinander.«

»Meine Schwester ist das Schicksal persönlich und schlägt andere. Mit sich selbst. Ihre Ehe war ein reiner Zweckverband. Sie hat die Geschäfte unseres Vaters alleine weitergeführt, das war damals schwierig für eine ledige, junge Frau. Sie brauchte also einen Mann. Anfangs schien sie ganz zufrieden zu sein, als ich weggegangen bin, hat es allerdings schon gekriselt. Heide hat mich nicht einmal angerufen, als er ums Leben gekommen ist, ich habe es erst erfahren, als er schon unter der Erde lag. Und wie es passiert ist, hat mir eine Nachbarin erzählt, da war ich schon wieder hier, das war also nach Heides Unfall.«

»Wie ist es denn passiert?«

»Er ist vor einen Bus gelaufen. Er soll betrunken gewesen sein.« Sie schüttelte den Kopf. »Solange ich ihn kannte, hat er kaum getrunken.« Wer weiß, was sie unter »kaum getrunken« verstand, dachte ich.

Die rasierten Buchsbaumhecken öffneten sich vor uns,

und wir standen vor dem Brunnen, den ich von der Terrasse aus gesehen hatte.

Sein Bassin war ungefähr kniehoch und hatte einen Durchmesser von mindestens fünf Metern. Die Flächen waren mit schwarz-grauen Mosaiksteinen ausgelegt, der Boden senkte sich zur Mitte hin ab. Im Zentrum konnte ich durch eine vereiste Pfütze den Ablauf erkennen. Auf dem breiten Beckenrand saß eine aus Sandstein gemeißelte Frauenfigur, sie war nackt bis zur Taille. Der kurvige Körper ging in einen schuppigen Fischschwanz über. Sie kämmte sich mit beiden Händen ihr langes Haar, das bis zur Hüfte glatt war und dann üppig gelockt auf den Boden fiel. Auf den ersten Blick schien die Nixe in die Tiefe zu sehen, aber bei genauer Betrachtung waren ihre Augen geschlossen. Ihr geneigter Kopf zeigte ein zartes Profil. Die matte Wintersonne malte Schatten auf ihre Haut. Die Figur war mit Moosflechten übersät. Sie hatte etwas Madonnenhaftes.

»Im Frühjahr wird der Brunnen angestellt. Sehen Sie hier ...«

Frau Greber kletterte in den Brunnen und steckte der Loreley den Finger in das Ohr.

»Hier läuft das Wasser heraus. Es fließt ihr Haar herunter. Als Kind habe ich manchmal kleine Steine in die Düse gesteckt. Wenn der Gärtner die Hecken schnitt, schlich ich mich von hinten an und verstöpselte das Ohr. Das Wasser spritzte dann wie eine Fontäne aus dem Kopf, und das meterweit. Der alte Mann war jedes Mal klatschnass.«

Sie fuhr mit dem Zeigefinger die Haarsträhnen der Figur entlang.

»Ich wollte auch immer so schön sein. Es gab sogar einen Mann, der ... aber da waren Sie bestimmt noch nicht auf der Welt.«

»Wo waren Sie eigentlich damals, bevor Ihre Schwester den Unfall hatte?«

»Bei Freunden.« Ihr Gesicht bekam einen entrückten Ausdruck. »Ich habe dort als Hausdame gearbeitet.«
»Und wie lange waren Sie dort, Frau Greber?«
»Fast vier Jahre. Ich hätte nicht wiederkommen sollen.«
»Und wieso haben Sie es dann doch getan?«
Sie sah mich halb verwundert, halb verärgert an, öffnete den Mund und schloss ihn wieder. Dann sagte sie: »Heide ist meine Schwester. Sie hat mich gebraucht. Wir sind eine Familie. Wir sind der Rest der Familie.«

Meine Tage begannen von nun an um neun Uhr morgens. Ich ging durch die Verbindung vom Atelier ins Haupthaus und deckte den Tisch im Esszimmer. Das Polieren, Dekorieren, Serviettenfalten und Kerzenanzünden dauerte länger als die eigentliche Mahlzeit. Nach dem Frühstück gab mir jede Schwester eine Liste mit Aufträgen. Frau Reimann sagte mir deutlich, dass ihre wichtiger als die ihrer Schwester waren und zuerst erledigt werden mussten.

So machte ich Besorgungen in der Stadt und führte Telefonate. Ich gab der Putzfrau, die dreimal die Woche kam, Anweisungen. Ich rief Handwerker. Ich bestellte Ärzte, Friseure, Masseure, Kosmetikerinnen, Floristen. Die beiden Damen selbst gingen nur selten aus dem Haus. Gegen Mittag lieferte ein Feinkostladen aus der Stadt das Essen in Aluminiumschalen an, ich musste es nur noch auf den Tellern anrichten. Danach hatte ich drei Stunden frei. Meist setzte ich mich in dieser Zeit an Frau Grebers Schreibtisch in der Bibliothek und las, was mir empfohlen wurde. Nach dem Nachmittagstee ging ich mit den beiden im Park spazieren. In den ersten Wochen bestand Frau Reimann noch darauf, von ihrer Schwester geschoben zu werden, obwohl diese schon zu schwach dafür war. Irgendwann übernahm ich die Griffe des Rollstuhls. Protest wurde nicht geäußert. Den Rest des Weges legten wir schweigend zurück. Gegen sechs folgte dann das Abendbrot, danach spielten wir zu dritt eine Runde Rommé. Ich gewann selten, Frau Greber kein einziges Mal. Punkt acht Uhr nahm Frau Reimann den Lift in ihr Zimmer, während ich durch die Flure nach unten ging und darauf wartete, ihr »Kommen Sie rein!« zu hören.

Sie war einige Jahre älter als Frau Greber, ich schätzte sie auf Anfang bis Mitte sechzig. Hätte sie aufstehen können, wäre sie fast einen halben Kopf größer gewesen als ihre Schwester. Ihre Haare waren komplett weiß, sie trug sie sehr kurz. Die Farbe ihrer Augen begann auszubleichen, ein dunkler Rand umzeichnete die hellgraue Iris. Ihre faltige Haut war blass, die kleinen Altersflecken auf ihren Wangen wirkten wie Sommersprossen. Ihre Mundwinkel hingen weit nach unten und gaben ihrem Gesicht einen mürrischen Ausdruck, der sich aber sofort auflöste, wenn sie sprach. Ihre Stimme war tief, ruhig und angenehm, egal, was sie sagte.

Ihre Zimmer waren von der Anordnung identisch mit denen ihrer Schwester, von den Umbauten für den Lift und einer verbreiterten Badezimmertür abgesehen. Die Wände des vorderen Raumes waren weiß, die des Schlafzimmers gelb gestrichen. Auf den durchgehend rostbraun gefliesten Fußböden zeigten sich an manchen Stellen Schrammen und Kratzer, die durch den Rollstuhl entstanden waren. Sie hatte nur wenige, niedrige Möbel und ein Fernsehgerät in jedem Raum, auch im Bad über der Wanne. Stangen, an denen sie sich hochziehen konnte, waren an den Wänden festgeschraubt. Über ihrem Bett, einer soliden Eisenkonstruktion, hing ein Kruzifix. Neben dem Fenster stand eine Kommode mit einem dreiflügeligen Spiegel. Auf der Glasplatte sammelten sich Parfümflakons und Medikamentenflaschen, am rechten Rand stand eine Schmuckschatulle.

Jeden Abend vollzog sich das gleiche halbstündige Ritual. Ich half ihr aus ihren Kleidern und hob sie in die Wanne. Ihre

Beine waren mit wulstigen Narben übersät. Der Rest ihres Körpers war äußerlich unversehrt, bis auf einen kurzen weißen Streifen links neben der Wirbelsäule, der zehn Zentimeter unter dem Haaransatz senkrecht nach unten lief. Ein Schnitt, vielleicht von einem Glassplitter. Wäre ihr Rückgrat bei dem Unfall an dieser Stelle gebrochen oder wäre der Fremdkörper tiefer eingedrungen, hätte sie die Arme nicht mehr bewegen können. Sie ging auf eine angenehme Art mit ihrem Schicksal um, als wüsste sie, dass es hätte schlimmer kommen können. Ich fragte sie nie, wie es passiert war, obwohl ich neugierig war. Sie war gelähmt, ich konnte laufen. Sie wollte von mir nicht hören, dass sie Glück gehabt hatte.

Nach dem Bad setzte ich sie wieder in den Rollstuhl. Ich nahm ihr Nachthemd vom Haken und zog es ihr an. Danach stand ich nur noch untätig da, wie ein nutzloses Teil des Inventars, dessen Anwesenheit ihr jedoch nicht unangenehm war, und sah zu, wie sie sich nachtfertig machte.

Sie holte sich eine Zeitschrift aus dem vorderen Zimmer und legte sie neben das Bett. Sie öffnete das Fenster einen Spalt und drehte die Heizung davor auf volle Leistung. Sie fuhr vor die Kommode, legte Parfüm auf und cremte sich das Gesicht ein, wobei sie so an ihrer Haut zerrte, dass es schon beim Zusehen weh tat. Dann zog sie den einzigen Ring, den sie trug, vom Finger, öffnete die Schmuckschatulle und warf ihn hinein. Sie wartete, bis die kleine, fiepende Melodie der Spieluhr im Innern verklungen war, und klappte den Deckel wieder zu. Sie zog sich in ihr Bett, klatschte in die Hände, und das Licht verlosch. Das war das Zeichen, ich konnte gehen. Die Tür war noch nicht ganz hinter mir geschlossen, als sie ihr Nachtgebet zu murmeln begann.

Wenn ich mich dann ins Atelier zurückzog, war es still im Haus. Frau Reimann las oder sah fern, nachdem ich ihr Zimmer verlassen hatte, Frau Greber saß vor ihrem Spiegel und trank. Es hatte nicht lange gedauert, bis ich herausgefunden hatte, dass sie nicht schliefen. Ich konnte den Lichtschein aus ihren Zimmern auf den freien Flächen vor der Villa leuchten sehen. Ich konnte auch deutlich hören, wenn der Lift in Bewegung kam und Frau Reimann wieder in die Bibliothek zurückkehrte. Nach kurzer Zeit erkannte ich an ihrem Gang, an dem Schlurfen der Schritte, in welchem Zustand Frau Greber sich befand: fast nüchtern, fast betrunken oder kurz vor dem Delirium. Manchmal, wenn sie leise sprachen, schlich ich die Treppe nach unten und legte mein Ohr an die Tür, aber das war nur selten nötig; ihre Stimmen erhoben sich nach kurzer Zeit, wurden lauter und heller. Sie stritten sich oft. Ich saß währenddessen auf der Schwelle des Bades im Dunkeln, bewegte mich nicht und belauschte sie. Wenn sie dann endlich fort waren, wartete ich, bis die Lichter auf dem Rasen verschwanden, und ging selbst nach unten. Ich besuchte die Frau in Grün. Sie sollte mir die Erinnerung zurückbringen. Ich hatte Angst zu vergessen, es begann schon in meinem Kopf zu verschwimmen, und ich musste viele Details aus dem Gedächtnis heraus einsetzen und war mir nicht sicher, ob ich es genauso gesehen hatte. Ich setzte mich dem Bild gegenüber auf den Boden. Ich durfte kein Licht machen und war auf den schwachen Schein angewiesen, der durch das Fenster kam. Aber die Kugel aus blauem Glas war nur noch ein Schatten auf einer Leinwand. Sie löste nichts mehr in mir aus.

Nach einigen Wochen erkannte ich das Bild, das sich in ihr spiegelte. Es war ein Männerkörper, schemenhaft angedeutet. Das Gesicht presste sich an das Glas, es war nach oben gerichtet. Die Farbflächen formten sich zu Händen, die gegen die Hülle drückten und sie zu sprengen versuchten. Wahrscheinlich war das Bild hier im Atelier entstanden.

Der gefangene Mensch auf der Leinwand war für mich ein deutliches Bild dafür, was Männer in diesem Hause bedeuteten. Sie waren Figuren im Hintergrund, sie waren nicht präsent. Sie verschwanden in dieser weiblichen Welt. Ich spürte den Wunsch auszugehen, rauszukommen, mich treiben zu lassen. Aber ich hatte Angst, etwas zu verpassen, ich wollte auf keinen Fall meine Spur verlieren. Irgendwann würden sie sich verraten, würden sie mir die fehlenden Teile zu meinem Puzzle liefern. Ich musste nur warten.

Einmal war ich so vertieft in die Betrachtung des Bildes, dass ich nicht mehr ins Atelier flüchten konnte, als ich den Rollstuhl hörte. Frau Reimann war noch nie zweimal aus ihrem Zimmer wieder hier heraufgekommen. Ich wollte auf keinen Fall, dass sie mich sah, aber der Lift öffnete sich schon und der Weg zurück war versperrt. Mir blieb nur noch die Terrasse als Ausweg. Ich zog die Tür hinter mir zu und kauerte mich vor das Fenster. Heide Reimann fuhr vor dem Bild ihrer Mutter auf und ab. Sie bewegte tonlos ihren Mund. Als sie endlich verschwand, hatte ich kein Gefühl mehr in den Füßen. Am nächsten Morgen hatte ich Fieber. Beide Schwestern bestanden darauf, dass ich im Bett liegen blieb, und Frau Greber erklärte mir, dass ich mich auf keinen Fall sehen lassen sollte, solange ich ein Infektionsherd war.

So blieb ich zwei Wochen lang im Atelier. Sie stellten mir jeden Tag zur Mittagszeit eine Feinkostschale vor die Tür, aber sie besuchten mich nicht und fragten nicht, wie es mir ging. Zur Zeit des Nachmittagsspaziergangs ging ich in die Bibliothek und beobachtete vom Fenster aus, mit welchem schneckengleichen Tempo der Rollstuhl über die Wege geschoben wurde. Sie hatten die Strecke verkürzt, die Zeit, die sie brauchten, blieb die gleiche.

Ich war nicht direkt ans Bett gefesselt. Ich hüllte mich in eine Decke und setzte mich auf die Treppe, um zu lauschen. Sie vergaßen die Umgangsformen, die sie herauskehrten, wenn ich dabei war. Sie stritten um Geld. Sie stritten darum, wen von beiden der Arzt bevorzugt behandelte. Sie zankten sich um das Essen, um die Blumen und manchmal auch um mich.

»Ich hätte sie nicht herbringen sollen«, hörte ich Frau Greber sagen. »Es geht mir schon schlecht genug. Nicht vorzustellen, wenn sie mich ansteckt.«

»Hör auf zu jammern, das macht mich krank.«

»Und die ganze Arbeit bleibt wieder an mir hängen.«

»Arme Lotti. So viel zu tun und so wenig Zeit.«

»Ich habe nur an dich gedacht, als ich sie hergeholt habe.«

»Das wäre dann das erste Mal in deinem Leben. Du bist richtig selbstlos geworden auf deine letzten Tage.«

»Du verstehst eben nicht, dass ich das alles nicht mehr schaffe. Ich bin krank.«

»Das ist doch die schönste Ausrede für dich. Krank, krank. Ich bin auch krank. Aber ich war nie faul. Du musstest doch nie einen Finger krumm machen, dir ist alles hinterhergetragen worden.«

»Das ist nicht wahr. Ich habe gearbeitet. Ich war Hausdame damals, falls du dich noch erinnern kannst.«

»Ha! Hausdame. Komm auf den Teppich. Du warst Kindermädchen. Du bist so begriffsstutzig.«

»Du hast mich doch weggeschickt, du wolltest doch, dass ich gehe.«

»Du hattest es auf meinen Mann abgesehen.«

»Das ist nicht wahr. Tausend Mal habe ich dir das schon gesagt.«

»Was sollte ich denn denken, als ich euch zusammen in deinem Zimmer gefunden hab?«

»Wir haben uns unterhalten, das ist alles.«

»Ach, weißt du, vielleicht sollte ich dir das glauben. Was sollte ein Mann denn auch sonst von dir wollen.« Es entstand eine längere Pause. Dann sprach Frau Greber, ihre Stimme war leiser geworden, und Tränen klangen durch.

»Und gerade, als ich endlich ein eigenes Leben hatte, hast

du mich angebettelt, ich soll zurückkommen. Gerade als ich jemanden gefunden hatte.«

»Der wollte nur Geld, das habe ich dir doch bewiesen. Warum hat er denn zugegriffen? Du warst ihm nicht annähernd so viel wert, wie du denkst. Es war nur ein Anruf. Ich habe ihm die Summe genannt, die er bekommt, wenn er dich zurückschickt, und er hat sofort Ja gesagt.«

»Wie konntest du das nur tun? Wie konntest du mir nur alles kaputtmachen?«

»Arme Lotti.«

»Lass das.«

»Arme, arme Lotti.«

Ich hörte, wie sie wegging. Eine Weile später klingelte es unten am Tor, ich schloss leise die Tür. Vom Fenster aus konnte ich sehen, wie ein Taxi vorfuhr und Frau Greber einstieg. Ich erklärte mich für gesund und beschloss, am nächsten Morgen wieder nach unten zu gehen.

Der Anruf kam kurz nach dem Frühstück, das Frau Reimann, gut gelaunt und mit großem Appetit, alleine eingenommen hatte. Es war das Krankenhaus.

»Ich komme sofort«, sagte ich.

Ich rief Frau Grebers Hausarzt an, dessen resigniertes Nicken ich am anderen Ende der Leitung fast hören konnte. Wir trafen uns im Krankenhaus. Ich ließ ihn allein zu ihr gehen und begrüßte meine ehemaligen Kolleginnen. Sie luden mich ins Schwesternzimmer ein, stellten ein Glas Wasser vor mich auf den Tisch und erzählten mir, dass irgendein Typ sich vor ein paar Wochen nach mir erkundigt hatte, und dass Doktor Schneider das Krankenhaus mit der OP-Schwester, die ich gut kannte, verlassen hatte. Schließlich fragten sie mich aus, wie es mir ergangen war. Ich war mitten in meinem Bericht, als der Arzt den Kopf durch die Tür steckte und mich herauswinkte.

»Dasselbe wie immer?«, fragte ich.

»Dasselbe wie immer«, antwortete er. Es hörte sich an wie eine Bestellung in einem Restaurant.

»Sie will nicht hier bleiben«, sagte er, »Sie will auch nicht in eine andere Klinik. Es ist eigentlich auch egal. Ich kann sie verstehen. Nur, dass sie es nicht lassen kann. Man sollte doch denken, jetzt, in den letzten Monaten, ... aber ... na ja.« Er zog die Schultern hoch. »Ich werde morgen nach ihr sehen, da besprechen wir alles Weitere. Sie können sie jetzt mitnehmen. Machen Sie sich darauf gefasst, dass es rapide bergab gehen wird.« Er sah mich an. »Schaffen Sie das?«

»Was bleibt mir übrig?«

»Ja, was bleibt uns übrig. Bis morgen.«

Sie saß im Krankenhausnachthemd auf dem Bett und wartete auf mich. Ich gab ihr die Tasche mit der frischen Wäsche. Als sie sich angezogen hatte, hakte ich sie unter und zog sie zum Wagen.

Ich taste mich eine Wand entlang. Sie federt unter dem Druck meines Körpers leicht zurück. Es riecht harzig nach frischem Holz. Splitter bohren sich in meine Hände und reißen die Haut auf, warmes Blut fließt an meinen Armen herab, aber ich kann nicht loslassen. Es ist dunkel, und der Boden unter meinen Füßen ist uneben. Die Wand ist mein einziger Halt, die Wand zeigt mir die Richtung. Mattes Licht dringt durch schmale Ritzen von der anderen Seite zu mir, zu schwach, um meinen Weg zu erhellen. Dort ist etwas. Dort, nicht weit von mir entfernt, ist etwas, was ich unbedingt sehen muss. Ich fühle mit den Fingerspitzen eine runde Erhebung, ein Astloch. Es ist mit einem Pfropf verschlossen, das Geräusch, das er beim Herausziehen macht, klingt wie ein leiser Schrei. Ich muss mich bücken, um durch die Öffnung sehen zu können. Ich presse mein Auge an das raue Holz. Hinter der Wand liegt ein Mensch. Sein Körper trägt kein

Merkmal eines Geschlechtes. Er kommt mir bekannt vor, ich suche sein Gesicht, aber er hat keines. Dünne Haut bedeckt seinen Schädel, der aufgebläht wie ein Ballon ist. Das Loch, durch das ich blicke, wird kleiner. Bewegungen zucken unter der Blase des Kopfes, Konturen bilden sich, die Erhebung für die Nase, der Spalt für die Lippen, die Höhlen für die Augen. Es brodelt unter der Oberfläche. Plötzlich das Geräusch reißenden Fleisches. Die Hülle springt auf und spuckt fauligen Schleim aus. Die Ränder des Astloches klappen wie ein Fokus vor meinem Auge zusammen, ich stehe wieder in der Dunkelheit. Von der anderen Seite dringt krächzendes Würgen zu mir.

Als ich aufwachte, dachte ich nur: Ich träume wieder.

Ich brauchte drei Wochen, um Frau Greber wieder aufzupäppeln. Ich redete ständig, aber es dauerte Tage, bis sie mir antwortete. Ich wusste genau, dass sie, sobald ich aus dem Zimmer ging, aus dem Bett aufstand und einen Schluck nahm. Ich hielt sie nicht ab, und ich sagte nichts dazu. Das Einzige, wozu ich sie zwang, war, nach dem Mittagessen mit mir in den Park zu gehen, um frische Luft zu schnappen. Ich legte ein dickes Kissen auf die Bank vor dem Brunnen und setzte mich dicht neben sie, damit sie nicht fror. Manchmal drückte sie sich an meine Seite, es war fast so, als wären wir Freundinnen. Und dann, es war der neunte März und es ging ihr schon wieder so gut, dass sie beschlossen hatte, zu ihrem alten Tagesablauf zurückzukehren, sah ich ihn an ihrer Hand. Er fiel, zwischen Gold und edlen Steinen, durch seine Schäbigkeit auf, durch das abgewetzte, verbogene Silber und die stumpfe, blaue Perle aus Glas. Ich wäre am liebsten losgelaufen und hätte die Kette geholt, um sie danebenzuhalten, um zu vergleichen, um sicherzugehen, dass ich keiner Sinnestäuschung erlag.

»Was ist das für ein Ring?«

»Meine Mutter hat ihn mir geschenkt«, sagte sie.

»Er sieht sehr interessant aus.« Ich griff nach ihrer Hand und hielt sie fest, obwohl sie zurückzuckte.

»Ein Einzelstück?«, fragte ich, um überhaupt etwas zu sagen. Frau Greber ballte ihre kalten Finger zur Faust, und ich ließ sie los.

»Ich denke schon«, antwortete sie und rieb sich ihr Handgelenk. »Es gibt ein Märchen dazu, das hat man uns Kindern als Gutenachtgeschichte erzählt.« Sie rieb über das blaue Glas, sah an mir vorbei und begann, noch bevor ich sie darum bitten konnte, zu reden: »Es war einmal eine junge Magd, die arbeitete auf einem Gutshof. Ihre Mutter war bei ihrer Geburt gestorben und ihr Vater hatte sie fortgeschickt, sobald sie alt genug dafür war. Die Magd verliebte sich in den Gutsherrn und traf ihn heimlich in der Scheune. Er schenkte ihr schöne Kleider und Schmuck mit blauen Perlen aus Glas. Als sie schwanger wurde, jagte er sie mit der Peitsche weg. Die Magd ging zurück zu ihrem Vater, aber der wollte nichts von ihr wissen. Sie lief in den Wald und verschwand. Niemand dachte mehr an sie, bis sie Monate später auf dem Gutshof auftauchte. Sie warf eine Fackel in die Scheune, in der ihr Kind gezeugt worden war, und lachte. Das Feuer griff schnell auf die anderen Gebäude über. Jeder versuchte, den Brand zu löschen, niemand dachte daran, die Magd festzuhalten. Als ihr Vater aus der Tür seines Hauses trat, um sich das brennende Gutshaus aus der Ferne anzusehen, stolperte er über einen Säugling. Auf dem Kind lag der Schmuck des Gutsherrn. Die Magd selbst fand man im nahen See, sie war ins Wasser gegangen. Ihr Vater begrub sie am Ufer.« Sie stand auf und streichelte der Nixe den Rücken. »Als ich ein Kind war, habe ich mir die Magd immer so vorgestellt.« Sie neigte sich zu mir. »Sie sind so still«, sagte sie.

Das war kein Märchen, das war meine Geschichte.

»Schwester Grete?«

Ich war dieses Kind, ich bin mit dem Schmuck in der Hand gefunden worden.

»Hat Ihnen das Märchen nicht gefallen?«

»Doch.«

»Sie sehen blass aus«, sagte sie, und ein Anflug von Sorge klang in ihrer Stimme mit.

»Ist Ihnen schon mal der Gedanke gekommen, dass es wahr sein könnte?«

»Was, das Märchen? Nein, natürlich nicht. Es ist eine Geschichte, die sich jemand ausgedacht hat. Meine Mutter hat erzählt, dass ihre Großmutter sie als Kind gehört hat. Wissen Sie, früher haben wir den Sommer auf dem Lande verbracht. Dort gab es einen kleinen See, und an diesem See lag eine schwarze Marmorplatte unter einem Baum. Und Heide hat erzählt, dass die Magd dort begraben liegt und dass die Wurzeln des Baumes ihren Körper auflösen. Ich habe mich dort immer sehr gefürchtet.«

Sie rieb wieder an ihrem Ring.

»Heute ist der Todestag meiner Mutter, an diesem Tag stecke ich ihn mir immer an. Vor ihrem Unfall hat Heide die Kette täglich getragen, jetzt legt sie sie nicht einmal mehr an, wenn wir unsere Eltern besuchen. Ach ja, würden Sie uns heute bitte zum Friedhof fahren?«

»Was für eine Kette?«

»Meine Mutter hat die Schmuckstücke unter uns aufgeteilt.«

»Und diese Kette, die gehörte Ihrer Schwester?«

»Ja.«

»Und die trägt sie nicht mehr?«

»Nein. Ich weiß auch nicht, was Heide sich manchmal denkt. Es ist oft so, dass sie etwas liebt und dann urplötzlich das Interesse daran verliert. So war es mit der Kette, so war es mit dem Haus, so war es mit ihrem Mann, so war es mit Laura, so war es mit ...«

»Entschuldigen Sie mich bitte, ich gehe nach oben, mir ist nicht wohl«, sagte ich.

Nach diesem Tag war sie wieder die alte, etwas herablassende, nach Pfefferminz riechende Dame mit den üblichen Gewohnheiten. Und ich war die Pflegerin und nicht mehr. Obwohl ich wusste, dass es viel mehr zwischen uns gab.

Anfang April, ich hatte schon im Bett gelegen und geschlafen, weckten mich die beiden Stimmen. Ich stöhnte. Das Streiten begann wieder. Ich setzte mich auf die Schwelle der Badezimmertür und hörte zu. Ich hatte den Anfang des Gespräches verpasst und erkannte nur mit Mühe den Zusammenhang. Es ging um ein Haus, irgendeine Immobilie, die sie besaßen. Ich stand auf und wollte die Tür schließen, als Frau Greber sagte: »Du bekommst es auf keinen Fall zurück.« In ihrer Stimme war etwas Fremdes.

»Was soll das, Lotte, du brauchst es doch nicht mehr.«

»Nein. Ich brauche bald gar nichts mehr. Trotzdem gehört es mir. Und zwar mir allein.«

»Du hast mich erpresst. Du wolltest es nie haben, du hattest immer Angst davor.«

»Ja, siehst du, Heide, immer bist du stark gewesen, immer lief alles nach deinem Plan. Und da komme ich, in deinem schwächsten Moment, und stelle Forderungen. Ja, ich habe dich erpresst. Und du hattest keine Wahl. Und jetzt gehört es mir.«

»Also, du willst es mir nicht zurückgeben?«

»Nein, das will ich nicht.«

»Ich weiß, dass du dein Testament geändert hast.«

»Es wird dir gefallen, Heide, es wird dir gefallen.«

»Ach, was kannst du schon damit tun. Du vermachst es irgendeiner Stiftung. Ich werde es zurückkaufen, es ist nicht viel wert.«

»Warte ab. Es dauert nicht mehr lange, und du wirst es wissen.«

Sie hatten die Rollen getauscht. Das einzige Mal. Ich wusste, es würde Frau Greber nicht gut bekommen. Es wurde still, ich wartete, dass das Licht gelöscht wurde und der Lift ansprang, aber etwas anderes geschah. Frau Reimann sammelte sich und holte zum Gegenschlag aus.

»Ich denke daran, Frau Millheim zu entlassen.« Ich zuckte zusammen.

»Das kannst du nicht.«

»Ich werde ihr eine Abfindung bieten, bei der sie nicht Nein sagen kann. Du hast sie doch für mich eingestellt. Ich will sie nicht mehr. Ich suche mir jemanden, wenn du weg bist.«

»Und warum?« Ich hörte, wie Angst Frau Grebers Stimme ergriff. Die Festigkeit war verschwunden. Ihre Schwester hatte es schon einmal getan, damals, irgendwann. Jetzt war ihre Zukunft nur noch ein kurzer Zeitraum, den sie straff durchgeplant hatte, und zum zweiten Mal konnte Frau Reimann ihr einen Strich durch die Rechnung machen. Ich war nicht annähernd so wichtig für sie wie dieser Mann, den ihre Schwester bezahlt hatte, damit er sie verließ. Vielleicht war es die Erinnerung, die sie jetzt schwach werden ließ. Ich kannte sie gut genug, um die Veränderung ihres Gesichtsausdruckes durch die Tür hindurch zu sehen.

»Warum?«, sagte Frau Reimann, und ihre Stimme fand den üblichen ruhigen Ton wieder. »Warum? Wenn sie weg ist, musst du in die Klinik. Da liegst du dann in einem schönen sauberen Bett und außer Tee und Wasser gibt es nichts zu trinken. Das ist besser für dich. Die Menschen sterben heute nicht mehr zu Hause. Sie werden ins Krankenhaus gebracht, damit sie ihren Angehörigen nicht zur Last fallen. So einfach ist das.«

»Das wirst du nicht tun.«

»Gib mir das Haus zurück, und sie kann bleiben.«

»Nein.«

»Überlege es dir genau. Außerdem, hast du dich nicht oft genug über sie beklagt? Du magst sie nicht, das weiß ich genau. Hast du nicht ständig gesagt, sie sei genauso wie ich?«

»Das ist sie auch. Sie ist genauso wie du. Sie hat so stechende Augen. Sie erinnert mich an dich.«

»Deswegen ist sie doch hier. Du wolltest jemanden, den du herumkommandieren kannst, weil du zu dumm und zu schwach bist, mir Paroli zu bieten. Denkst du, das weiß ich nicht? Also, warum regst du dich auf? Sie war dir doch sowieso nie fein genug. Trampeltier hast du sie genannt.«

»Sie ist eingebildet, sie ist hochnäsig, sie ist ... sie hat die gleiche bäuerliche Art wie du.« Der Lauscher an der Wand. Ich war wütend, sie so reden zu hören. Frau Reimanns schallendes Gelächter erklang von unten. Sie war ehrlich amüsiert.

»Ja, ja. Das bäuerliche Wesen. Komisch, jetzt stört es dich. Aber erinnere dich, hätte ich dich nicht hierher zurückgeholt, wärst du jetzt mit so einem bäuerlichen Wesen verheiratet. Na, wie hätte dir das gefallen? Schweineställe? Hühnerställe? Pferdeställe? Wo du doch so für das Landleben gemacht bist. Bäuerliche Art! Sehr komisch.«

Frau Grebers Stimme zitterte, als sie sagte: »Ich habe ihn geliebt. Und er mich. Wir hätten dank Mutters Geld überhaupt nicht mehr arbeiten müssen.«

»Niemand kriegt was. Niemand, der sich nicht an die Regeln hält. Wir sind eine Familie. Vergiss das nicht.«

»Immer quälst du mich. Ich habe auf alles verzichtet, um bei dir zu sein, als es dir nach dem Unfall schlecht ging. Ich habe alles für dich getan.«

Ihre Schritte entfernten sich. Die Terrassentür öffnete und schloss sich wieder. Ich wusste, wohin sie ging. Sie hatte eine Flasche unter dem leeren Blumenkübel versteckt. Ich konnte deutlich hören, wie sie den Deckel abschraubte und trank, der Länge des stillen Momentes nach zu urteilen, war es mehr als der übliche Schluck zur Beruhigung. Ich wusste genau, dass die Augen ihrer Schwester sich zu schmalen Schlitzen formten.

»Gib mir die Flasche, Lotte. Wenigstens krepieren könntest du ohne Alkohol.«

»Du alte Hexe, geh weg.« Frau Greber hatte dem Alkohol nichts mehr entgegenzusetzen. Er wirkte sofort. Sie begann zu lallen.

»Her mit der Flasche.« Frau Reimanns Stimme war leise und scharf.

»Meine Flasche. Immer willst du das, was mir gehört.«

»In die Hölle kannst du nichts mitnehmen.«

»Ich hasse dich. Laura wird kommen, und dann ...« Ich hörte ein klatschendes Geräusch, eine Ohrfeige. Im selben Moment klirrte es, und Wimmern drang zu mir. Der Rollstuhl fuhr davon, die Lifttür schlug zu.

Ich tastete mich durch die Dunkelheit des Flures nach unten. Ich bewegte mich auf das krächzende Schluchzen zu, das von einem unrhythmischen Scharren unterbrochen wurde.

Frau Greber kniete inmitten von Scherben auf dem Boden. Sie weinte. Sie versuchte mit bloßen Händen, die Glassplitter zusammenzukehren. Ihre Finger und ihre Knie waren zerschnitten und bluteten.

Ich legte meine Hand auf ihre Schulter und sagte: »Kommen Sie mit, ich verbinde Sie.«

Ich führte sie in ihr Badezimmer und drückte sie auf das Toilettenbecken. Sie starrte vor sich hin. Ich zog die Scherben aus ihrem Fleisch. Sie schien keinen Schmerz zu fühlen. Ich tupfte vorsichtig das Blut weg.

»Du bist so anders«, sagte sie zu mir, »gar nicht wie sie.«

Ihr Kopf fiel nach vorne. Sie begann leise zu schnarchen.

Ich trug sie in ihr Bett und ging in mein Zimmer. Irgendwoher kam das ferne Summen des Rollstuhls, es durchschnitt nur kurz den Gleichklang meiner Gedanken. Wer ist Laura?

Frau Greber vertrocknete zusehends, wie im Zeitraffer veränderte sich ihr Gesicht. Sie war so dünn, dass sie unmöglich noch mehr Gewicht verlieren konnte, und doch erschrak ich jeden Morgen, wenn ich sie weckte. Die Haut legte sich enger um ihre Knochen, als sauge der Krebs sie an. Ihr Kopf wirkte wie eine Karikatur, riesig und schief saß er auf ihrem Kinderkörper. Ihre Augen waren trübe, wie verschleiert. Es ging zu Ende. Die meiste Zeit war sie abwesend, sie redete kaum noch. Wenn ihre Schwester in den Raum rollte, fing sie an zu weinen. Dann hielt sie meine Hand so fest, dass ich nicht weggehen konnte und mich neben sie setzen musste. Kaum fuhr der Rollstuhl wieder aus dem Zimmer, löste sich ihr Griff, und sie schlief vor Erschöpfung ein. Meist redete sie im Schlaf wirres Zeug, manchmal rief sie nach ihrer Mutter. Dann erschien sie mir wie ein kleines verstörtes Mädchen. Sie sagte mit einer fremden Fistelstimme Dinge wie: »Mama, Heide hat die Katze getreten«, oder: »Mein Kleid hat ja goldene Knöpfe.«

Ich hatte schon viele Menschen sterben sehen. Frau Greber quälte sich derart, dass ich ihr den Tod wünschte. Ich hätte ihr helfen können, wie ich es schon einmal getan hatte. Etliche Jahre war das her, ich war damals noch Lernschwester. Den ganzen Tag traf man auf den Stationen verkleidete Sechzehnjährige, die ihren Schulabschluss feierten. Einige besuchten ihre Großeltern und lockten ihnen ein paar Mark aus der Tasche, andere lümmelten auf den Fluren und schnorrten jeden an, der sich an ihnen vorbeitraute. Das Wachpersonal hatte alle Hände voll zu tun, warf die einen raus, während andere schon wieder die Zimmer stürmten. Sie trillerten auf ihren Pfeifen, sie sangen Lieder, die nur aus einem Refrain bestanden und fühlten sich beneidenswert wohl. Als zur Mittagszeit endlich Ruhe einkehrte, lief mir eine dieser merkwürdigen Figuren direkt in die Arme. Es war ein schlaksiger Junge in einer leuchtendgrünen Kittelschürze. Er trug Filzpantoffeln und ein Kopftuch. In der Hand hielt er eine glänzende Trompete, die er zum Ausbalancieren seines torkelnden Ganges benutzte. Der Junge ging zielstrebig über den Krankenhausflur und las die Namensschilder an den Patientenzimmern. Ich hätte ihn gern übersehen, aber das bedeutete Ärger mit der gestrengen Oberschwester.

»Es ist Mittagsruhe, du musst später wiederkommen«, sagte ich.

»Ich will meine Oma besuchen«, kam als Antwort. Er ging weiter.

»Hör zu, ich bekomme Ärger, wenn du nicht gehst. Komm später wieder. Los, raus.« Ich griff seinen Arm und zerrte ihn zum Ausgang. Er rutschte auf seinen Pantoffeln hinter mir her.

»Moment«, sagte er, während er über das blanke Linoleum schlitterte und sich vergeblich in die entgegengesetzte Richtung stemmte. »Meine Oma will mein Zeugnis sehen. Und ein Ständchen auf der Trompete hören. Die Trompete hat mir mein Opa geschenkt. Mein Opa ist schon lange tot.«

»Du bist auch tot, wenn du nicht freiwillig abhaust. Die Patienten schlafen alle, du kannst jetzt keinen Krach machen. Komm wieder, wenn du nüchtern bist.« Es waren noch fünf Meter bis zur Treppe nach unten.

»He, ich mache keinen Krach, ich mache Musik. Sei nicht so, meine Kumpels warten auf mich. Nur zehn Minuten, bitte. Wir fahren nachher für eine Woche campen.«

»Nein. Raus jetzt! Geh woanders spielen!«

Ich zog die Tür auf und schubste ihn nach draußen.

»Blöde Kuh!«, murmelte er noch. Keine Minute später

hörte ich im Park ein Trompetensolo. Glasklar drang die traurige Melodie durch die offenen Flurfenster in die leeren Gänge. Patienten, deren Zimmer auf der abgewandten Seite lagen, öffneten neugierig die Türen und lauschten. Als der letzte Ton verhallte, klatschten die Leute vor Begeisterung und verlangten eine Zugabe. Ich schickte sie zurück in ihre Betten.

Wie jede andere Lernschwester ging auch ich in dieser Zeit durch die Putzfrauenhölle. Was nicht alles sauber gemacht werden musste! Mit der Sprühflasche in der Hand waren meine Leidensgenossinnen und ich überall einsetzbar. Der Desinfektionsmittelgeruch in den Krankenhäusern kommt nicht von ungefähr. Ich putzte überall dort, wo man mir etwas beibringen wollte. Ich putzte in der Orthopädie, in der Psychiatrie und in der Chirurgie. Dort sah ich zwei Tage später den Trompetenspieler wieder. Seine Haut war zu über achtzig Prozent verbrannt, er lag einfach so da und stank vor sich hin. Er war das erste Brandopfer, das ich sah. Nicht, dass ich ihn sofort erkannt hätte, eigentlich versuchte ich jeden Blick auf das, was da lag, zu vermeiden. Aber als ich den Nachttisch abwischen wollte, hatte dort jemand die Trompete hingestellt. Es war ein irrer Kontrast. Das blank geputzte Metall spiegelte den verkohlten Körper wider, verzerrte seine schwarz-braun-rote Haut zu schlierigen Streifen. Ich musste mich setzen. Mein Mageninhalt suchte sich den Weg nach oben, und ich übergab mich auf den Fußboden. Da saß ich nun in der wässrigen Pfütze und war froh, dass der saure Geruch den Gestank des verbrannten Fleisches überdeckte. Und dann fiel mein Blick auf die Kabel der Maschinen. Sie hingen etwas durch und verschwanden steckerlos in der Wand, einen halben Meter über dem Boden. Und plötzlich hatte ich eine Idee, eine gute Idee. Ich stand auf und schätzte den Abstand. Dann stellte ich mich in meine eigene Pfütze, stieß mich ab und ließ mich auf die Kabel fallen. Es knirschte laut und unter meinem Gewicht rissen die Anschlüsse aus den Apparaten. Im Fallen hörte ich noch das schmatzende Geräusch der Flüssigkeit unter meinem Schuh. Dann war es still. Ich rappelte mich auf und lief schreiend auf den Flur. Der Arzt und die Schwestern kamen sofort. Sie schoben mich zur Seite. Vom Gang aus sah ich, wie sie ihre Blicke tauschten. Langsam gingen sie zu dem Jungen, sie bückten sich nach den ausgerissenen Steckern, aber sie versuchten nicht, den Schaden zu beheben. Ich höre mich immer noch sagen: »Ich bin ausgerutscht.« Meine Gedanken waren glasklar und ich registrierte verwundert, dass niemand die Absicht erkannte. Ich wurde nach Hause geschickt, und nie fragte man mich nach diesem Abend.

Natürlich war mir bewusst, dass ich einen Menschen getötet hatte. Ich bereute es nicht. Ich hätte es später oft wiederholen können, doch ich hatte den Mut verloren, mit den Konsequenzen zu leben. Ich wollte mich nicht ständig fragen müssen, ob es richtig gewesen war. Ich wollte keine Angst haben, entdeckt zu werden. Ich hätte Frau Grebers Leben beenden können, aber damit hätte ich den roten Faden zerschnitten. Die Spur war jetzt schon verwischt und ich fürchtete, sie zu verlieren.

Manchmal hatte sie klare Momente. Ich legte ihr, um sie etwas abzulenken, die Kataloge, die im Haus verstreut waren, ans Bett. Am Ende jeden Tages bestellte ich am Telefon nach ihrer Wunschliste all die unsinnigen Kleinigkeiten. Wenn eine Lieferung eintraf, brachte ich ihr den Karton, und sie freute sich über den Tand wie ein kleines Kind, dem man ein schönes Geschenk gemacht hatte. Behalten wollte sie nichts, außer einer billigen Puppe, die ich ihr auf den Nachttisch setzte. Fortan fühlte ich mich bei meinen Arbeiten auf eigenartige Weise beobachtet. Eine Erinnerung aus meiner Kindheit fiel mir ein.

Sahen nicht alle Puppen gleich aus? Auch wenn die einen dunkles Haar und dunkle Augen haben, die anderen blondes Haar und blaue Augen, ihr Gesicht war immer dasselbe. Wie aus nur einer Maske gegossen, millionenfach vervielfältigt, diese Pausbacken aus Kunststoff, dieser halb offene Mund. Für mich war dieses Schema ein Kinderalbtraum.

Meine Puppe hieß Peggy und konnte sprechen. Ich musste nur ihren Rock hochziehen und eine Klappe in ihrem Rücken öffnen. Wenn ich bunte Plastikchips einlegte, sang oder sprach sie. Zu den Feiertagen bekam ich Kleider für sie geschenkt, die meine Mutter genäht hatte, und mein Vater kaufte neue Tonaufnahmen. Mein Lieblingslied war »Kommt ein Vogel geflogen …«. Immer und immer wieder drückte ich den Knopf, der im Bauchnabel der Puppe versteckt war, und sie begann von vorn. Ich war von Peggys Einmaligkeit überzeugt. Vollkommen sicher war ich, bar jeder Kenntnis von Empfängnis und Geburt, dass sie mein Kind war. Von meinen Eltern an mich weitergegeben, weil ich sie beschützen sollte. Doch dann fuhr mein Vater mit mir in die große Stadt, damit ich mir im Spielzeugladen etwas zu meinem nächsten Geburtstag aussuchen konnte. Es muss mein zehnter gewesen sein. Meine Stadt war zu klein, ein Geschäft nur für Kinderspielzeug lohnte sich hier nicht. Und so stand ich plötzlich vor einem dieser riesigen Schaufenster, in dem es leuchtete und blinkte. Mit jedem Lichtblitz wurden an die vierzig Peggys erleuchtet, vierzigmal lächelte es mir aus der Dekoration entgegen. Wie sie da so saßen, alle mit dem gleichen Kleid, der gleichen Frisur, dem gleichen Gesicht … ich hatte mein Puppenkind verloren. Es war nicht einmalig, es war nur eine hohle Form aus Kunststoff. Eine von Tausenden. Wieder zu Hause angekommen, sah ich sie mir genau an. Ich hatte kein Gefühl mehr für sie. Sie saß auf meinem Bett. Langsam, mit zitterndem Zeigefinger tastete ich nach dem Knopf unter ihrem Kleid und tippte ihn kurz an. Und sofort erklang »Kommt ein Vogel geflogen, setzt sich nieder auf mein Fuß, hat ein Zettel im Schnabel …« Ich legte meine Hände um ihren Hals. Sie sang weiter. Ich schüttelte sie, es schepperte in ihrem Inneren, aber sie sang weiter. Ich schlug sie mit aller Wucht gegen die Wand, es knackte. Ich ließ sie fallen und flüchtete in meinen Kleiderschrank. Durch den Spalt zwischen den Türen sah ich sie mit eingedrücktem Schädel auf meinem Bett liegen. Sie starrte mich mit ihren toten, verdrehten Glasaugen an, als wüsste sie, wo ich war. Und sie sang, ohne die Lippen zu bewegen, mit ihrer hohlen, kratzigen Stimme, immer und immer wieder nur eine einzige Zeile. »Von der Mutter einen Gruß.«

Ein Mann aus Metall umkreist mich. Sein Körper ist aus rostigen Platten zusammengenietet. Seine Bewegungen sind steif, ein Quietschen begleitet sie. Er riecht nach Öl wie eine Maschine und nach Schweiß wie ein Mensch. Sein Kopf ist eine polierte Stahlkugel, sie glänzt in einem matten Blau. Bohrlöcher markieren seinen Mund, seine Nase, seine Ohren, nur dort, wo sich die Augen befinden müssten, ist das Material glatt und unverletzt. Der Mann ist blind. Er ruft mich. Ich antworte ihm nicht, er soll mich nicht finden. Als wolle er mich zu sich locken, klatscht er sanft in die Hände. Metall trifft Metall. Zweimal kurz, dann eine längere Pause. Zweimal kurz, Pause. Der Boden unter meinen Füßen beginnt zu schwingen, rhythmisch setzt sich das Geräusch fort. Der Mann beginnt zu sprechen. Seine Stimme klingt wie ein Rattern, sie stottert, knirscht und überschlägt sich. Ich kann seine Worte nicht verstehen, aber ich fühle, dass sie gut gemeint sind.

Kein Zittern, kein Angstschweiß, keine Panik. Der seltsamste Traum, den ich je hatte. Ich lag auf dem Bett, die Uhr zeigte in großen roten Lettern 01:30. Dieser Traum kann nicht zu mir gehören, er kann mir nichts sagen, er kann nichts bedeuten. Nur ein Traum, kein Hinweis, kein Zeichen. Nur ein Traum.

»Ich habe Ihnen doch von dem Haus erzählt?« Frau Greber redete mehr in letzter Zeit, am meisten über Häuser, in denen die Freundinnen wohnten, die sich nie bei ihr blicken ließen. Sie vollzog Gedankensprünge durch ihre Vergangenheit. Manchmal war sie am Anfang eines Satzes ein Kind, in der Mitte eine junge Frau, und am Ende war sie irgendjemand, den es nie gegeben hatte, der sie aber immer hatte sein wollen. Sie wirbelte Ereignisse durcheinander, verwechselte Jahreszahlen und wusste manchmal nicht mehr, wer ich war. Ich konnte die tatsächlichen Geschehnisse von den Fantastereien nicht mehr unterscheiden. Am einfachsten war es, auf ihre Fragen mit Gegenfragen zu reagieren, meist begann sie dann monotone Selbstgespräche zu führen, die ich nickend an mir vorbeiziehen ließ.

»Welches Haus meinen Sie?«

»Das aus meiner Kindheit.«

»Ja, ich weiß, das Haus auf dem Lande.«

»Genau. Ich bin seit über vierzig Jahren nicht mehr dort gewesen. Ob es wohl noch steht?«

Dass Menschen am Ende ihres Lebens in der Vergangenheit kramen, hatte ich häufig erlebt. Sie ließen sich auf das ein, was sie nicht erledigt hatten. Es lastete auf ihnen, weil sie wussten, es würde keine Gelegenheit mehr geben, etwas zu verändern.

»Ich habe mich dort immer sehr gefürchtet. Es war alles so primitiv. Es gab keine richtige Toilette, und Wasser musste man sich von der Pumpe holen. Heide hat es allerdings sehr geliebt.« Sie kicherte.

»Und Laura? Ist Laura auch gern dort gewesen?« Ich nutzte jede Gelegenheit, um die Sprache auf die geheimnisvolle Laura zu bringen, aber sie schien in Frau Grebers Gedächtnis nur noch eine unwichtige Nebenrolle zu spielen. Manchmal konnte sie sich gar nicht mehr an sie erinnern. Der Name Laura war öfter gefallen, ich hielt sie für eine der verschollenen Freundinnen, die sich schon lange von der Familie zurückgezogen hatten. Es gab so viele, die erwähnt wurden, als wären sie erst gestern zu Besuch da gewesen, obwohl es schon Jahre und Jahrzehnte her war.

»Laura? Ja, Laura auch. Fast noch lieber als Heide.« Sie kicherte wieder.

»Frau Greber, wo ist Laura geblieben?«

»Laura ist schon lange fort.«

»Das weiß ich, Frau Greber, aber wo ist Laura hingegangen?«

»Sie dürfen nicht so laut reden. Heide wird wütend, wenn man über Laura spricht.«

»Warum wird Ihre Schwester wütend, wenn man über Laura spricht?«

Sie tauchte einige Zentimeter aus dem Kissen auf und sah auf den Türgriff. Ohne ihn aus den Augen zu lassen, flüsterte sie mir zu: »Laura hat ihr das Kind gestohlen.«

»Laura hat was?!«

»Psst.«

»Frau Greber, wenn ich Ihnen doch sage, niemand kann uns hören. Ihre Schwester ist in ihrem Zimmer und schläft. Wo ist Laura, was hat sie getan?«

Sie kicherte wieder. Ich wollte ihr nicht in die Augen sehen, weil darin zu lesen war, dass ich ihr nicht mehr alles glauben konnte.

»Wissen Sie, es gehört mir. Das Haus, es gehört mir.« Ich stöhnte und zuckte mit den Schultern. Es funktionierte einfach nicht. Was kümmerte mich irgendein altes Haus, ich musste wissen, wer Laura ist.

»Natürlich ist es Ihr Haus, Frau Greber. Sagen Sie es mir, was hat Laura getan?«

»Nein, Sie verstehen nicht. Das Haus, es gehört mir – allein.«

»Das ist sehr schön, Frau Greber. Es ist ganz allein Ihr Haus.« Es war zwecklos. Sie verharrte einen Moment mit einem verzerrten Ausdruck im Gesicht, dann begann sie zu schreien.

»Hören Sie mir zu, Sie dumme Gans, ich versuche Ihnen etwas Wichtiges zu erzählen! Deswegen sind Sie doch hergekommen, nicht wahr? Es ist mein Haus! Es gehört mir! Heide hat darauf verzichtet. Alles andere muss ich mit ihr teilen, aber das Haus habe ich ihr abgeluchst, ich habe gesagt, ich komme nur zurück, wenn sie mir das Haus gibt. Sie hatte keine Wahl, damals nach ihrem Unfall. Ich habe den einzigen Mann verlassen, der mich je haben wollte, ich habe mein Leben verpfuscht, um bei ihr zu sein, und was habe ich dafür gekriegt? Dieses hässliche, alte Haus! Fahren Sie hin und sagen Sie mir, ob es noch steht! Los, fahren Sie schon!« Erst jetzt begriff ich, dass sie vollkommen klar war.

»Wo ist es denn?«

»Es ist in Linden, die Nummer eins. Ha! Nummer eins, dass ich nicht lache!«

»Wo ist Laura, Frau Greber?!«

»Sie sind so dumm. Ich habe Ihnen doch schon genug geholfen! Glauben Sie denn wirklich, man kann Sie nicht finden, wenn man Sie sucht? Glauben Sie wirklich, ich habe Sie nicht erkannt? Sie sehen genauso aus wie sie. Sie wären gar nicht hier, wenn ich Sie nicht hergeholt hätte. Und Sie denken auch noch … Sie denken wohl, Sie sind schlau, was? Hier sind doch alle blind. Sie sind auch wie Heide, Sie denken nur an sich. Ich habe Sie gleich erkannt, Sie sehen genauso aus wie sie.« Sie lachte hysterisch. »Lassen Sie mich in Ruhe. Ich habe Sie nur hergeholt, weil Heide Sie nicht haben wollte. Gehen Sie weg.«

Ich ging langsam rückwärts, bis ich die Tür im Rücken

spürte. Ich tastete nach der Klinke. Ich dachte, ich hätte sie durchschaut, ich dachte, sie wüsste nichts, sie täte alles nur, um ihrer Schwester eins auszuwischen. Ich hatte sie unterschätzt. Sie lag dort und röchelte. Plötzlich hatte ich Angst um sie. Und um mich. Ich rannte aus dem Zimmer und stolperte im Flur fast über Frau Reimann.

KAPITEL 3

Ich fuhr Richtung Süden aus der Stadt, eine Karte auf den Knien, und jeder Kilometer, jede Kurve führte mich weiter weg von dem, was ich kannte. Die Landschaft wurde karg, hügelige Grasflächen wechselten sich mit Feldern und kleinen Wäldern ab. Der Mohn war schon verblüht, und die letzten Kornblumen zogen als schmale, zerfetzte Streifen an mir vorbei. Ich fuhr durch winzige Dörfer. Einzelne Häuser lagen Hunderte von Metern von der Straße entfernt. Der Weg wurde schmal, ein konstanter Luftzug ließ die Blätter der Alleebäume schaukeln. Kleine weiße Wolken schoben sich zusammen und bekamen dunkle Ränder. In meinem Rücken schien die Sonne strahlend hell, vor mir bildete sich eine einheitliche graue Fläche aus Schatten, Asphalt und Himmel. Das Licht von hinten gab der Landschaft eine unnatürliche Tiefe. Dann fielen Regentropfen auf die Frontscheibe, der Wind wurde stärker und zerrte an meinem Wagen. Der Scheibenwischer schob abgerissenes Laub zur Seite. Die Bäume am Straßenrand wurden immer spärlicher, und das Wasser, das vorher vom Blätterdach abgehalten worden war, strömte nun ungehindert herab und überflutete meinen Weg. Im Schritttempo fuhr ich weiter, bis die Straße sich rechts öffnete und den Blick auf eine sandige Einfahrt freigab. Ich bog ab und hielt an. Als der Regen nachließ, startete ich den Wagen erneut. Es war früher Nachmittag. Neben der

Straße erhob sich ein steiler, grasbewachsener Damm. Vor der nächsten Ortschaft, die Meyenburg hieß und der Karte nach zu urteilen die größte in der Umgebung war, kreuzten rostige Bahngleise meinen Weg. Ich fuhr eine halbe Stunde, bis hinter einer scharfen Kurve der Asphalt endete. Ein gelbes Schild zeigte das Dorf Linden an.

Ein gepflasterter Weg führte durch den Ort. Die Katzenkopfsteine wölbten sich in der Mitte der Straße zu einem Hügel und fielen seitlich ab. Sie schlossen direkt mit den Gärten vor den roten Backsteinhäusern ab, Gehwege gab es nicht. Eine schwarze Katze lief vor meinen Wagen und blieb auf einem Kanaldeckel sitzen. Sie störte sich nicht an meinem Hupen und überließ mir die Wahl, ob sie Glück oder Pech bedeutete. Langsam fuhr ich um sie herum. Ich kam an einem Teich vorbei, an dem zwei Jungen saßen und Angeln in das grüne Wasser hielten. Kaum zu sehen hinter den großen Lindenbäumen stand eine Kirche mit einem verspielten Glockenturm. Eine Mauer aus schuppenförmig angeordneten Ziegelsteinen umschloss den Friedhof. Hinter einem offenen schmiedeeisernen Tor konnte ich die unregelmäßig angeordneten Gräber erkennen. Das Haus, das hinter dem Friedhof stand, war das letzte im Ort, die Pflasterung des Weges endete hier, zwei staubige Sandspuren führten weiter ins Ungewisse. Ein zweites Ortsschild gab es nicht. Ich ließ den Wagen langsam durch die Schlaglöcher rollen. Wäre die Welt mit Brettern zugenagelt, stünde hier irgendwo der Zaun. Ich legte den Rückwärtsgang ein. Ich hatte das Grebersche Anwesen verpasst. Ich las jedes Hausschild mehrmals. Dreimal stieg ich aus und lief durch Vorgärten, um Zweige zur Seite zu biegen, aber ich konnte nichts finden. Die Kinder vom Teich waren verschwunden, niemand war zu sehen, den ich hätte fragen können.

Linden hatte nur eine Straße. Es gab sechsundzwanzig Häuser, aber keines mit der Nummer eins. Ich suchte die

Zwei, ebenfalls ohne Erfolg, es gab auch keine Drei und keine Vier. Die Nummerierung hatte überhaupt kein System. Die Zwanzig stand neben der Sieben, die Dreizehn neben der Acht A, die älter aussah als alle anderen. Das letzte Gebäude vor dem Sandweg trug die Nummer fünf. Ich ließ den Wagen mitten auf der Straße stehen, öffnete die Vorgartentür und klingelte. Ich wartete, doch niemand kam. Nach einer Weile ging ich eng an die Hauswand gedrückt, mehr Platz ließen die wuchernden Sträucher nicht frei, um das Haus herum auf den Hof. Schuppen, jeder in einer anderen Farbe gestrichen, standen auf dem Gelände. Hühner liefen mir um die Beine. Auf einer rohen Holzbank an der Wand saß ein alter Mann mit geschlossenen Augen. Einen Moment lang dachte ich, er wäre tot, doch sacht hob und senkte sich sein Brustkorb. Er schlief. Sein Hut war ihm über das linke Ohr gerutscht. Vor ihm lag, leise schnarchend, ein fetter, brauner Dackel. Ich ging laut in ihre Richtung, doch keiner von beiden wachte auf. Ich räusperte mich, klatschte dann in die Hände. Keine Reaktion. Ich setzte mich neben den Alten auf die Bank. Sie war warm, und das Holz kratzte raschelnd an meiner Hose. Ich hatte Zeit, und so wartete ich. Ich kramte in meiner Tasche nach Zigaretten, riss ein Streichholz an, das ich vor den Dackel warf. Ich sah den Rauchwolken hinterher. Ruhig war es hier. Kein Straßenlärm, keine Stimmen. Nichts, bis auf den leisen Atem des Alten und das Röcheln des Hundes. Dann riss mich eine tiefe Stimme aus meinen Gedanken.

»Wer sind Sie?«

Wässrige, himmelblaue Augen musterten mich. Die Iris hatte keine Abgrenzung zu dem Weißen, strahlenförmig verlief die Farbe in den Augenwinkeln. Misstrauisch klang die Stimme nicht, nicht einmal überrascht. Ich stand auf. Vielleicht hatte der Alte schon Minuten wach neben mir gesessen.

»Guten Tag. Mein Name ist Grete Millheim. Entschuldigen Sie die Störung, bitte, ich wollte Sie nicht erschrecken. Ich habe geklingelt, aber Sie haben mich nicht gehört.«

Stöhnend raffte er sich auf, seine Gelenke knackten. Er stand gebückt vor mir und rückte seinen Hut zurecht.

»Und was wollen Sie von mir?«

»Eine Auskunft. Ich suche Linden Nummer eins, die Besitzerin hat mich hergeschickt, um nach dem Rechten zu sehen, aber ich kann das Haus nicht finden. Steht es überhaupt noch?«

Er musterte mich. Der Hund schlief immer noch zu seinen Füßen.

»Und was wollen Sie dort?«

»Was ich dort will? Ja, keine Ahnung. Sehen will ich es. Vorher muss ich es finden. Wieso, steht es nicht mehr?«

»Doch, doch. Glaube ich jedenfalls. Ich war schon Jahre nicht mehr da.«

»Und? Wie komme ich dorthin?«

»Tja, das kommt drauf an. Zu Fuß, würde ich sagen.«

»Zu Fuß? Wieso zu Fuß? Gibt es keine Straße dorthin?« Der Alte grinste breit mit seinen falschen Zähnen, die Falten um die Augenwinkel wurden tiefer. Er rieb sich das stoppelige Kinn, lüftete seinen Hut und strich sich über das schüttere Haar.

»Straße? Doch, doch. Was fahren Sie denn für ein Auto?«

»Einen Japaner.« Was für eine seltsame Frage.

»Hm. Ob Sie noch mit dem Auto dorthin fahren können? Ich weiß nicht recht.«

»Ach, und wieso nicht?«, antwortete ich knapp, um zu verhindern, dass er weitere sinnlose Kommentare hören ließ.

»Tja, vielleicht kommen Sie durch. Aber dann? Sie werden nicht in das Haus kommen, es ist verschlossen. Oder haben Sie etwa den Schlüssel?«

»Nein, ich habe keinen Schlüssel.«

»Keinen Schlüssel? Aha. Aber Sie wollen trotzdem hin.«

»Auf jeden Fall.« Es gab nicht mehr zu sagen. In der nachfolgenden Pause musterte er mich und entschied, dass sich ein weiteres Gespräch mit einer hektischen Städterin wie mir nicht lohnte. Er rückte mit der Auskunft heraus, die ich schon zu Anfang unserer Unterhaltung erhofft hatte.

»Gehen Sie zu Nummer siebzehn. Da wohnt der Pfarrer, der hilft Ihnen weiter.«

»Danke«, hörte ich mich noch sagen und lief zurück zum Wagen.

Nummer siebzehn stand auf der anderen Seite des Friedhofes. Ich klingelte, und eine ältere Frau öffnete mir.

»Ja, bitte?«

»Guten Tag. Mein Name ist Grete Millheim. Ich suche das Haus mit der Nummer eins, doch ich kann es nicht finden.«

»Ja, das ist auch kein Wunder. Es liegt außerhalb. Was fahren Sie denn für ein Auto?«

Natürlich war ihr klar, dass ich nicht zu Fuß hergekommen war. Aber trotzdem, warum fragte mich das jeder?

»Es steht draußen auf der Straße.«

Sie schaute an mir vorbei auf meinen roten Gebrauchtwagen und wiegte ihren Kopf bedenklich hin und her.

»Na, sehen Sie sich den Weg erst mal an. Vielleicht kommen Sie durch. Aber mein Mann ist unterwegs und hat die Schlüssel zu den Friedhofstoren mitgenommen. Am besten ist, Sie kommen morgen wieder.« Schon wollte sie die Tür schließen.

»Einen Moment noch.«

»Ja?«

»Wo steht es denn, das Haus?« Ich hatte nicht die Absicht, mich mit den hier üblichen halben Informationen zufrieden zu geben.

»Gehen Sie über den Friedhof den Hauptweg immer geradeaus. Dann kommen Sie zu einem Brunnen. Sie gehen links daran vorbei und hinter der Kirche dann rechts. Da sehen Sie dann ein zweites Tor. Daneben ist eine kleine Tür, die ist offen. Gehen Sie die Allee immer geradeaus. Es sind ungefähr zwei Kilometer, und der Weg ist sehr schlecht. Wenn Sie dann irgendwann mit dem Wagen fahren, mein Mann wird Ihnen wohl den Schlüssel geben, passen Sie bitte auf die Gräber auf.« Sie musterte mich skeptisch. »Wird auch Zeit, dass sich jemand um das Anwesen kümmert. Dass dort eingebrochen wurde, wissen Sie bestimmt?«

»Nein. Das wusste ich nicht.«

»Es stand leer. Jahrzehnte. Ich kann mich nicht daran erinnern, dass dort je jemand gewohnt hat. So etwas lockt Gesindel an. Der Bürgermeister hat dann Fenster und Türen vernageln lassen. Aber die Möbel waren schon nicht mehr da. Das weiß ich genau.«

Ich dankte und ging.

Die kleine Friedhofstür fiel hinter mir ins Schloss. Verwitterte Stufen führten mich in einen Hohlweg, der von weitem wie ein Wäldchen ausgesehen hatte. Links und rechts neben mir türmte sich an die zwei Meter hoch das Wurzelwerk der Bäume. Wenn dieser Weg jemals befahren worden war, dann musste es lange her sein. Trockenes Gras überwucherte den unebenen Untergrund, und bei jedem Schritt, den ich tat, raschelte es vor mir. Es roch merkwürdig dumpf, als wäre die Luft abgestanden. Ich stolperte und kämpfte länger als eine halbe Stunde, bis sich die Wildnis verdünnte, die hohen Wände sich absenkten und sanft ausliefen. Ich betrat eine mit kurzem sattem Gras bewachsene Wiese.

Schon von weitem sah ich die Linde. Sie war riesig. Der Stamm war nicht zu sehen, so tief und dicht hingen die Zweige. Die Blüten überdeckten zu Tausenden das Grün der Blätter, der Geruch, der von ihnen ausging, rief Erinnerungen wach. Neue, fremde Erinnerungen. Intensiv, süß, staubig. Bekannt. Unbeschreiblich. Ich musste den Kopf in den Nacken legen, um das Ende der Krone erkennen zu können. Mit beiden Händen teilte ich die Zweige, und der Eingang zu einer anderen Welt öffnete sich.

Der Schatten des Baumes ließ im Inneren kein Wachstum zu. Nur magere Grashalme standen vereinzelt auf dem sandigen Untergrund. Der Stamm, ganz glatt sah er aus, ragte wie eine Säule nach oben, teilte sich erst Meter weiter in gigantische Äste, jeder ein stattlicher Baum für sich. Und überall war es lindgrün. Der Blütenduft konzentrierte sich zu einem Rauschmittel, ich atmete tief ein. Der Himmel war durch die Krone nicht zu sehen. Kein bisschen blau. Ich ging, Meter um Meter, zum Stamm. Bei jedem Schritt wirbelte Staub vom Boden auf. Kühl war die Rinde unter meiner Hand. Ich bückte mich nach einem Blatt, das halb welk vor mir lag, es war weich und samtig wie Kinderhaut.

Wie alt er war. Er musste Generationen seiner Art überlebt haben, von den kurzen Menschenleben ganz zu schweigen. Er wirkte so desinteressiert an irgendwelchen Schicksalen, und es müssen etliche gewesen sein, die er hatte betrachten können. Ich fühlte mich wie ein ungebetener Gast, der die Monotonie seiner Tage störte. Wie eine Fremde, die unangenehme Fragen stellt und nicht ohne Antwort geht.

Hinter dem grünen Reich des Baumes stand das Haus. Efeu wand sich den roten Backstein hoch, und kleine Birken wuchsen aus den Resten der Regenrinne. Das bemooste Dach senkte sich zur linken Seite hin gefährlich ab, ein Teil der Ziegel war abgerutscht und lag zerbrochen am Boden. Die ehemals dunkelgrünen Fensterläden waren geschlossen und zugenagelt. Vor der kleinen zweiflügeligen Tür hing ein verrostetes Schloss. Das Fundament aus Naturstein war von trockenen Flechten überzogen. An einer Seite des Hauses sah ich gestapelte Holzscheite, die den Sockel verdeckten.

Die Feuchtigkeit war hier durch das Mauerwerk gedrungen und hatte sich an der Wand ausgebreitet. Auf der Rückseite des Gebäudes stand eine kleine windschiefe Hütte aus Holz. Die Tür war abgefallen, und aus dem Inneren wuchs das Gras besonders prächtig. Ein paar Meter weiter stolperte ich über ein Rohr aus Metall, eine Pumpe.

Ich setzte mich auf die morschen Treppenstufen und zündete mir eine Zigarette an. Die Linde versperrte mir die Sicht auf den Hohlweg, aber ich konnte zwischen dem Baum und der rechten Hausecke, keine hundert Meter entfernt, Wasser im Sonnenlicht glitzern sehen. Das musste der See sein, von dem mir Frau Greber erzählt hatte. Auf der anderen Seite, aber weiter weg und fast von der linken Hausecke verdeckt, zog sich ein Wald um den Horizont. Davor, direkt in meinem Blickfeld, standen kahle, ausgeblichene Baumstämme.

Ich weiß nicht, ob es eine Erinnerung war oder eine logische Schlussfolgerung, die mich an ein Moor denken ließ. Ich wusste, dass ich diesen Blick kannte, und ich wusste, dass dort hinten, zwischen den mageren Büschen, dem hellen Birkengrün und dem toten Holz, der Untergrund feucht und tückisch war. Ich wusste, dass der Boden nachgeben würde, wenn man ihn betrat, und dass er Blasen warf und sich an den Schuhen festsaugte mit einem zischenden, schmatzenden Geräusch. Und ich ahnte, dass ich dort schon gewesen war, irgendwann und dass ich nicht dort hätte sein dürfen und dass ich etwas gesehen hatte, genau dort, das nicht hätte sein sollen, und dass ich etwas verloren hatte, genau an dieser Stelle. Und als ich aufstand und mich in die Richtung bewegte, geschah es aus der Gewissheit, dort etwas zu finden, obwohl mir mein Gefühl sagte, ich solle beim Haus bleiben, das sei sicherer.

Ich stolperte Richtung Moor, bis ich auf etwas Weiches trat. Als ich nach unten sah, stand ich auf einer Kröte, größer als meine Faust. Ihre fetten, hässlichen Beine sahen unter meiner Schuhsohle hervor und zuckten. Ich sprang zur Seite, verfing mich im Gras und fiel auf den Rücken. Dann rappelte ich mich hoch und hastete zurück. Ich ließ das Haus links liegen, lief durch die Linde hindurch in den Hohlweg, während mich die Krötenaugen mit ihrem glasigen Blick verfolgten. Das Tageslicht wurde schwächer, und die Vorstellung, nachts allein durch die Dunkelheit zu laufen, war mir unangenehm.

Meine Eltern wohnten am Stadtrand. Ein Fluss führte durch den Ort, die Treike. Unser Haus stand an den Uferwiesen, Tümpel und kleine Büsche prägten den Blick. Bäume gab es keine. Es war eine Einöde, eine traurige, einfache Landschaft. Rinnen durchzogen, geometrisch exakt angelegt, die grünen Flächen und sammelten Wasser. Manchmal weideten Kühe auf den Wiesen, und wenn es tagelang geregnet hatte, roch es süßlich verwest nach Schlamm. Mit der Zeit begannen die Gräben zu vererden, und der Fluss stieg an. Er überflutete die Grasflächen bis kurz vor unserem Garten. Im Frühjahr kamen große, fette Kröten zum Laichen aus den Wäldern. Springen konnten sie nicht, sie liefen, langsam und gemächlich, setzten ein Bein vor das andere. Im Sommer bahnten sich Tausende ihrer winzigen Nachkommen ihren Weg zurück, Jahr für Jahr. Dann wurde der sandige Weg vor unserem Haus asphaltiert, und die Tiere standen vor einem unüberbrückbaren Hindernis, einer Bordsteinkante. Die älteren Kröten schafften sie ohne Mühe, nur die kleinen sprangen wieder und wieder gegen den Stein. Sie hielten strikt ihre Richtung, sie wollten zum Fluss und versuchten es noch ein Stück weiter links. Und noch eins. Und die, die nicht erschöpft aufgaben und starben, fielen irgendwann metertief in die Abwässerschächte. Ich konnte sie vom Küchenfenster aus beobachten. Sie rieben sich ihre Haut an dem scharfen Untergrund wund. Sie hofften bei jedem Sprung. Und jedes Mal Enttäuschung. Ihre winzigen Leichen brauchten Tage, bevor sie sich auflösten. Ich wollte den Tieren helfen. Erst sammelte ich sie in meiner Hand und trug sie auf die andere Straßenseite. Dann nahm ich einen Eimer. Wenn der Boden mit ihren krabbelnden Körpern bedeckt war, leerte ich ihn aus. Sie purzelten heraus, hüpften, liefen weiter. Manche fielen auf den Rücken und zeigten mir ihren schmutzig weißen Bauch. Es wurden immer mehr. Autos fuhren schnell an mir vorbei und zerquetschten etliche von ihnen vor meinen Augen. Ich sammelte Kröten, wo immer ich sie fand – in den Gärten, vor den Häusern. Ich wartete nicht mehr, bis sie am Bordstein scheiterten, das Risiko war mir zu groß. Ich ging nicht mehr zur Schule. Ich watete mit meinen gelben Gummistiefeln durch das nasse Gras der Wiese. Ich bückte mich und sammelte sie in den Eimer. Es fing an zu dämmern, ich ignorierte es. Um mich herum hüpfte es jedes Mal, wenn ich aufhören wollte, ich hörte es mehr, als dass ich es sah. Ich griff nach ihnen, aber die meisten entwischten mir. Also drehte ich mich um, ich wollte zurück, doch beim nächsten Schritt schwappte Wasser in meinen Stiefel. Langsam zog ich den Fuß zurück. Ich war am Fluss. Ich stand an seinem Ufer und konnte ihn nicht sehen. Es war dunkel, es war neblig. Ich suchte nach dem orangefarbenen Leuchten der Laternen vor der Häuserzeile, ich fand es nicht. Der Eimer in meiner Hand wurde schwer, es krabbelte und drängte sich in ihm. Ich begann mich zu ekeln. Große schwarze Augen betrachteten mich. Starrten mich an. Ich ließ den Henkel los. Ich wusste, ich muss jetzt nach Hause, ich muss zurück. Irgendwie. Aber es ging nicht. Es waren zu viele Stimmen in meinem Kopf, ich konnte nicht denken. Ich hielt mir die Ohren zu, aber das Wispern hörte nicht auf. Erst als die Hand sich auf meine Schulter legte, konnte ich schreien. Und laufen. Direkt in den Fluss. Ich schluckte Wasser, atmete Wasser und ahnte, dass es so richtig war. Ertrinken. Aus der Ferne hörte ich meinen Vater nach mir rufen, dann spürte ich, wie er mich an Land zog, mich in die Arme nahm und forttrug.

Später schenkte er mir ein Glas, in das er einen kleinen Frosch gesetzt hatte. Ich warf es vor seinen Augen in den Müll.

Endlich stand ich vor meinem Wagen. Es kam mir vor, als hätte ich Stunden für den Rückweg gebraucht. Meine Zeit stimmte an diesem Ort nicht, sie verging hier anders, sie war nicht mehr logisch. Ich putzte mir den Schmutz von der Kleidung und fuhr zurück in die Stadt.

Es war zu spät, fast zehn Uhr, um noch zu Frau Greber zu gehen und ihr zu erzählen, dass es noch dort stand, das Haus. Ich öffnete trotzdem die Tür. Schon an ihren Atemzügen erkannte ich, dass sie schlief. Ich ging ins Atelier, badete, um den Staub meiner Reise loszuwerden, und legte mich ins Bett. Ich war so müde. Ich hatte so viel gesehen.

Der Garten liegt weit hinter dem Haus. Es ist dunkel, und ich habe Angst so ganz allein. Ich weiß nicht mehr, wie ich hierher gekommen bin, aber ich spüre deutlich, dass das, was mich gerufen hat, hier ist. Hier in der Nähe. Langsam gehe ich weiter, vorsichtig tastend. Der Boden ist uneben, das Gras so hoch, dass es gegen meine Knie schlägt. Ich trete auf etwas Fremdes. Eine glatte Fläche. Ich bücke mich, biege die Halme zur Seite und lege eine Platte frei. Aus schwarzem Stein. Mit tiefen Rissen. Eine Hand legt sich von hinten auf meine Schulter …

Nie wieder würde ich einschlafen können. Ich würde wach bleiben, für immer. Noch im Nachhinein spürte ich die Finger, die knochigen Finger, auf mir.

Ich wartete die Stunden ab, bis mein Tag begann. Ich ging zu Frau Greber, um ihr von meiner Reise zu erzählen, und fand sie tot in ihrem Bett.

Ich bestellte den Arzt ein letztes Mal zu ihr und überbrachte ihrer Schwester die Nachricht. Nicht anders, als ich es erwartet hatte, regte sich in dem alten, hageren Gesicht keine Miene.

Als der Leichenwagen vom Grundstück gefahren war, stellte ich den Brunnen ab. Der Wind ließ das rieselnde Wasser noch einmal aufstoben, die Tropfen fielen auf das Gesicht der Nixe, dann verebbte der plätschernde Strom, und der feuchte Stein begann in der Sonne zu trocknen. Ich ging ins Haus und öffnete weit die großen Flügelfenster ihres Zimmers.

Die frische Luft versuchte vergeblich, den Arzneidunst aus dem Raum zu vertreiben, hartnäckig hielt sich der beißende Geruch. Beim Abziehen des Lakens segelte ein Stück Papier auf den Boden vor meine Füße. Ich hielt es für ein Etikett, das von einer Flasche abgefallen war, und ließ es liegen. Dann, es waren bestimmt zwei Stunden vergangen, erkannte ich, dass ich einen Brief vor mir hatte. Er war zugeklebt, aber nicht beschriftet. Ich ertastete einen harten Gegenstand in dem Umschlag. Ohne lange zu überlegen, öffnete ich ihn und kippte seinen Inhalt auf die nackte Matratze. Eine Fotografie und ein kleines rundes Ding fielen heraus, es prallte von dem weichen Untergrund ab, fiel klickend auf den Fußboden und rollte vor meine Schuhe. Ich bückte mich und hob den Ring auf. Geflochtener Silberdraht hielt die blaue Glasperle umschlungen.

Ich setzte mich auf das Bett und betrachtete das schäbige Schmuckstück. Es lag auf meiner ausgestreckten Hand. Ich schob den Ring über meinen Finger und versuchte, mir seine früheren Trägerinnen vorzustellen. Ich legte mich auf das Bett und betrachtete die Schwarzweißaufnahme.

Vor einem Bauernhaus standen vier Personen, zwei kleine Mädchen, ein größeres dahinter. Etwas abseits eine große schlanke Frau mit ernstem Gesicht, die Frau in Grün aus der Bibliothek. Weiter hinten waren die ausgeblichenen Stämme toter Bäume zu sehen. Auf der Rückseite stand mit blauer Tinte geschrieben: »Frau und Töchter in Linden 1953«.

Ich hatte Laura gefunden. Sie stand vor Frau Reimann und hielt Frau Greber an der Hand. Laura war die dritte Schwester.

Die Beerdigung hätte ihr nicht gefallen. Schlicht war sie und undramatisch. Die Trauergesellschaft war mager, die meisten Leute kannte ich. Der Gärtner, die Putzfrau, der Arzt und der Anwalt. Ich hielt fest die Griffe von Frau Reimanns Rollstuhl, als der Sarg abgelassen wurde. Wir standen vor dem Grab, und die Trauergäste warfen ihre Hand voll Erde auf das Holz. Und als wäre das nicht trist genug, fing es an, in einzelnen großen Tropfen zu regnen.

Der Leichenschmaus war vom Feinkostladen hergerichtet worden, ein Kuchenbüfett, das für zwanzig Personen gereicht hätte und in seiner Üppigkeit dem Anlass zu spotten schien.

Der Anwalt verlas mit monotoner Stimme das Testament, es enthielt nur eine Überraschung. Ich besaß plötzlich ein Haus. Ich begann zu zittern. Ich sah den Blick, den Frau Reimann mir zuwarf. Er schoss aus ihren kleinen Augen hervor. Es war Hass. Es war Angst. Sie hatte mich erkannt.

Ich saß im dunklen Atelier und fühlte mich beobachtet. Frau Greber sah auf mich herab. Es war ihr nicht darum gegangen, mir zu helfen. Sie hatte Rache gewollt für ein trauriges Leben, sie hatte Verantwortliche gesucht für ihre Fehlentscheidungen. Sie hatte gegen ihre Schwester gewonnen, sie hatte einen letzten sauberen Hieb platziert und sich dann unwiderruflich zurückgezogen. Sie hatte gewusst, dass jetzt nach ihren Regeln weitergespielt werden musste. Eigentlich war ich eher ein Bauernopfer als eine Begünstigte, denn ich war an Frau Grebers Stelle getreten. Ich war der neue Feind ihrer Schwester.

Die Beerdigung lag sechs Stunden zurück. In dieser kurzen Zeit hatte Frau Reimann jede Sympathie für mich verloren. Ihre Blicke, ihr Schweigen sagten es mir deutlich: Sie hatte das Kind, das ich einmal gewesen war, getroffen. Sie hätte mir sagen können, wer ich war, aber sie tat es nicht. Sie musste ahnen, wie wenig ich über mich wusste. Dass sie nicht mit mir redete, dass sie mir nicht half, war ein eindeutiges Zeichen von Schuld. Was hatte ich als Dreijährige gesehen? Sie fürchtete sich vor meinen Erinnerungen. Sie hatte Angst vor mir. Sie würde alles versuchen, mich im Ungewissen zu lassen. Aber ihre Schwester hatte begonnen, unsere Leben miteinander neu zu verknüpfen.

Je länger ich sie betrachtete, umso sicherer wurde ich, dass ich Frau Reimann kannte. Anders als in den letzten Monaten. Mir war kalt in ihrer Nähe. Manchmal wollte ich sie berühren, ich wollte spüren, ob ihre Haut etwas in mir auslöste, einen Gedankenblitz oder ein unbekanntes Bild. Aber jedes Mal, wenn ich meine Hand in ihre Richtung streckte, fühlte ich Ekel in mir.

Ich zog mich aus, legte mich ins Bett, und die Bilder kamen zu mir.

Sie sind alle da, jedes Einzelne in seiner ganzen Schrecklichkeit. Die tote Hand bohrt ihre Skelettfinger in meine Augenlider, zieht sie hoch und pinnt sie an meinen Brauen fest. Sie zwingt mich zu sehen. Der Vogel liegt vor mir, die Maden kriechen aus seinem Schädel. Der verkrüppelte Engel hält den geschlechtslosen Körper an der Hand und weist ihm den Weg zu mir. Aus seinem aufgeplatzten Kopf spuckt er den stinkenden Schleim. Er ist schon so nah, dass Spritzer mein Gesicht treffen. Sie kommen auf mich zu. Sie kommen auf mich zu! Nur der gute Mann aus Stahl kann mir jetzt noch helfen, aber er läuft blind an mir vorbei und verschwindet in der Dunkelheit. Sie kommen auf mich zu. Sie fassen mich an …

Ich versuchte, die Schatten im Zimmer zu ignorieren. Ich tastete mich an den Möbeln entlang zur Tür. Wo ist der Lichtschalter, ich brauche Licht.

Ich hasse das. Immer wieder und wieder diese Bilder. Und nie eine Erklärung. Es macht mich noch verrückt. Und wie kalt es hier drinnen ist. Und wie zäh der Angstschweiß an mir klebt. Könnte ich ihn doch nur abwaschen. All das Unbekannte und Rätselhafte. Könnte ich es doch ertränken, auslöschen, ermorden, vergraben. An mir haftet ein Fluch. Ein grässlicher, mysteriöser Albtraumfluch. Ich brauche ein Bad, ich bin so schmutzig.

Das Wasser war heiß, ich bekam kaum Luft. Ich saß in einem Schaumberg, mit der Handbürste schrubbte ich jeden Teil meines Körpers. Meine Haut fiel in großen grauen Fetzen von mir ab. In der Bibliothek hörte ich Frau Reimann mit dem Rollstuhl fahren. Immer hin und her. Ich schrubbte kräftiger.

Nur Stille will ich. Stille.

Kleine rote Fäden erschienen im Badewasser, wurden länger und blasser und verschwanden langsam. Aus kurzen Rissen an meinen Armen tropfte das Blut.

Das Summen des Rollstuhls hörte abrupt auf. Ich konnte sie durch den Fußboden grinsen sehen. Und sie sah mich, nackt, blutend und hässlich, im Wasser hocken. Ich warf, was auch immer ich in den Händen hielt, mit voller Wucht gegen die Tür. Knarrend öffnete sie sich. Die Bürste polterte die Treppe hinunter. Das dumpfe Geräusch war eine Erlösung. Ich rutschte tief in die Wanne, umklammerte meine Knie und weinte.

Alles würde sich ändern. Jetzt, sofort. Noch nie war ich des Rätsels Lösung so nah gewesen. Ich wickelte mich in ein

Badehandtuch ein und setzte mich an den Küchentisch. Das Papier, das vor mir lag, war leer. Wie mein Gedächtnis.

Ich entwickelte meinen Plan. Ich wollte raus aus der Stadt. Ich wollte nach Linden. Aber nicht nur, dass das Haus nicht bewohnbar war, dieser Ort, weniger das Gebäude, mehr das Moor, machte mir Angst. Ich könnte im Dorf bleiben. Irgendjemand würde mich aufnehmen, aber besser wäre es, ich würde mir ein Zelt kaufen. Ich war kein Campingfreund, aber es ging nicht anders. Bis zum Herbst würde ich das Haus sanieren lassen. Und wenn die kalte Jahreszeit begann, saß ich längst im Warmen und Trockenen.

Schnell hatte ich das Blatt vollgeschrieben. Es waren so viele Dinge, an die ich denken musste. Als mir nichts mehr einfiel, lehnte ich mich zurück und betrachtete zufrieden meine Liste. Es musste einfach funktionieren.

Ich löschte das Licht und legte mich wieder ins Bett. Sofort fielen mir die Augen zu. Heute Nacht würde ich nicht mehr träumen.

KAPITEL 4

Mühsam kämpfte sich das voll beladene Auto durch die Wildnis des Hohlweges. »Komm, lass mich nicht hängen«, bettelte ich, wenn der Motor beim Gasgeben aufheulte. Vollgas, bremsen, rollen lassen, wieder Vollgas. Das Gras war durch die Regengüsse der letzten Tage in die Höhe geschossen. »Nur noch ein paar Meter, mach nicht schlapp!« Ich konnte schon das Ende der Allee erkennen. Zweimal musste ich aussteigen und armdicke Äste absägen. Der Lack des Wagens war von dornigen Ranken zerkratzt. Mehrmals dachte ich, ich bleibe stecken, schließlich ließ das schleifende Geräusch unter dem Bodenblech nach, der Weg endete, und das Auto rollte auf die Wiese.

Ich parkte den Wagen vor dem Haus, ich stieg aus und ging einmal um das Anwesen herum. Nichts hatte sich verändert, niemand war hier gewesen. Wozu auch.

Ich wühlte eine Eisensäge aus meinen Einkäufen hervor. Ich würde dieses Haus betreten. Gleich. Schon bei der Vorstellung fing mein Herz an zu pochen. Ich sägte am Bügel des Schlosses, immer wieder verklemmte sich das Blatt. Schneller, keine Pausen. Und bloß nicht denken. Wenn ich anfing zu denken, würde ich nicht hineingehen. Jedenfalls nicht allein und nicht jetzt. Mit einem letzten Quietschen gab das Metall seinen Widerstand auf, ich zog es vorsichtig heraus und warf es auf die Erde. Es gab keine Klinke. Ich griff mit den Händen zwischen die beiden Flügel. Das Holz war aufgequollen und verzogen. Ich zerrte und zerrte, der Spalt öffnete sich nur millimeterweise. Schweiß perlte mir von der Stirn, meine Arme zuckten vor Anstrengung. Ich öffnete die Tür so weit, bis ich mich hindurchzwängen konnte. Nicht denken, Grete!, sagte ich mir noch einmal, dann stand ich auf der anderen Seite.

Es roch alt und muffig. Durch die zugenagelten Fensterläden drangen feine Strahlen, in denen der Staub tanzte. Die Linien kreuzten sich und bildeten kleine scharfkantige Punkte auf dem Fußboden. An den Wänden konnte ich zwei Türrahmen erkennen, doch dahinter nur Schwärze. Das Licht, das durch die Eingangstür hereindrang, zog meinen Schatten in eine bizarre Länge. Das Licht, das aus dem Obergeschoss eine steile Treppe beleuchtete, löste meinen Schattenkopf auf. Ich ignorierte die huschenden Bewegungen zu meinen Füßen, nur Mäuse, und betrat die erste Treppenstufe. Leises Knarren. Die zweite brach unter meinem Gewicht zusammen.

War da nicht noch ein Geräusch gewesen? War da jemand? Ich ging rückwärts, bis ich an die Wand stieß. Ich tastete mich, in den dunklen Raum starrend, bis zum Ausgang und zwängte mich nach draußen. Mit meinem ganzen Gewicht drückte ich die Tür wieder zu. Versiegelt sollten alle Geheimnisse bleiben. Ich hatte fürs Erste genug Vergangenheit gesehen. Es wurde jetzt Zeit, dass ich mich einrichtete.

Ich schlug mein Zelt unter der Linde auf. Die Abenddämmerung hatte noch nicht eingesetzt, aber ich war müde, als wäre es mitten in der Nacht. Ich kuschelte mich in meinen Schlafsack, der Stoff knisterte leise. Ich schloss die Augen und lauschte den fremden Geräuschen, die von draußen zu mir drangen. Ich wollte mich nicht fürchten. Und doch saß ich mehrere Stunden an die Zeltwand gelehnt. Irgendwann schlief ich ein.

Mein Traum führt mich in einen tiefen herbstlichen Wald. Ich stehe auf der Stelle und bewege mich nicht, aber ich höre das Rascheln der Blätter unter meinen Schuhen, als ginge ich. Ich sehe zwei Bäume vor mir, eine Kastanie und eine Eiche, sie stehen so eng nebeneinander, dass ihre Stämme sich berühren. Sie sind durch die Nähe zueinander verkrüppelt, ihr Holz ist ineinander verschlungen, als stützten sie sich gegenseitig, während ihre Äste zu entgegengesetzten Seiten streben und sich nicht treffen. Direkt an der Stelle, an der sie sich trennen, wächst eine Mistel. Sie vibriert leicht, als atme sie, während aus dem Innern der Bäume ein mattes Pochen erklingt. Ich fasse die Mistel, ich muss sie herausreißen. Mit jedem Ruck wird der Herzschlag lauter, während die Atemzüge des Blutsaugers verzischen. Als ich den Schmarotzer aus dem Holz ziehe, schließt sich die Narbe zwischen den beiden Bäumen, während die Mistel ihre knotigen Wurzeln um meinen Arm legt. Sie durchschlagen meine Haut, saugen sich in meine Adern und lassen rotes Blut durch ihre Kapillaren fließen, das in einem stärker werdenden Rhythmus pulsiert …

»Hallo? Ist hier jemand?«

Die fremde Stimme klang unsicher. Ich sah erstaunt auf die zugeschnürte Tür. Besuch für mich? Wer wusste, dass ich hier war? Ich rappelte mich auf und kroch aus dem Zelt. Als ich die Zweige der Linde auseinander bog, stand ich vor einer Fremden.

»Guten Tag.« Sie war vielleicht fünfzig Jahre alt. Auf den ersten Blick konnte ich sehen, dass sie nicht aus dem Dorf war. Verlegen drehte sie eine Hundeleine um ihr Handgelenk. Der Hund selbst war nicht angebunden. Er saß mit dem Rücken zu uns und sah in den Weg, den sie gekommen waren. Neben dem Tier lag ein alter zugebundener Sack, der zappelte und maunzte.

»Kann ich Ihnen helfen?«

»Ja, wissen Sie, mein Name ist Blumenthal. Der Pfarrer hat mir erzählt, dass Sie hier ganz alleine wohnen. Und da dachte ich mir ...« Sie stockte.

»Ja? Was dachten Sie sich?« Sie wollte mich bestimmt nicht nur kennen lernen.

»Meine Mutter zieht bald zu mir in die Stadt. Wir können aber die Tiere nicht mitnehmen. Wir haben schon überall gefragt, aber niemand will sie haben. Sie sind jetzt unsere einzige Hoffnung. Wenn Sie auch Nein sagen, müssen die beiden ins Tierheim.« Sie schwieg.

»Also wissen Sie, ich habe überhaupt keine Ahnung von Hunden«, sagte ich. Als hätte das schwarze, zottelige Tier die Ablehnung verstanden, erhob es sich und lief langsam in Richtung des Weges. Die Frau pfiff schrill auf zwei Fingern und rief dann: »Astor, Platz.«

Astor blieb stehen.

»Sehen Sie, er ist sehr gut erzogen«, sagte Frau Blumenthal. »Und er verträgt sich auch gut mit der Katze. Haben Sie keine Angst vor Mäusen? Hier gibt es bestimmt sehr viele davon.« Sie musterte das Haus.

Ich schüttelte bedauernd den Kopf, und sie startete einen letzten Versuch. Und während sie auf mich einredete, schnappte sich der Hund das zugeknotete Ende des Sackes und trottete davon. Frau Blumenthal pfiff und schrie, doch zielgerichtet steuerte Astor den Hohlweg an. Bevor er im Gestrüpp verschwand, drehte er den Kopf noch einmal zu mir. In seinem Blick war etwas Trotziges, als wolle er sagen, wir kommen auch ohne dich zurecht.

Nicht, dass ich besonders tierlieb wäre. Auch rief das Wort Tierheim in mir nichts hervor, das mein Mitleid erweckte. In einem Heim bin ich auch schon gewesen, und ich glaube, es ging mir dort nicht schlecht.

Aber diese beiden ahnten ihre Heimatlosigkeit. Sie wussten, dass man sie nicht wollte. Schließlich sagte ich zu der auf den dummen Hund schimpfenden Frau: »Also, wenn Astor zurückkommt, nehme ich beide.«

Frau Blumenthal lief mit einer Geschwindigkeit los, die ich ihr nicht zugetraut hätte. Nach einigen Minuten drückte sie mir dann den Sack in die Hand, band den Hund an der Türklinke fest, winkte mir noch einmal zu, rief: »Danke, danke!«,und verschwand.

Ich befreite die Katze, die wie ein grauer Blitz davonlief und sich unter der Linde versteckte. Ich setzte mich neben den Hund auf die Treppe und fragte mich, was er jetzt wohl von mir erwartete. Da ich Durst bekam, holte ich eine Flasche Mineralwasser, trank einen Schluck und goss den Rest in einen Putzeimer, den ich Astor vor die Nase stellte. Der Hund ignorierte mich. Trinken wollte er jedenfalls nicht.

»Okay«, sagte ich, »du willst also nicht mit mir reden. Ich weiß, dass du traurig bist. Auf einmal ist nichts mehr so, wie es sein sollte. Aber du wirst dich daran gewöhnen. Und dann kannst du dein Leben wieder genießen. Du denkst jetzt, was weiß die schon. Aber glaube mir, ich kenne auch solche Situationen. Am liebsten würde man mit dem Auto gegen eine Wand fahren. Oder wahllos irgendwelche Leute erschlagen.«

Ich streichelte vorsichtig das Fell auf Astors Rücken. Es kam mir lächerlich vor, mich mit einem Hund zu unterhalten, und da er nicht auf mich reagierte, wandte ich mich dankbareren Aufgaben zu und sagte mir: »Also gut, an die Arbeit.«

»Guten Morgen, du Haus«, sagte ich in die Stille. Ich trat mit der Kaffeetasse in der Hand vor die Tür und tastete die Vorderfront mit den Augen ab. Mir war, als würde ich heute regelrecht eingeladen, es zu betreten. Es sah viel freundlicher aus als gestern. Ich stellte die Tasse vor die Linde und holte eine Brechstange aus meinem Wagen.

»Los, Grete.« Ich war tatendurstig. Jetzt werde ich Licht ins Dunkel bringen. Ich bedrohte die Fensterläden mit »Jede Weigerung ist zwecklos«, und es ging tatsächlich ganz einfach. Brechstange ansetzen, drücken, bis der Widerstand nachlässt. Geschafft. Ich dachte an meinen Vater, der nie alleine hatte arbeiten wollen und mich unter dem Vorwand, ich müsse Handwerkliches für mein späteres Leben lernen, immer mitgenommen hatte, wenn Reparaturarbeiten gemacht werden mussten. Als mir meine Uhr sagte, dass ich eine Stunde gebraucht hatte, um die Fenster freizulegen, steckte ich sie in die Hosentasche. Ich brauchte sie hier nicht, Zeit war irrelevant an diesem Ort.

Ich schlich um das Haus und lugte durch das verkrustete Fensterglas, bevor ich die Tür erneut öffnete und das Innere betrat. Es sah kläglich aus im Tageslicht. Nur Gerümpel und alte Bretter. Eigentlich gab es kein Inventar, vom Kochherd in der Küche abgesehen, war das untere Geschoss leer. Eine der beiden Türöffnungen führte in ein kleines Zimmer, hier stand ein Ofen aus einfachen dunkelbraunen, glänzenden Kacheln. Durch den anderen Eingang betrat ich eine Art Speisekammer. Einen Flur gab es nicht. Dass die Treppe mich nicht gehalten hatte, war kein Wunder, schon aus mehreren Metern Entfernung konnte ich unzählige Wurmlöcher erkennen. Ich suchte mir kurze Bretter aus dem staubigen Abfall und legte sie über die Stufen. Ich musste vorsichtig sein, wenn mir hier etwas passierte, war keine Hilfe zu erwarten. Unter meinen Füßen knackte es verdächtig, als ich in das obere Geschoss balancierte. Dann stand ich in einer breiten Diele, von der links und rechts jeweils eine Tür abging. Dahinter waren kleine Zimmer mit schrägen, unebenen Wänden. Auch diese Räume waren leer. Ich ging zu dem Dielenfenster mit seinem Rundbogen und schaute hinaus.

Ich konnte weit in die Landschaft sehen – Wälder und Wiesen, blauer, klarer Himmel. Wer hier gewohnt hat, muss glücklich gewesen sein, hier war nur Frieden. Dann fiel mein Blick auf das Moor, und ich fing an zu frieren. Ich spürte, ich sollte wirklich dort hingehen. Ich sollte das Haus verlassen, denn die Lösung meiner Rätsel lag dort zwischen den kahlen Bäumen. Mag sein, ich fühlte mich hier sicher, in dieser Burg aus rotem Stein, mit ihren feinen Spinnweben und den rauen Dielen, die bei jedem Schritt vibrierten und Staub aufwirbeln ließen. Aber wie ruhig ich hier auch war, finden würde ich kaum etwas, denn was ich verloren hatte, war dort am Horizont und nicht hier. Aber was wäre ich für eine Hausherrin, wenn ich mein Heim in diesem verwahrlosten Zustand lassen würde. Ich riss ein loses Brett aus dem Boden, denn aufräumen, das hatte meine Mutter immer gesagt, steht vor Gemütlichkeit.

Diese Hitze. Es dauerte Stunden, bis ich den Schmutz aus den oberen Räumen nach unten getragen hatte. Die Sonne schien durch das Hausdach zu brennen. So schmutzig wie jetzt konnte ich seit meiner Kindheit nicht mehr gewesen sein. Ich sah, roch und schmeckte überall Staub. Ich brauchte dringend ein Bad, außerdem brauchte ich Unterstützung. Allein kam ich unmöglich weiter.

Ich fuhr in die Stadt zurück, hielt an einer Telefonzelle an, suchte mir aus den gelben Seiten die erste Sanierungsfirma heraus und wählte die Nummer.

»Altbausanierungen Drevitz.« Eine tiefe Stimme.

»Millheim. Guten Tag. Ich will mein Haus sanieren lassen. Könnten Sie jemanden vorbeischicken?«

»Wo ist es denn?«

»In Linden. Kennen Sie Linden?«

»Ich glaube, ja«, sagte die Stimme zögernd, als überlege sie, ob es nicht bequemer wäre, mit Nein zu antworten. »Es ist fast eine Stunde Fahrt bis dahin.«

»Ja. Ist das zu weit?«

»Eigentlich nicht.«

»Gut. Es liegt etwas abseits. Nummer eins. Sie müssen über das Friedhofsgelände fahren, ich lasse das hintere Tor offen.«

»Übermorgen gegen fünf würde es gehen«, meinte der Mann. Ich hörte Papier rascheln, als wälzte er die Seiten eines schweren Terminkalenders, bevor er mich fragte: »Was ist denn an Ihrem Haus zu machen?«

»Ich weiß nicht so genau. Das Dach auf jeden Fall. Und die Fenster. Und innen so einiges. Und der Brunnen.«

»Brunnen?« Die Stimme klang etwas gedehnt. »Was für ein Brunnen?«

»Ein Brunnen, auf den man eine Wasserpumpe setzen kann.« Ich hätte gedacht, so ein Handwerker wusste, was ein Brunnen ist.

»Wie alt ist es denn, Ihr Haus?«

»Keine Ahnung. Hundert, zweihundert oder dreihundert Jahre, ich weiß es nicht. Ich habe es geerbt. Es sieht ziemlich heruntergekommen aus. Einfach alt, morsch und zerfallen.«

»Aha.« Mir kam der flüchtige Gedanke, dass man so etwas nicht sagt, wenn man mit Handwerkern redet. Vielleicht hätte ich den rustikalen Charme meines Anwesens betonen müssen, allerdings wollte ich mich auch nicht lächerlich machen.

»Na, junge Frau, wir sehen uns das Objekt erst mal an.«

»Also, übermorgen. Bis dann«, sagte ich, bevor ich auflegte.

Bevor ich die Villa in der Südstadt betrat, ging ich zu der Steinjungfrau, die immer noch trocken auf dem Beckenrand im Garten saß.

»Hallo, Frau Greber«, sagte ich zu ihr.

Vielleicht sollte ich den Brunnen wieder anstellen. Zur Erinnerung. Ich begrüßte die Bäume und Hecken und ging durch den Seiteneingang ins Atelier. Wahllos zog ich Wäsche aus dem Schrank und warf sie in meine Tasche. Im Hauptgebäude ging der Lift. Ich erschrak. Dann fiel mir ein, dass Frau Reimann mir hierher nicht folgen konnte. Ich setzte mich auf das Bett. Warum redete sie nicht mit mir? Ich hörte den Rollstuhl auf die Terrasse fahren. Und warum ging ich nicht zu ihr, jetzt gleich? Ich sprang auf und zog hastig den Reißverschluss der Tasche zu. Ich warf die Tür hinter mir ins Schloss und stürmte durch das Treppenhaus. Ich hatte so viele Fragen. Aber ich traute mich nicht, sie zu stellen. Fürchtete ich mich vor Frau Reimann oder vor ihren Antworten? Ich wusste es nicht. Ich setzte mich in den Wagen und fuhr zurück nach Linden.

Als ich aus dem Auto ausstieg, stand ein Hund vor mir. Ich bekam einen Schreck, doch dann fiel mir ein, dass es mein eigener Hund war. Astor schnüffelte an mir und legte sich wieder vor die Tür. Die Katze war auch da. Ich bedauerte, dass ich ihren Namen nicht kannte. Vielleicht hatte sie nie einen gehabt und hieß einfach nur »Katze«. Ich lächelte über mich, als ich merkte, dass ich sie wegen ihrer Namenlosigkeit bedauerte. Vielleicht hatte meine Mutter irgendwann Kätzchen zu mir gesagt, und das war auf jeden Fall besser als all die Namen, die ich mir für mich selbst ausgedacht hatte. Wie Tiffany oder, da ich den Geschmack meiner Mutter nicht kannte, auch biedere Versionen wie Rosemarie oder Marianne. Der Name Katze war nicht schlechter als andere, und hätte ich eine normale Familiengeschichte gehabt, wäre ich mit jedem Namen unzufrieden gewesen, den man mir gegeben hätte. Vielleicht hieß ich tatsächlich Brunhilde oder Mechthild, und im Gegensatz dazu war Grete regelrecht modern.

Ich stellte die Fressnäpfe, die ich aus der Stadt mitgebracht hatte, auf. Dann machte ich mir Tee auf dem Campingkocher und setzte mich vor das Zelt. Der Boden war mit Lindenblütenstaub bedeckt. Ich lehnte mich zurück und sah nach oben. Das Laub war so dicht, dass es den Himmel vollkommen bedeckte. Die Rinde am Ast direkt über mir hatte Narben, als hätte hier eine Kinderschaukel gehangen. Weiter oben, im Stamm, konnte ich Risse erkennen, doch wie sehr ich meinen Hals auch verrenkte, mehr war nicht zu sehen. Ich ging in das Dachgeschoss und öffnete das Dielenfenster. Ein starker Ast des Baumes hing direkt davor. Ich schwang mich auf das Holz, es wippte nicht einmal unter meinem Gewicht. Mit tastenden Schritten balancierte ich vorwärts, ich hielt mich an Blättern und Zweigen fest, bis ich den Stamm erreichte. Ich konnte mich nicht daran erinnern, als Kind je auf einen Baum geklettert zu sein.

Meine Hände streichelten über die Buchstaben, die in die Rinde geritzt waren. Zerlaufen waren sie, verzerrt vom Wachstum der letzten Jahrzehnte, aber noch deutlich zu erkennen, stand dort: »H + L + L«.

KAPITEL 5

Der kleine See lag vielleicht hundert Meter neben dem Haus. Er war kreisrund, sein Wasser trüb und braun. Eine Unmenge verkrüppelter Weiden ließen ihre langen Zweige auf seiner Oberfläche schwimmen. Eine stattliche Eiche stand etwas entfernt, fünf, vielleicht auch sechs Meter. Ihre Äste überspannten die Wasserfläche. Zwischen den Ausläufern der Wurzeln wuchs, niedrig und sehr fein, dunkelgrünes Moos. Ich setzte mich an das Ufer, bog mit den Füßen die harten Grashalme zur Seite und beobachtete die Libellen. Es roch nach feuchter Erde. Grillen zirpten, und ein Frosch quakte. Die Sonne kämpfte sich durch das Blätterdach. Ich schloss die Augen und betrachtete die orangefarbenen Äderchen in meinen Lidern.

Ich lehnte mich an die derbe Rinde und ließ meine Finger über die Ecke der polierten, schwarzen Steinplatte gleiten, die zwischen Stamm und Wurzel eingewachsen war. Als ich sie entdeckt hatte, hatte ich Wasser aus dem See geschöpft und den Schmutz heruntergewaschen. Linien waren zum Vorschein gekommen, die einen Buchstaben bildeten, ein F, vielleicht auch ein E. Das Holz des Baumes hatte den Stein fest umschlossen und den Anfang des Wortes verschluckt.

Ich kam her, um mich zu waschen oder um mich abzukühlen, oder auch nur, um meine Gedanken zur Ruhe zu bringen. Jedes Mal fuhr ich mit meinem Zeigefinger die gemeißelten Linien entlang. Mir war, als schließe sich an diesem Ort ein Kreis, der mich mit Ruhe umhüllte und alle Fragen so tief in sich verbarg, dass meine Gedanken sie nicht erreichen konnten. Was hier geschehen war, lag weit vor meiner Zeit, ich würde nie erfahren, was dieser Stein bedeutete. Wahrscheinlich war es ein Grabstein, vielleicht lag tatsächlich die Magd aus Frau Grebers Märchen darunter. So lehnte ich mich an die Rinde des Baumes und stellte mir vor, der Mensch, aus dem er einmal gewachsen war, könnte mich spüren und flüsterte mir mit dem Rascheln meiner Haare Worte des Willkommens oder des Abschieds zu.

Wie jeden Tag, hatte ich auch an diesem ein exakt geplantes Pensum zu erledigen. In meinem Kopf existierte ein genauer Plan über den Ablauf meiner Arbeiten. Ich änderte ihn nur selten. Manchmal hatte ich zu tun, bis es dunkel wurde, manchmal war ich schon am frühen Nachmittag fertig. Heute begann ich mit den Fenstern. Nachdem ich die im Erdgeschoss geputzt hatte, begann ich, die Scherben des Dielenfensters im Dachgeschoss aus dem bröckelnden Kitt zu lösen. Danach fegte ich die lose Kalkfarbe von den Zimmerdecken und klopfte die Öfen mit dem Brecheisen aus. Eimer um Eimer voller Schmutz balancierte ich die notdürftig geflickte Treppe nach unten vor das Haus. Schließlich setzte ich mich auf die Treppe vor der Eingangstür und zündete mir eine Zigarette an. Ruß und Staub klebten an mir, an meinen Fingern, in meinem Gesicht und auf meinen Haaren. Ich strich mir gerade mit dem Handrücken die verschwitzten Haarsträhnen aus der Stirn, als der Hund kurz anschlug.

Ich sah einen Transporter, der aus dem Hohlweg fuhr und schließlich vor der Linde hielt. »Drevitz – Altbausanierungen« stand groß und bunt auf der Fahrertür. Ein schlanker, dunkelhaariger Mann mit unzähligen Sommersprossen auf der Nase und den Jochbeinen stieg aus und kam auf mich zu.

»Du hast auch schon mal besser ausgesehen«, sagte er. Im

ersten Moment dachte ich, ich müsste ihn kennen, aber die nähere Betrachtung löste das unsichere Gefühl auf. Er war mir fremd, ich sah in ein unbekanntes Gesicht.

»Sie müssen mich verwechseln.« Was nicht verwunderlich war, unter der Ruß- und Dreckkruste hätte jede beliebige Frau stecken können.

»Na klar kenne ich dich«, sagte er und musterte mich. »Du bist Krankenschwester.«

»Stimmt«, sagte ich, »ich habe im Krankenhaus gearbeitet. Aber ich bin schon länger dort weg, und da vergisst man die vielen Patienten und kann sich nicht mehr an jedes Gesicht erinnern.« Ich reichte ihm die Hand. Er drückte sie nur kurz, biss sich auf die Oberlippe und sah mich mit einem suchenden Ausdruck im Gesicht an. Ich wurde unruhig unter seinem Blick, und mir fiel ein, dass ich hier draußen in der Einöde ganz alleine war, eine leichte Beute für Strauchdiebe und böse Buben. Also pfiff ich auf zwei Fingern nach dem Hund. Er kam zögerlich angetrottet und setzte sich neben mich. Der Mann ging ein Stück zurück und zeigte auf das Haus.

»Also, was soll gemacht werden? Abriss?«

»Nein, nein, ich will es wieder herrichten lassen.«

Er zog die Luft zischend durch seine Zähne. »Das wird teuer. Kannst du dir das leisten?«

»Lassen Sie das mal meine Sorge sein.«

»Ja, klar. Aber die Finanzierung ist für uns natürlich das Wichtigste. Wenn du jetzt erst anfängst, die Banken abzuklappern, dauert das einige Wochen, und dann haben wir nicht mehr genug Zeit.«

»Geld ist nicht mein Problem. Ich habe einen Fonds zur Verfügung.«

»Einen Fonds? Davon habe ich noch nie was gehört. Wie soll das denn funktionieren?«

»Ich muss nur jede Leistung abrechnen.« Der Fonds war

eine Idee von Frau Greber gewesen, damit ich nicht mit dem Geld für die Sanierung verschwand oder mir Marmorfußböden bestellte. Die ganze Abrechnung lief über ihr Steuerbüro. Immerhin hatte sie so weit gedacht, dass ich von dem Gehalt, das sie mir gezahlt hatte, die Baukosten nicht tragen konnte. Und das Gebäude noch weiter verfallen zu lassen, hätte Frau Grebers Schwester kaum getroffen, denn dieser Zustand hielt scheinbar schon die letzten Jahrzehnte an. Frau Reimann ging es vermutlich darum, das Haus zu vergessen, was Frau Greber auf keinen Fall zulassen wollte. Ich auch nicht.

»Sollte es zu einem Vertrag zwischen uns kommen, muss ich vorher natürlich überprüfen, ob es stimmt, was du da sagst. Schreib mir mal die Nummer von diesem Fondsverwalter auf. Ich geh jetzt durch deine Burg. Aber ich kann schon jetzt sagen, dass ein Abriss billiger wird. Neubau machen wir übrigens auch. Koch mir mal eine Tasse Kaffee«, sagte der Handwerker.

Baustellenrüpel, dachte ich.

Ich setzte den Kessel auf den Campingkocher. Es dauerte lange, bis das Wasser sprudelte. Ich löste Pulver auf. Der Mann lief um das Haus herum, in das Haus, wieder um das Haus und machte sich Notizen. Ich stellte den Kaffee auf die Treppenstufen und setzte mich. Als er endlich fertig war, war die Flüssigkeit in dem Aluminiumbecher kalt.

»Okay, hör zu«, sagte er und leerte die Tasse mit einem Zug. »Das Dach muss komplett runter, der Dachstuhl auch. Der feuchte Giebel muss weg und wieder neu hochgemauert werden. Alle Fugen müssen ausgekratzt werden. Du brauchst überall neue Fenster und Türen. Die Öfen müssen raus. Du brauchst eine Heizung. Die Decke innen kann vielleicht bleiben, aber versprechen kann ich dir das nicht, diese alten Gemäuer sind tückisch. Die Fußböden müssen raus. Du brauchst ein Bad. Es gibt weder Wasser noch Strom hier.

Du brauchst Anschlüsse aus dem Dorf, das kostet ein kleines Vermögen, bei der Entfernung. Und dann kommt noch die Elektrik und der komplette Innenausbau. Mal abgesehen davon, dass du die Kosten für Strom, Wasser- und Abwasseranschlüsse auch bei einem Neubau hättest, würdest du damit auf jeden Fall viel billiger wegkommen. Ich rate dir also zum Abriss. Und das tue ich, obwohl wir gerade einen Auftrag verloren haben und mit deiner Hütte prima das entstandene Loch füllen könnten. Lass es abreißen. Das Einzige, was bei einer Sanierung von diesem alten Schuppen bleibt, sind drei Außenwände. Kein Mensch würde das bezahlen wollen. Es sei denn, der Denkmalschutz besteht darauf.«

»Wie teuer wird es denn werden?«

»Um das genau zu sagen, muss ich erst rechnen. Wenn du es unbedingt willst, mache ich dir einen Kostenvoranschlag. Den dürfen wir um maximal zehn Prozent überschreiten. Da du offensichtlich überhaupt keine Ahnung vom Bau hast, empfehle ich dir, den Auftrag komplett an uns zu übergeben. Das kostet etwas mehr. Wir holen dann auch kurzfristig sämtliche Genehmigungen für dich ein. Der Chef hat gute Beziehungen zu den Ämtern, das spart Monate. Aber wenn du das selbst machen willst, auch okay. Dann können wir allerdings erst im Frühjahr anfangen.«

»Im Frühjahr? So spät?«

»Liebe Frau Millheim.« Er sprach gedehnt. »Wir sind ein Glücksfall für dich. Suche dir eine andere Firma, und du fängst erst im Sommer nächsten Jahres an. Glaube mir.«

»Und wann könnten Sie beginnen?«

»Frühestens in drei Wochen.«

»Und wie lange brauchen Sie dann?«

»Ungefähr bis Mitte Oktober. Wenn alles klappt. An den kompletten Innenausbau ist in diesem kurzen Zeitraum nicht zu denken, höchstens Küche und Bad, und das auch nur provisorisch.«

»Das kann doch nicht sein. Was ist denn mit der Flaute in der Baubranche?«

»Es ist Hauptsaison. Also, willst du nun oder nicht?«

»Ich werde mich erst erkundigen, ob es noch andere gibt. Und den Innenausbau mache ich alleine.«

»Tu das. Ich komme morgen wieder und bringe dir das Angebot.« Er stand auf und reckte sich. »Schön ist es hier«, meinte er, »ich muss los. Machs gut, Schwester Grete.« Er hob zum Abschied nur kurz die Hand und ging.

Wie er da eben Schwester Grete gesagt hat ... das kam mir bekannt vor. Hunderte Male hatte ich es gehört. Schwester Grete, das war ich. Aber so wie eben? Schwester Grete.

Blut schoss mir in den Kopf, und die Schamesröte setzte sich heiß in meinem Gesicht fest. Schwester Grete, na klar. Es war ein halbes Jahr her. Peter und André. Und ich hatte auch noch Sie zu ihm gesagt.

Ich laufe. Ich laufe durch hohes Gras. Ich laufe durch flaches Wasser. Ich laufe über raschelndes Laub. Ich laufe, weil ich laufen muss, weil ich nicht anhalten darf, weil ich nicht anhalten kann. Ein Flüstern und Pfeifen mischt sich unter das Geräusch, das meine Schritte erzeugen. Vor mir erscheint ein Hang. Ich klettere hinauf. Dahinter ist nichts, gar nichts. Ich springe. Ich falle, falle ins Bodenlose. Gleich kommt der Aufschlag. Gleich ist alles vorbei ... das ist gut. Vorbei. Das ist sehr gut. Ein kurzer Schmerz, die Knochen brechen und dann nichts mehr. Nichts mehr ist gut. Unter mir erscheinen zwei helle Punkte. Augen. Was ist dort? Wer sieht mich?

Ich schreckte auf, sah das Zeltdach über mir, und ich beruhigte mich. Wenn ich die erste Nacht in diesem Haus schlief, was würde ich dann träumen?

Es raschelte an der Tür. Ich erschrak. Eine Männerstimme ertönte.

»Komm raus. Ich habe nicht viel Zeit.«

Es war der Handwerker.

Ich knüpfte die Bänder auseinander und krabbelte aus meiner Unterkunft. Die Sonne hing noch tief und traf mich matt.

»Guten Morgen«, sagte André.

»Wie spät ist es?« Ich gähnte.

»Sechs Uhr dreißig.«

»Was willst du?«

»Hier ist unser Angebot.« Er hielt mir einen Stapel Papier vor die Nase.

»Muss das so früh sein?«

»Ich habe deine Angaben überprüft, ist alles in Ordnung. Unterschreib einfach.« Er drückte mir einen Kugelschreiber in die Hand. Ich wurde langsam wach und misstrauisch.

»Moment.« Ich blätterte in seinen Zetteln. Dass es so schnell ging, damit hatte ich nicht gerechnet.

»Ich habe die ganze Nacht durchgemacht, damit ich das hier fertig kriege. Wir müssen unsere Bautrupps ein bisschen umorganisieren, aber das bekomme ich schon hin. Wird ein anstrengender Sommer für uns. Was gefällt dir nicht?«

»Mir gefällt nicht, dass ich nicht weiß, ob der Preis fair ist oder ob ihr mich übers Ohr hauen wollt.« Ich drehte das Papier mit den langen Zahlenreihen in meiner Hand. Das war eine ganze Menge Geld. Ich war zwar noch in die Stadt gefahren und hatte mich bei anderen Firmen erkundigt. Aber entweder lehnten sie gleich ab oder vertrösteten mich auf das nächste Jahr.

»Wenn du jetzt nicht Ja sagst, wird es erst wieder in einigen Monaten was. Es ist auch für uns dringend. Sollte dir irgendjemand einen deutlich besseren Preis machen können, glaube ich allerdings nicht, außerdem ist es ja nicht dein Geld, musst du ebenfalls mindestens ein halbes Jahr warten. Es sei denn, du organisierst dir jede Firma einzeln, also Maurer, Dachdecker, Treppenbauer und so weiter. Aber damit hast du einen Haufen Rennerei. Bei uns läuft das so: Du unterschreibst den Auftrag, und wir erledigen alles für dich. Wenn wichtige Entscheidungen anfallen, fragen wir natürlich. Also, wir haben gerade für einen Trupp nur Flickkram, der nichts einbringt und warten kann, die Materialien kriegen wir innerhalb einiger Tage ran. Deine Brötchengeber haben nichts dagegen, du wärst dumm, jetzt nicht zuzugreifen. Aber wenn du unbedingt darüber nachdenken willst, bitte. Bis übermorgen musst du dich entscheiden.«

Ich sah ihn an und unterschrieb. Auf diesen ganzen Aufwand hatte ich absolut keine Lust. Ich reichte ihm die Papiere zurück. Er lächelte, tippte auf eine fünfstellige Zahl auf einem der Zettel und sagte: »Wenn diese Summe auf unserem Konto eingegangen ist, fangen wir an. Sag deinem Fondsverwalter, dass ohne diese Zahlung nichts läuft. Ist übrigens ein netter Typ, für den haben wir mal was in der Altstadt saniert. Kannst ihn fragen, wir arbeiten gut. Also, zuerst wird der Weg aufgerissen, um die Leitungen aus dem Dorf hierher legen zu lassen.«

Die Sonne wurde kräftiger und löste schnell den Frühnebel auf, der vor der Linde stand und das Gebäude vorteilhaft umhüllte. Die Luft war sauber und klar. André betrachtete die Umgebung, dann das Haus.

»Wie lange steht es schon leer?«, fragte er.

»Keine Ahnung.«

»Du weißt nicht viel über dein Haus«, stellte er fest.

»Es ist ein Erbstück und sehr schweigsam«, gab ich zurück.

Sein Blick ging zu seiner Armbanduhr.

»Ich muss los«, sagte er, und im Weggehen über die Schulter, »du scheinst dich wieder an mich zu erinnern.«

Unter dem Gras und wilden Gestrüpp des Hohlweges zu meinem Haus kam eine Pflasterung zum Vorschein. Gerne hätte ich sie behalten, betrachtet und über sie nachgedacht. Aber der Bagger ließ mir keine Zeit, Meter um Meter riss seine Schaufel den Untergrund auf. Kaum waren die Gräben wieder zugeschüttet, wurden Unmengen von Baumaterialien vor das Haus gestapelt. André ließ sich nicht blicken. Dann passierte eine ganze Woche gar nichts mehr. Die Entwicklung gefiel mir nicht. Ich war mir nicht mehr sicher, ob meine Entscheidung richtig gewesen war. Vielleicht hätte ich alles beim Alten lassen sollen. Vielleicht wären meine Erinnerungen einfach so wiedergekommen. Das Haus sah so traurig aus. Ich wollte es zwingen, mein Geheimnis preiszugeben. Aber es wehrte sich – schweigend.

Ich fuhr in die Stadt, um meine Vorräte aufzufüllen. Als ich nach Stunden wiederkam, stand der Transporter vor der Eingangstür. Der Hund lief mir schwanzwedelnd entgegen. Sein Blick war vorwurfsvoll. Fremde hatten unser Revier betreten.

André und Peter standen in der Küche und stellten Metallträger auf. Sie schienen der Stabilität der alten Decken nicht zu trauen. Ohne ihre Arbeit zu unterbrechen, riefen sie mir zu, ich solle Bier holen.

Sie fingen mit dem Dach an. Die alten Ziegel rutschten Quadratmeter für Quadratmeter in einen großen Container. In einer Pause drückte André mir einen Stapel Kataloge in die Hand.

»Los, such dir neue Dachsteine aus und alles Weitere, Klobecken, Waschbecken, Armaturen, Türen.« Er holte aus einer Hosentasche einen zerknitterten Zettel, eine Liste und tippte mit seinen derben Fingern auf das Papier.

»Hier schreibst du die Bestellnummern hin. Und keinen Weiberkram, von wegen, sich nicht entscheiden können und so.«

Ich fragte mich etwas beleidigt, was der Mann wohl für Frauen kannte.

Der Ausbau entwickelte sich langsam und nicht so, wie ich es mir vorgestellt hatte. Wieder einmal war ich zum Putzen und Aufräumen eingeteilt, dabei hatte ich mich vor das Haus setzen wollen, um den Handwerkern beim Arbeiten zuzusehen. An manchen Tagen ließen sie mir nicht einmal die Zeit, mich fünf Minuten auszuruhen.

»Mach dies, mach das.«

»Räum das weg.«

»Das Bier ist alle.«

Ich war die Sklavin meiner Handwerker. Als ich mich beschwerte, bekam ich zur Antwort, ich könne ja in die Stadt fahren. Ich beschloss, André, dem Rädelsführer, eine Lehre zu erteilen.

»Komm her, Astor.« Ich zeigte auf die Treppe.

»Sitz! Und bleib auch sitzen.« Artig nahm er Platz.

Es dauerte nicht lange, die Tür öffnete sich, André kam heraus und stand vor dem Hund. Langsam ging er zwei große Schritte zurück ins Haus. Amüsiert betrachtete ich seinen Gesichtsausdruck. Dann hörte ich ihn rufen:

»Grete, dein Hund sitzt vor der Tür.«

»Und?«, sagte ich.

»Er lässt mich nicht vorbei.«

»Und?« Es folgte Stille, und dann:

»Was macht der Hund hier?«

»Er tut dir nichts. Komm raus.«

»Sag ihm, er soll weggehen.«

»Stell dich nicht so an.«

»Ich komme nicht raus, solange er da sitzt.«

»Das ist mir recht, dann habe ich auch mal eine Pause.«

»Bring mir ein Bier.«

»Hol dir dein Bier doch selber. Wieso trinkt ihr überhaupt so viel? Ich bezahle euch, also arbeitet und sauft nicht.«

»Wir pflegen nur unser Image. Außerdem braucht Peter immer seinen Pegel.«

»He!«, erklang die Stimme vom Dach. »Das habe ich gehört.«

»Hol deinen Hund hier weg!«, flehte André.

»Das ist ein netter Hund«, sagte ich. »Der will auch kaum was von mir. Nur zu fressen und ein paar Streicheleinheiten. Für ihn muss ich keine Steine schleppen.«

»Dem Hund geht es besser als mir.« Seine Stimme wurde lauter.

»Ihr seid hier, um zu arbeiten, ihr werdet schließlich dafür bezahlt.« Er sollte mich nicht für kleingeistig oder faul halten, aber ich wollte auch nicht, dass er dachte, ich wäre dumm, weil ich tat, was er sagte.

»Du verstehst das falsch, Schwester Grete. Du musst uns nicht helfen, aber wenn du es tust, sind wir schneller fertig und wieder weg.«

»Okay«, so hatte ich das noch nicht betrachtet. »Aber das nächste Mal sag ›Bitte‹, wenn du was willst.«

»Gut!« Er klang wütend. Seine Augen sagten mir, dass er sich nur mühsam und aus Angst vor dem Hund beherrschte.

»Liebe Grete, bringst du uns bitte etwas zu trinken!?«

»Klar«, sagte ich. »Kaffee?«

Am späten Nachmittag ertönte das Grollen eines nahenden Gewitters. Die Luft war schwül, bei jedem Handgriff lief mir der Schweiß den Hals hinunter. Die weißen Wolken bekamen schwarze Ränder. Der erste Blitz folgte, und kurz darauf stürzte Wasser in rauen Mengen auf die Erde und auf die Folie, die über dem nackten Dach lag. Wir saßen zu dritt auf den Küchendielen im Haus und sahen aus dem Fenster. Ich war zufrieden, dass ich nicht alleine sein musste. Es war so dunkel, als wäre es schon Abend. Dicke Regentropfen klatschten an die Scheiben, der Wind verfing sich heulend im Schornstein. Peter rutschte über den Fußboden in die hinterste Ecke des Raumes. Er legte sich seinen Pullover unter den Kopf. Nach einer Weile wurde sein Atem flach und gleichmäßig, er war eingeschlafen. André saß neben mir. Er rauchte schweigend. Wenn er den Arm hob, raschelte der Stoff seines Hemdes an meiner Schulter. Ich schloss die Augen und lauschte dem Donner.

»Hast du Angst?«, fragte André.

»Nein.«

»Aber ich.«

»Vor einem Gewitter?« Ich musste lachen.

»Nicht nur davor. Auch vor Hunden und Frauen.« Nach einer Weile meinte er: »Es war sehr schön damals.«

»Mhmm.«

»Wiederholung?«

»Was, jetzt?« Ich drehte den Kopf in Peters Richtung.

»Überhaupt.« André betrachtete eingehend seine Schnürsenkel.

»Ich weiß nicht. Ich muss erst ein Rätsel lösen. Vorher habe ich den Kopf nicht frei.«

»Das Rätsel dreht sich um dieses Haus?«

»Mmhh.«

»Offensichtlich möchtest du mich nicht mitraten lassen.« André drückte die Zigarette aus und legte sie neben sich auf die Dielen.

»Warum hast du diese Ängste?«, fragte ich ihn.

»Welche Ängste?«

»Na, Gewitter, Hunde, Frauen.«

»Ach so. Weiß ich nicht. Aber ich habe sie ganz gut im Griff, denke ich. Wovor hast du Angst?«

»Mir fällt nichts ein. Angst hat man doch nur vor den Dingen, die man nicht beherrschen kann. Ich gehe diesen Dingen aus dem Weg.«

»Den Eindruck habe ich nicht.«

»Mhmm.«

»Bist du glücklich?«, fragte er.

»Nein. Aber wer ist das schon?«

»Also manchmal, eigentlich meistens, bin ich sehr zufrieden.«

»Zufriedenheit ist nicht gleich Glück«, antwortete ich. »Um zufrieden zu sein, braucht man nur nicht unglücklich zu sein. Zufrieden bin ich auch. Glück setzt voraus, sich gewisser Privilegien bewusst zu sein. Bewusstsein setzt aber Denken voraus. Und spätestens beim Denken fällt den meisten Menschen irgendein unglücklicher Umstand ein. Also, Zufriedenheit ist nicht gleich Glück.«

»Eine philosophierende Krankenschwester, sieh mal an. Wo genau kommst du eigentlich her?«

»Mir ist doch etwas eingefallen, wovor ich Angst habe«, entgegnete ich.

»Und das wäre?«

»Träume. Ich habe manchmal ganz schreckliche Albträume.«

»Träume sind der Spiegel der Seele. Stand auf dem Abreißkalender, den meine Mutter in der Küche hängen hat.«

»Dann muss ich wohl um meine Seele fürchten. Was träumst du denn so?«

»Meine Seele ist rein. Ich träume nur von Frauen.«

»Da du Angst vor Frauen hast, können das auch nur Albträume sein.«

»Nee. Wenn ich von Frauen träume, dann ... Lassen wir das.«

Peter schnarchte im Hintergrund.

»Was meinst du«, fragte ich, »wovon träumt er gerade?«

»Schnaps, Bier und Wein vermute ich«, sagte André und zog die Schultern hoch. Er sah kurz nach hinten. Dann tastete er die Wände mit seinen Blicken ab.

»Was machst du eigentlich, wenn dein Haus fertig ist?«

»Ich ziehe hier ein.«

»Und dann?«

»Was, und dann? Dann wohne ich hier.«

»Hast du keine Angst so allein?«

»Nein.« Entweder ich lüge, dachte ich, oder er gibt keine Ruhe. Also log ich. Natürlich hatte ich Angst. Und ich konnte mich nicht an sie gewöhnen. Was verstand er schon davon, dass ich einfach hier leben musste.

Wir schwiegen. Als ein kräftiger Donnerschlag Peter aus seinem Schlaf riss, meinte André, es hätte keinen Zweck zu warten, dass das Unwetter nachließ. Als sie fort waren, setzte ich mich in das Zelt. Der Sturm tobte sich in der Krone der Linde aus, drang aber kaum bis nach unten. Astor war bei mir und fiepte ängstlich. Ich versuchte ihn zu beruhigen. Ich legte meinen Kopf an seinen Rücken und beobachtete das leichte Flattern des Nylonstoffes über mir.

In den folgenden Tagen war es heiß und trocken. Die Männer schraubten ein Metallrohr auf die neue Wasserleitung. Sie ragte aus der Mitte des Gartens, wirkte dort fremd, wie eine abstrakte Skulptur. Peter und André kamen in regelmäßigen Abständen vom Dach gestiegen, um ihre Köpfe unter den kalten Strahl zu halten. Die Flüssigkeit perlte über die sonnengebräunte Haut, durchfeuchtete Haare und Stoffe und spritzte als kurzes Perlenband auf den Boden, wenn sie sich hastig bewegten.

Peter war ungefähr genauso groß wie André, aber bedeutend kräftiger. Er machte einen schwerfälligen Eindruck mit diesen dicken Oberarmen und dem breiten Kreuz unter dem T-Shirt. Ich fand das Übermaß an Muskeln und Fleisch beängstigend, außerdem konnte ich nicht vergessen, wie er mich damals in der Kneipe gewürgt hatte. Er redete kaum mit mir, und in seinen Blicken spürte ich Feindseligkeit.

André war lebendiger, schlanker und sehniger als Peter. Er redete gern und viel. Auch er war auf eine schwer zu beschreibende Art derb. Seine Hände, seine Sprache, sein ganzes Wesen. Seine Haare kringelten sich im Genick und waren fast schwarz, wenn er schwitzte. Die Sommersprossen bildeten einen dunklen Streifen in seinem Gesicht. Einem seiner Schneidezähne fehlte eine Ecke, und wenn er an seiner Unterlippe kaute, sah er aus wie der freche Nachbarsjunge, der mit Steinen nach Hunden wirft.

»Auch eine Abkühlung?«,André hielt seine Arme unter den Wasserstrahl.

»Nein. Ich gehe lieber nachher baden.«

»Was machst du eigentlich, Schwester Grete, wenn du nicht hier bist?«

Tropfen spritzten bis zu mir und hinterließen Flecken auf meinen Schuhen.

»Nichts«, sagte ich.

»Wie nichts? Hast du kein Hobby?«

»Nein. Muss ich eins haben?«

»Also, ich liebe Filme.« Er wollte sich mit mir unterhalten, aber er war jemand, mit dem ich eine Nacht verbracht hatte, nach der man sich eigentlich nicht wiedersehen sollte. Eine Situation wie die, in der wir uns jetzt befanden, hatte ich immer vermeiden wollen. Manchmal ärgerte ich mich, nicht vor Unterzeichnung des Vertrages daran gedacht zu haben. Also antwortete ich kurz, um das Gespräch schnell zu beenden: »Na und? Jeder liebt gute Filme.«

»Ich meine alte Filme. Musikfilme besonders. Mit diesen grell geschminkten Schönheiten. Ist das nicht großartig, wenn ein Verehrer im Smoking seiner Angebeteten ein Ständchen singt? Solche Filme werden heute nicht mehr gemacht. Kennst du die Melodie aus Casablanca?«

»Natürlich. Aber Casablanca ist eigentlich kein Musikfilm, sondern … he!« Er hatte sich meinen Zopf gegriffen und zog ihn nach unten.

»Lass den Quatsch.« Ich zappelte. Er legte mir seine feuchte Hand auf den Mund.

»Ruhe! Und stillhalten. Ich muss mich konzentrieren.« Er runzelte die Stirn und holte tief Luft. Dann sah er mir tieftraurig in die Augen und zitierte Bogart. Die Szene auf dem Flughafen. Da stand ich nun, den Kopf nach hinten gezerrt und sah artig zu ihm hoch. Er hörte nicht auf zu reden, und mein Genick begann zu schmerzen. Während ich noch darüber nachdachte, ob dieser Abschied tatsächlich so langatmig gewesen war, nahm er die Finger von meinem Gesicht, drückte mich wild an sich, küsste mich und ging »As time goes by« pfeifend einmal um die Linde herum. Er stellte sich grinsend wieder neben mich und fragte: »Na, wie war ich?«

»Also, ich …«, ich sah in sein erwartungsvolles Gesicht. »Also …, ich bin ergriffen.«

»Wirklich? Weißt du was? Kennst du das kleine Kino am Bahnhof, gar nicht weit weg vom Krankenhaus? Da läuft jede Dienstagnacht Casablanca. Ich lade dich ein, ja? Komm, sag ja!«

»Okay. Ich bin da.« Hobbys haben die Leute, da habe ich lieber keines. Aber von der Vorstellung, dem Dreck und den einsamen Abenden für ein paar Stunden zu entkommen, ging ein starker Reiz aus.

»Super. Hast du einen Hut?«

»Einen Hut? Ja, wieso? Wozu brauche ich einen Hut?«

»Also, ich gehe immer mit Trenchcoat in den Film. Du würdest klasse in Kleid und Hut dazu passen.«

»Na hör mal, ich geh doch nicht als Ingrid Bergman verkleidet ins Kino. Ich mache mich doch nicht lächerlich.«

Er sah mich enttäuscht an.

»Nun sei doch mal ein bisschen spontan. Das macht Spaß, glaube mir.«

»Quatsch!«

»Du hast Angst, dich zu blamieren, Mann, bist du verklemmt.« Er lächelte.

»Ich bin nicht verklemmt. Du bist doch krank. Kleid und Hut, ich geh doch nicht zum Fasching.«

»Verklemmt bist du, Schwester Grete.« Er lachte. »Und zickig wie ein Schulmädchen.«

»Hör auf zu lachen!« Und, als hätte ich etwas zu erklären, sagte ich: »Ich trage nie Kleider. Meine Beine sind zu kurz dafür.«

»Ach ja?« Er taxierte mich. »Ich kenne deine Beine.«

Dann sagte er noch einmal »Dienstag, zweiundzwanzig Uhr vorm Kino«, ging Richtung Haus, während er mir über die Schulter »Ganz schön verklemmt!« zurief.

Ich leckte mir über die trockenen Lippen und überlegte, wo im Atelier ich mein Kostüm gelassen hatte.

Mein Taxi fuhr mich wunschgemäß von der Südstadtvilla zum Kino. Da stand André, stilecht im Lichtkegel der einzigen Laterne, mit Trenchcoat und Hut. Meine Absätze klapperten über den Gehweg. Wir waren die einzigen Menschen auf der Straße. Es war schwül, feucht und diesig. Das schmutzige Viertel gab keine schlechte Kulisse ab.

»Schönes Kostüm«, sagte er, statt einen guten Abend zu wünschen.

»Mhmm. Lass uns gehen.« Ich kam mir albern vor.

Wir waren allein im Saal und setzten uns auf die besten Plätze direkt in die Mitte. Als hätte der Vorführer nur auf uns gewartet, öffneten sich die Vorhänge. Nach einer halben Stunde wurde ich unruhig. André griff nicht nach meiner Hand. Er legte nicht seinen Arm um meine Schulter. Und es sah überhaupt nicht aus, als wolle er mich küssen. Er starrte fasziniert auf die Leinwand und summte die Filmmusik mit. Sonst nichts. Ich beobachtete sein Profil, es bewegte sich nicht. Seine Hände lagen still auf den Bügelfalten seiner Hose.

Als ich ungefähr acht Jahre alt war, sah ich das erste Mal ein Kino von innen. Nur meine Mutter war bei mir. Es kam nicht oft vor, dass sie ohne meinen Vater aus dem Haus ging. Ich verstand nichts von dem, was dort auf der Leinwand geschah, begann mich zu langweilen und beobachtete das Publikum. Meine Mutter hatte die Einkaufstaschen auf dem Sitz neben mir hoch aufgestapelt. Ich musste mich weit nach hinten lehnen, um sehen zu können, warum die Sessel so laut quietschten. Ich sah nur ansatzweise ineinander verschlungene Gliedmaßen, Frauenhände auf einem lichten Männerschädel und nackte Knie. Ich war von dem Spiel der beiden beeindruckt, ihr Kichern war verhalten, nur manchmal erklang ein prustendes, fast verschlucktes Lachen. Damals kam mir der Gedanke, dass das, was dort getrieben wurde, das eigentliche Amüsement am Kino war, der Grund, warum man überhaupt dorthin ging. Filme konnte man schließlich auch zu Hause im Fernsehen betrachten.

André schniefte kurz, als die letzte Szene ausgeblendet wurde. Der Vorhang schloss sich, wir gingen schweigend durch die Türen mit der Notbeleuchtung nach draußen und standen wieder unter der Laterne.

»Und was machen wir jetzt?«, fragte ich. Es war kurz vor Mitternacht.

»Wollen wir noch eine Tasse Kaffee trinken gehen?«, fragte André, und ich nickte, obwohl ich nicht wusste, ob eine Tasse Kaffee trinken gehen für ihn dieselbe Bedeutung hatte wie für mich. Er schob sich den Hut in die Stirn und meinte: »Und wohin? Ach, mir fällt etwas ein. Ich muss nur noch mein Fahrrad holen. Warte einen Moment.« Er ging aus dem Lichtkegel, und ich hörte es im Hintergrund klappern.

»Wie hat dir der Film gefallen?«, fragte seine Stimme aus der Dunkelheit.

»Wie immer.«

»Aber du hast ihn bestimmt nur im Fernsehen gesehen. Kino ist etwas anderes.«

»Mag sein. Die Story ist trotzdem dieselbe.« Der Bogart-Verschnitt kam wieder zum Vorschein.

»Stimmt nicht«, sagte er, »je größer die Leinwand, umso gewaltiger der Eindruck. Steig auf.« Er bot mir mit einer Kopfbewegung die Fahrradstange an. Ich raffte meinen Rock und nahm Platz. Wir schlingerten über den nassen Asphalt durch die engen Gassen des Bahnhofsviertels. Ich spürte Andrés schnellen Atem in meinem Haar.

»Weißt du was?«, fragte er und hörte auf zu treten.

»Was denn?«

»Du bist viel schwerer, als du aussiehst.«

»Ha. Ich würde ja mit dir tauschen, aber es ist mein Privileg als Frau, von dir transportiert zu werden.«

»Du willst also nicht absteigen?«

»Ich denke nicht daran. Ich sitze bequem, es regnet nur ein kleines bisschen, und ich muss nichts weiter tun, als deine mangelhaften Fahrkünste mit meinem Gewicht auszugleichen. Deine Komplimente lassen übrigens zu wünschen übrig. Zu schwer! So etwas sagt niemand ungestraft zu einer Frau. Also, fahr mal ein bisschen schneller.«

»Du bist nicht nur schwer wie Blei, sondern auch ganz schön frech und hast eine Strafe verdient. Aber schrei nicht, wenn du Angst bekommst. Pass auf und halte dich fest.«

Vor uns bog die Straße scharf nach links. André nahm die Kurve in einem großen Bogen, dann ging es steil bergab. Wir rasten durch tiefe Pfützen, holperten über Kanaldeckel und rammten fast eine Litfaßsäule. Ein Stadtstreicher konnte sich nur durch einen Sprung zur Seite vor uns retten und brüllte wütend hinter uns her.

»Na, wie ist das?« André schrie von hinten in mein Ohr.

»Los! Schneller!« Ich musste den Hut mit der Linken festhalten. Als das Rad austrudelte, spürte ich Andrés Lippen kurz auf meinen Fingern.

Wir blieben, vom Straßendreck bespritzt und atemlos, vor einem Irish Pub stehen. Ich zerrte den Rock meines Kostüms zurecht, und wir hielten Einzug. Ich mag es nicht, betrachtet und bestaunt zu werden. Ich war immer korrekt gekleidet, denn ich fiel nicht gern auf. Aber jetzt, hier und so, wie wir aussahen, ließ es sich nicht vermeiden. So warf ich den Kopf stolz in den Nacken und ließ mir von André den Stuhl zurechtrücken. Ich wollte nicht, dass er meine Unsicherheit bemerkte, er hätte mich nur ausgelacht und mich wieder verklemmt genannt. André winkte dem Kellner und bestellte, ich hatte nicht damit gerechnet, zwei Tassen Kaffee.

»Der Typ da hinten am Tresen starrt auf deine Beine. Bestimmt, weil sie zu kurz sind«, sagte André und grinste mich an. Ich versuchte, den Rock weiter über meine Knie zu ziehen, und antwortete: »Sieh nach links. Die drei Küken neben uns lachen sich über deinen Aufzug schief. Sie halten dich bestimmt für jemanden, der die coolen Klamotten aus seiner Jugend trägt.« Warum sollte nur ich mich deplatziert fühlen, dachte ich, André sah mindestens genauso lächerlich aus wie ich. Allerdings hatten meine Worte nicht die gewünschte Wirkung, er fühlte sich eher geschmeichelt, die Aufmerksamkeit der Mädchen geweckt zu haben.

»Was meinst du, wie alt sind sie?«, fragte André und grüßte lässig in ihre Richtung, indem er sich mit zwei Fingern an die Stirn tippte. Die drei am Nachbartisch kicherten.

»Vielleicht fünfzehn oder sechzehn.«

Er nagte an seiner Unterlippe und sagte dann: »Soll ich sie in Verlegenheit bringen?«

»Warum? Und wie willst du das machen? Das sind Großstadtgören. Es sei denn … geh aufs Klo und zieh den Anzug aus. Vielleicht funktioniert es, wenn du nackt unter dem Mantel bist.«

»Du denkst, ich kann das nicht? Wetten, dass?«

»Keine Chance. Ich kenne die Sorte. Die fallen eher tot um, als sich in der Öffentlichkeit eine Blöße zu geben. Und vor ihren Freundinnen schon gar nicht.«

»Eine Wette?«, fragte André. »Ich bringe sie dazu, zu gehen. So was habe ich schon vor zwanzig Jahren gut gekonnt, kleine Mädchen erschrecken.«

»Und was willst du damit beweisen? Dass du immer noch das Niveau eines Siebenjährigen hast?«

»Das ist einfach nur ein Spaß. Der Sinn einer Wette ist, dass der Verlierer das tut, was der Gewinner von ihm will. Worum man wettet, ist dabei vollkommen egal. Außerdem gehören die sowieso ins Bett.«

»Na gut. Wenn du unbedingt willst, wetten wir. Was ist der Einsatz?«

André kratzte sich seinen Hinterkopf.

»Also«, sagte er, »wenn ich die Mädchen dazu bringen kann zu verschwinden, erzählst du mir, wie du deine Unschuld verloren hast.« Er lachte. Er dachte, er könne mich mit solchen Fragen in Verlegenheit bringen.

»Das kann ich dir auch ohne Wette erzählen. Ich war neunzehn Jahre alt, und es geschah im Bett. Mit dem Mann war ich dann noch ein paar Jahre zusammen. Er war Sanitäter, ich Krankenschwester. Zufrieden?«

Er sah mich enttäuscht an, und ich fragte mich, was er erwartet hatte.

»Dann sag du doch einen Wetteinsatz«, meinte er zu mir.

»Der Verlierer zahlt die Rechnung.«

»Das ist doch alt und langweilig. Fällt dir nichts Besseres ein?«

»Die Wette war deine Idee.«

»Na gut, anderer Vorschlag: Wenn du verlierst, ziehst du morgen deinen Schwesternkittel für mich an.«

»Kann es sein, dass du ein bisschen krank bist? Aber wenn

du unbedingt um etwas Dämliches wetten willst ... wenn du verlierst, gehst du eine Stunde mit Astor Gassi.«

Er wurde blass und sagte dann: »Was hältst du davon? Wer verliert, zahlt die Rechnung?«

»Das finde ich sehr gut.«

André stand abrupt auf und ging zu den drei Mädchen. Die Musik war zu laut, ich konnte nicht verstehen, was sie redeten. Nach einer Weile fing das Erste an, sich auszuschütten vor Lachen, die anderen stimmten ein. Sie wurden rot vor Anstrengung. André gestikulierte wild. Er zeigte auf mich, sie sahen neugierig in meine Richtung. Ich lächelte sie an und schüttelte leicht den Kopf. Den Mädchen liefen die Tränen über das Gesicht, es war kein Gelächter mehr, sie brüllten und blieben eisern auf ihren Stühlen sitzen. Schließlich zog André die Schultern hoch und kam zerknirscht zu mir zurück.

»Na«, sagte ich und freute mich, »du hast richtig Ahnung von Frauen. Abgeblitzt, wie?«

»Versteh einer die Kinder heute«, brummte er. »Sie wollten nicht mal Geld nehmen.«

»He, das ist nicht fair. Du wolltest sie bestechen? Wie viel hast du ihnen geboten?«

»Anscheinend nicht genug. Jetzt lachst du mich aus.«

»Du hast es doch nicht besser verdient. Kleine Mädchen erschrecken. Ha. Von wegen.«

»Was war eigentlich deine größte Pleite?«, fragte er. Währenddessen waren die Mädchen aufgestanden und kamen auf uns zu. Sie schlenderten provozierend an André vorbei. Eine sagte: »Mach's gut, Hirni«, und klopfte ihm wohlwollend auf die Schulter. André sackte in sich zusammen.

»Diese Blamage«, murmelte er. »Vor drei Minderjährigen ... ich fasse es nicht.« Resigniert schüttelte er den Kopf. »Und ich dachte, die finden mich attraktiv.«

Meine Tasse zitterte in meiner Hand. Ich musste laut lachen, verschluckte mich und hustete. André rührte in seinem Kaffee und wartete, bis ich mich beruhigt hatte.

»Komm, bau mich wieder auf, Schwester Grete. Was war die peinlichste Situation, die du je erlebt hast?«

»Bei einem Betriebsfest vor ein paar Jahren bin ich einem unserer Ärzte etwas näher gekommen. Wir gingen zu ihm nach Hause und landeten in seinem Bett. Dummerweise lag seine Frau schon drin. Das fand ich damals furchtbar peinlich. Aber jetzt …« Ich musste schon wieder lachen.

Um zwei Uhr waren wir die einzigen Gäste. Das Personal flehte lange mit Blicken, wir möchten doch, bitte, endlich gehen. So liefen wir schwatzend durch die Nacht zum nächsten Taxistand, Andrés klappriges Fahrrad zwischen uns. Es war doch vollkommen unmöglich, uns jetzt zu trennen, dachte ich. Wir könnten noch zu ihm gehen oder meinetwegen auch zu mir, dachte ich. Ich könnte versuchen, ihn an Frau Reimann vorbeizuschleusen, ich kannte alle knarrenden Stufen auf der Treppe zum Atelier. Sie würde es nicht merken und wenn doch, was soll's. Und morgen früh könnte er schnell verschwinden.

André schien nichts von meinen Gedankengängen zu ahnen und lieferte mich artig beim Taxifahrer ab. Er wartete nicht einmal, bis ich losfuhr. Mit wehendem Mantel umradelte er die paar Passanten auf dem Bürgersteig, dann verschwand er aus meinem Blickfeld. Ich lehnte mich zurück.

Ich mochte ihn. Vielleicht sollte deswegen nicht mehr passieren, vielleicht wollte er nur, dass ich ihn nicht mehr als abgelegten Liebhaber betrachtete. Oder es ging einfach nur um die Arbeit, die viel besser laufen würde, wenn ich nicht mehr versuchte, seinen Blicken auszuweichen. Obwohl ich manchmal den Eindruck hatte, dass er es gern sah, wenn ich verlegen wurde. Ich hatte sogar das Gefühl, dass er mich manchmal mit Vorsatz zur Raserei brachte und mir hinterherlief, wenn ich nicht mit ihm reden wollte. So, wie er mich an manchen Tagen zielgerichtet provozierte, schien er mich sehr viel besser zu kennen, als ich angenommen hatte. Er war erst zufrieden, wenn ich frontal mit gesenktem Kopf auf ihn losging, wütend und durch seine Ignoranz gereizt. Dann lachte er mich aus. Ich konnte mich nicht daran erinnern, je so gereizt worden zu sein. Wie ein Kind lief er um mich herum, und sobald ich froh wirkte, ließ er mich links liegen und wartete, bis ich den Anfang machte und ein weiteres Stück von mir preisgab. Es war ärgerlich, wie er meine Stimmungen auslotete und immer anders reagierte, als ich es erwartete. War ich kampfeslustig, zog er sich zurück. War ich in meine Gedanken versunken, stichelte er so lange, bis ich entnervt meinen Faden verlor. Ich mochte ihn und wollte es nicht zeigen. Er wusste das und machte sich einen Spaß daraus. Ging ich zu ihm auf Distanz, machte er mir eindeutige Angebote. War ich bereit, ignorierte er das. Ich wusste nicht, was er von mir wollte. Und viel schlimmer, ich wusste nicht, was ich wollte. Wollte ich ihn? Ja oder nein? Und wenn ja? Wofür wollte ich ihn? Und wie weit konnte ich gehen? Manchmal fühlte ich mich von ihm durchschaut, als setzte er sich aus den kleinen Streitereien und Gesprächsfetzen ein Bild zusammen. Mein wahres Bild. Die richtige Grete.

Wir schlenderten über die Wiese zum Seeufer. Es war mühselig, durch das verfilzte Gras zu laufen. Das Tageslicht war grell, ich musste die Augen zukneifen, um uns flirrte die Luft. Außer unseren Schritten gab es kein Geräusch. Als wir uns am See auf die feuchte, schwarze Erde setzten, waren meine nackten Beine von den scharfen Halmen zerschnitten. Ich schöpfte Wasser auf die brennenden Striemen. Ein lauer Wind ließ meine Haare wirbeln. Ich strich sie mit den feuchten Händen aus dem Gesicht.

»Du erinnerst mich an jemanden.« André zeichnete mit

den Fingern den trüben Schatten meiner Silhouette in den dunklen Boden.

»Wie war sie denn so?«, fragte ich und verrieb das Seewasser auf meinen Beinen. Zusammen mit dem Staub bildeten sich schmutzige Streifen, die sofort antrockneten. Ich zog meine Schuhe aus und stellte mich ins Wasser.

»Ich kannte sie eigentlich gar nicht richtig. Ich habe sie nur ein paar Mal gesehen, vor etlichen Jahren.«

»Und wer war sie?« Schlamm quoll durch meine Zehen. Ich watete vorsichtig, den Untergrund abtastend weiter, bis die Wasseroberfläche meinen Hosensaum berührte.

»Weiß ich nicht.« Er wirkte verlegen.

»Und warum erinnere ich dich an sie?« Ich setzte mich wieder neben ihn, umfasste meine Knie und sah den Insekten zu, die über die Wasseroberfläche tanzten.

Er holte tief Luft. »Als ich achtzehn war«, sagte er, »bin ich einen Sommer nach Spanien getrampt. Mit meiner Freundin und zwei anderen Pärchen. Die Mädchen haben sich ständig gestritten, einmal haben sie sich sogar geprügelt. Wochenlang nur Gekeife, ich habe es nicht mehr ausgehalten und bin abgehauen. Bist du schon mal alleine im Ausland gewesen?«

»Nein. Ich bin noch nie mit anderen zusammen weg gewesen.« Er sah mich an, als könnte das gar nicht sein, als fände er es seltsam, sprach aber weiter.

»Ich bin dann in einem Fischernest gelandet und habe in der Hafenkneipe gearbeitet. Der Ort war so klein, dass der Wirt nicht nur der Wirt, sondern auch der Hafenmeister war. Und in der Kneipe, direkt am Tresen, war das Hafenamt. Die ganze Stadt wimmelte nur so von Touristen. Ich habe alles gemacht. Teller gewaschen, Kartoffeln geschält, eingekauft, bedient und so weiter. Es hat viel Spaß gemacht. Gekellnert habe ich am liebsten.« Er machte eine Handbewegung, als trüge er ein Tablett. »Die meisten Gäste saßen auf der Terrasse, wegen der Aussicht. Das Meer, die Fischerkähne im Hafen. Manchmal lief auch ein Sportboot ein. Anfangs habe ich das gar nicht registriert, aber mit der Zeit passt man sich den Gepflogenheiten an und sieht die Welt genauso wie die Einheimischen. Sportboote fanden sie interessant. Vielleicht vierzehn Tage, nachdem ich angekommen war, fuhr so eine kleine Jacht ein, ungefähr sieben Meter lang. Sie hieß Medusa. Sie war weiß lackiert und leuchtete richtig in der Sonne.« André zündete sich eine Zigarette an und sprach nach dem ersten Zug langsam weiter. »Zwei Frauen sprangen aus der Medusa. Sie liefen über den Steg und kamen zum Wirtshaus. Sie sprachen nicht Spanisch, nur »Si, si!« und »No, no!« und eine Menge wilder Gesten. Der Wirt war ein bisschen schwer von Begriff, ich habe sofort verstanden, dass sie eine Woche Liegegebühr zahlen wollten. Vielleicht, weil mein Spanisch auch nicht gut war und ich wusste, welche Handbewegung was zu bedeuten hatte. Jeder Mann im Raum hat sie gemustert. Ich auch. Es kamen natürlich jeden Tag viele Frauen in das Gasthaus, auch attraktive, aber nicht solche wie die. Ihre Haut war tiefbraun, ihr Alter schwer zu schätzen. Irgendetwas zwischen Mitte Zwanzig und Dreißig. Das bedeutete für mich damals so viel wie reif und erfahren. Frauen eben, keine Mädchen. Die jüngere war groß und schlank. Sie hatte kurze, weißblonde Haare und den wahnsinnigsten Körper, den ich je in echt gesehen habe. Jede Bewegung eine Präsentation, wie ein Model. Ich gebe zu, zuerst war nur sie da, die andere verschwand regelrecht neben ihr. Sie war viel kleiner und kurviger, auf den ersten Blick richtig unscheinbar und auf den zweiten auch nur durchschnittlich. Erst, als ich sie nicht mehr aus meinem Kopf gekriegt habe, merkte ich, wie geheimnisvoll sie wirkte. Zwei lange Zöpfe baumelten ihren Rücken herab. Sie trug eine frische Tätowierung auf der linken Schulter. So eine Art Stier, eine Skizze aus wenigen Strichen, wie eine Höhlenzeichnung. Sie hatte aristokratische Wangenknochen und einen wahnsinnig großen Mund, aber wenn sie sich mit ihrer Freundin unterhielt, bewegte sich ihr Gesicht so gut wie gar nicht. Die beiden klärten die Formalitäten mit dem Wirt, verschwanden wieder auf der Jacht und kamen erst abends wieder. Sie setzten sich auf die Terrasse, an den hintersten Tisch und bestellten Wein.« André klopfte die Asche der Zigarette ab, er hatte nach dem Anzünden keinen weiteren Zug geraucht. »Bis dahin hatte ich immer gedacht, Frauen könnten nicht miteinander befreundet sein. Besonders, nachdem mir die zänkischen Weiber den Urlaub ruiniert hatten. Aber diese beiden waren anders. Irgendwie wie ein Liebespaar. Zuerst habe ich gedacht, sie hätten was miteinander, aber dann habe ich beobachtet, keine zwei Tage, nachdem sie angekommen waren, wie sich die Blonde mit einem Spanier traf. Sie drückte ihrer Freundin einen Kuss auf die Stirn und verschwand mit dem Typen. Und so war es dann jeden Abend, die Kerle wechselten allerdings. Die Dunkle ging aus, die andere blieb am Tisch sitzen und trank literweise Wein. Sie ignorierte alles um sich herum und starrte auf das Meer. Alle Männer beobachteten sie, aber keiner traute sich sie anzusprechen. Sie schuf eine unsichtbare Trennwand um sich. Es war, als säße sie in einem anderen Raum. Sie war so kühl, so abweisend, ich glaube, sie tat das mit Absicht, damit sie bloß in Ruhe gelassen wurde. Hat gut funktioniert, es wollte nicht mal jemand in ihrer Nähe sitzen, die Tische neben ihrem blieben immer ziemlich lange leer. Irgendwann kam dann mitten in der Nacht ihre Freundin zerzaust und kichernd angestolpert. Die beiden stützten sich aufeinander, torkelten über den Steg und krochen in ihr Boot.«

André warf die Zigarette weg und schwieg.

»Warum redest du nicht weiter? Es wurde gerade interessant. Und wieso erinnere ich dich an sie?«, fragte ich.

»Ach, ich weiß nicht.« Er verwischte die Linien meiner Haare, die er in die Erde gezeichnet hatte. Dann beugte er sich nach vorn und sagte hastig:

»Sie sind nach einer Woche weitergefahren. Ich habe sie nie angesprochen. Ich habe sie nie wiedergesehen.« Er sah auf den zerwühlten Boden.

»Ja und? Was war denn jetzt das Besondere an ihr?«

»Ich habe von dieser Frau geträumt. Jede Nacht, wenn ich in mein kurzes Bett gefallen bin. Ich habe ihr Bild vor meinen Augen gesehen. Wie sie da so saß. So einsam. Und dann habe ich mir vorgestellt, sie zu berühren. Mit den Fingern die Linien ihrer Tätowierung entlangzufahren. Sie war irgendwie so ... so beständig. Frauen wie die andere gibt es doch zu Tausenden, mit denen kann man ein bisschen Spaß haben. Diese hier war wie ein Stillleben. Sie saß an dem schäbigen Holztisch und sah auf das Meer.«

»Und warum hast du sie nicht angesprochen?«

»Ich habe mich nicht getraut, wie alle anderen auch nicht. Und, wozu auch. Und in welcher Sprache? Ich war einfach feige, na und? Einmal habe ich sie am Strand gesehen. Vor mir das Meer. Das Meer ist wunderschön. Man hört auf zu denken, wenn man lange genug auf das Wasser sieht. Ich kann das jederzeit zurückholen. Ich mache einfach die Augen zu und lasse die Wellen kommen. Also, sie lag da und schlief im Sand. Sie war barfuß, trug kurze Jeans und ein gelbes T-Shirt. Der Wind ließ ihr Haar so wirbeln wie deines jetzt gerade. Weil ich ihren Namen nicht kannte, habe ich sie Medusa genannt. Sie war wie tausend Frauen auf einmal. So geheimnisvoll und unerreichbar. Ich glaube, ich war damals noch in der Pubertät.«

»Schämst du dich, mit mir über so etwas zu reden?«

Er legte den Kopf weit in den Nacken und sprach in den Himmel.

»Irgendwie schon. Wenn ich mich mit dir unterhalte,

fühle ich mich nackt, während du einen Wintermantel trägst.«

»Wie meinst du denn das jetzt?« Ich war verwundert.

»Wieso redest du nie über dich?« André klang auf eine beängstigende Art verzweifelt.

»Komisch. Ich finde, wir reden über nichts anderes.« Ich wusste nicht, was er meinte.

»Gar nichts erzählst du. Bei jeder Frage beißt man auf Granit. Du bist auch so eine wie sie.«

»Wie wer? Wie Medusa?«

»Ja.«

»Woher weißt du denn, wer Medusa war?«, fragte ich. Er sah mich an und biss sich auf die Unterlippe.

»Sag mal, Grete, kann es sein, dass du mich für dämlich hältst?« Ich lachte, weil ich dachte, er meinte die Frage als Scherz, aber er stimmte nicht ein.

»Nein«, sagte ich schließlich.

»Doch. Du denkst, ich bin einer von diesen Tölpeln, die dich angraben und bei dir landen wollen.«

»Eigentlich ... eigentlich ... ich dachte ...«

»Du denkst falsch. Solange du nichts von dir erzählst, sind wir nicht mal Freunde.« Er stand auf und drehte sich um.

»Halt. Warte, André. Was willst du denn wissen?«

Er zog die Schultern hoch. Ich grübelte, was er wohl hören wollte und was ich ihm tatsächlich erzählen konnte.

»Kannst du mich nicht irgendetwas fragen?«, fragte ich schließlich.

Er schwieg eine Weile und sagte dann: »Mir fällt jetzt nichts ein.«

Ich wusste nicht, was ich noch sagen sollte, also schwiegen wir beide. Dann meinte er: »Warum kannst du nicht einfach mal über dich reden? Irgendwas. Was du gerne isst, was du gerne machst. Was hat es mit diesem Haus auf sich, warum bist du hier? Wo kommst du her?«

»Das ist nicht so einfach. Auf die meisten deiner Fragen hätte ich auch gern eine Antwort.«

»Genau das meine ich. Du weichst ständig aus.«

»Das kommt dir nur so vor, weil ... na ja. Also, ich weiß nicht, wie ...« Ich stotterte, weil es einfach nicht ging. Ihm das Wichtigste zu erzählen, ging nicht. Es kam mir nicht über die Lippen. André sah mich an und wartete wie jemand, der ahnte, dass es sich nicht lohnen würde.

»Also, gut«, sagte ich dann, »wenn du es unbedingt wissen willst. Ich heiße Grete und bin dreißig. Das ist soweit klar. Mein Vater war bei der Polizei, meine Mutter hat genäht. Ich bin als Einzelkind aufgewachsen. Meine Eltern waren schon ziemlich alt, als ich zu ihnen kam. Meinen Bruder, oder wie immer man ihn nennen mag, habe ich nie kennen gelernt. Ich war eigentlich die meiste Zeit meines Lebens mit älteren Leuten zusammen, vielleicht bin ich deswegen so ungesellig. Das haben meine Kolleginnen jedenfalls immer behauptet. Wenn ich Zeit habe, gehe ich spazieren. Und ich hasse es, über mich zu reden. Mein Leben kommt mir dann so merkwürdig vor. Ich mag Pflanzen, besonders Bäume. Ich finde Bäume faszinierend. Generationen von Menschen verschwinden von dieser Erde, und sie stehen immer noch da. Tiere mag ich auch. Ach ja, und meine Lieblingsfarbe ist Blau.« Das reicht hoffentlich, dachte ich.

Ein kräftiger Windzug ließ das hohe Gras am Ufer rascheln. Es war ein friedliches Geräusch in der Mittagsstille. André setzte sich wieder und legte seinen Kopf in meinen Schoß. Er tat es wie selbstverständlich, als kannten wir uns schon lange und fühlten uns beieinander wohl.

»Siehst du? War doch gar nicht schwer«, hörte ich ihn sagen.

Die Luft flimmerte in der Sommerhitze, und die Sonne schien heiß auf meinen Rücken. Der warme Wind zerrte an meinen Haaren, angenehm zwar, doch mein Schatten zeigte die Medusa. Einen durchaus realen Frauenkörper, schwarz und kurvig, doch auf meinem Kopf bewegte es sich wild. Ich war Medusa. Ich fühlte mich wie ein Stein.

Der Zustand des Hauses hatte sich in der letzten Zeit nicht unbedingt verbessert. Unmengen von Schutt lagen auf dem Gelände. Die Decken waren neu eingezogen, der Dachstuhl neu gerichtet und mit Folie abgedeckt, aber das war auch alles. Eine Metallleiter führte ins Obergeschoss und ersetzte die morsche Treppe. Manchmal tauchten fremde Fahrzeuge auf, von mürrischen Fahrern gelenkt, mit Maschinen oder Baumaterialien auf der Ladefläche. André verschwand für eine Woche, an seiner Stelle kamen zwei Jungen, fast noch Kinder, die wie Ferienarbeiter aussahen und unter Peters Anleitung lustlos begannen, die Fugen der Wände auszukratzen. Peter ignorierte mich derart, dass ich beschloss, seine Existenz ebenfalls nicht mehr wahrzunehmen. So dauerte es an einem Montag mehrere Stunden, bis ich feststellte, dass auch er mich verlassen hatte. Nur noch die beiden Aushilfskräfte waren bei mir, die zwar entgegen meiner Schätzung alt genug waren, einen Führerschein zu besitzen, allerdings noch zu jung, um etwas Ähnliches wie Arbeitsmoral entwickelt zu haben. Sie hockten meist träge auf dem Gerüst. Danach war ich ein paar Tage allein, und nichts passierte. Als die alte Besetzung endlich wieder auftauchte, wetterte ich, weil sie mir nichts gesagt hatten, und fragte, wie sie unter diesen Umständen den Zeitplan einhalten wollten. Ich hatte Angst, im Herbst, wenn es zu kalt würde, um im Zelt zu schlafen, zurück in die Stadt zu müssen. Zurück zu Frau Reimann, mit nur zwei Möglichkeiten. Endgültig die Villa verlassen und die Verbindung verlieren oder bleiben und ihr Schweigen ertragen müssen. André erzählte etwas von Problemen auf einer anderen Baustelle, während Peter mich kopfschüttelnd betrachtete und sagte: »Mann, reg dich bloß ab, das hier ist schließlich die schnellste Sanierung aller Zeiten. Wir brechen jeden Rekord, nur weil du und …«

»Wir machen mit dem Giebel weiter«, unterbrach André ihn. »Keine Angst, Grete, wir schaffen das schon. Alles läuft nach Plan«, sagte er zu mir und ging mit Peter zu der schmalen linken Seite des Hauses, vor der immer noch ein Teil des alten Holzes aufgestapelt war. Sie zogen sich Handschuhe an und begannen, es hinter sich zu werfen. Ich türmte es auf der Wiese zum See zu einem Scheiterhaufen, aus dem ich im Herbst ein Feuer machen wollte. Nach einer Stunde war ich so müde und schmutzig, es fühlte sich an, als seien die beiden Männer nie weg gewesen.

Als ich nach einem Bad träge am See saß, riss mich ein schriller Pfiff aus meinen Gedanken. Widerwillig rappelte ich mich auf und ging zurück. Schon von weitem sah ich André mit den Armen wedeln. Ich fing an zu laufen.

Als ich atemlos vor ihm stand, griff er meine Hand und führte mich zu dem klaffenden Loch, das sich an der Stelle der Wand befand, die noch vor ein paar Stunden vom alten Winterholz bedeckt gewesen war. Sie hatten den Sockel aus Feldsteinen freigelegt. Überall war roter Ziegelstaub, auf dem Gerüst, auf den Männern und auf dem breit getretenen Gras. Ich sah André an. Er zeigte mit einer Kopfbewegung nach unten, und mein Blick folgte der Bewegung.

Ein Gitter ragte aus dem Fundament hervor. Es versperrte eine Öffnung, die unter das Haus führte. Es war ein Kellerfenster. Meine Knie begannen zu zittern, ich musste mich setzen. Dann, ich weiß nicht, wie lange ich einfach nur so dasaß, steckte ich den Kopf hinein und stieß mich an einem rostigen Gitter. Sehen konnte ich nichts.

Während ich hocken blieb und versuchte, den Schmutz aus meinem Gesicht zu wischen, stiegen die Männer durch die eingerissene Wand in die offene Küche. Der Raum war jetzt sonnendurchflutet.

André und Peter tappten mit ihren derben Schuhen über die Dielen. Ich selbst war hier täglich entlanggelaufen und hatte den hohlen Klang unter dem Boden bemerkt. Das Haus schwang bei jedem Schritt mit. Gedacht hatte ich mir nichts dabei.

Ich konnte sehen, wie Peter sich bückte und kurze Bretter aus dem Boden löste. Das letzte noch in der Hand, winkte er mich zu sich.

Unter dem Fußboden war ein Deckel aus Holz. Er war mit Eisenscharnieren am Untergrund befestigt, ein Metallring zum Öffnen der Luke befand sich am anderen Ende.

Mein Haus hatte einen Keller.

Ich zog an dem Ring und wuchtete die Tür zur Seite, krachend schlug sie auf den Küchenboden auf. Modriger Gestank schlug mir entgegen. Eine schmale Leiter führte steil nach unten ins Dunkle. Ich legte mich auf den Küchenboden, den Kopf über dem Loch. Ich brauchte Licht! Warum hatte ich keine Taschenlampe? Warum musste ich das Wichtigste immer vergessen? Und warum fiel es mir später nicht wieder ein? Stattdessen hatte ich Kerzen gekauft. Kerzen! Ich sprang auf, lief zu meinem Karton neben dem Herd und wühlte darin nach ihnen. In irgendeiner meiner Taschen hatte ich ein Feuerzeug. Als ich es endlich gefunden hatte, zitterten meine Hände so stark, dass ich Docht und Flamme nicht zueinander bringen konnte. André sah mir schweigend zu.

»Ich brauche Licht«, sagte ich.

Ich wollte das Schlimmste sehen. Ich fühlte so viel Angst in mir, alles an mir war taub. Ich hatte eine Erinnerung in meinem Kopf, verbunden mit dieser alten Gruft.

»Ich brauche jetzt Licht«, sagte ich wieder. »Bitte, ich brauche Licht.« Ich lief um die dunkle Grube. Jeder meiner

Schritte ließ Staub aus den Dielen aufwirbeln. Die Luft um mich herum füllte sich mit dumpfem Kellergeruch.

»Soll ich vorgehen?«, fragte André.

»Ich weiß nicht.«

Meine Knie zitterten, alles um mich herum vibrierte. Ich hörte meine Zähne klappern.

»Vielleicht willst du gar nicht da runter«, sagte er, nahm mir die Kerze aus den Händen und zündete sie an.

»Ich weiß nicht.«

»Also ich gehe jetzt. Warte hier.« Die Flamme mit einer Hand schützend, setzte er vorsichtig einen Fuß nach dem anderen auf die schmalen Stufen. Und sagte dann, nach einem dieser ewig stillen Momente: »Du kannst kommen. Hier ist nichts.«

Ich stieg die kleine Treppe hinab.

Der Keller war ein Verschlag, vielleicht zwei mal drei Meter. Ich konnte nur gebückt stehen, so niedrig war die Decke. Findlinge aus dem Fundament ragten weit in den Raum.

»Gib mir die Kerze«, sagte ich.

Ich leuchtete die Ecken aus. In einer stand eine leere Kartoffelkiste, in einer anderen ein Holzregal mit Eingewecktem. Der Boden der Grube war mit gebrannten Tonziegeln ausgelegt. Ich suchte mit dem flackernden Licht die Umgebung ab, aber außer Staub und Ungeziefer war da nichts. Dann löschte der Luftzug einer schnellen Bewegung die Flamme, und wir standen im Halbdunkeln. Nur durch das Fenster in der Außenwand fiel zu vier Strahlen gebündeltes Sonnenlicht. Ich holte tief Luft, meine Gedanken überschlugen sich, Bilder stürzten auf mich ein, aber ich konnte sie nicht festhalten. Dann sah ich direkt unter dem vergitterten Fenster einen kleinen Gegenstand liegen. Andrés Fuß hatte ihn berührt und die Staubschicht darauf verwischt. Das Ding glitzerte matt. Es war ein Ohrring. Geflochtener Silberdraht umschlang eine blaue Glasperle.

Ich saß am See und blickte ins Leere.

»Störe ich dich?«, hörte ich André hinter mir sagen.

»Nein. Setz dich zu mir.« Er drückte mir eine Flasche Bier in die Hand.

»Danke.« Ich zündete mir eine Zigarette an.

»Ich muss ständig an meine Eltern denken«, sagte ich. Rauchschwaden wehten in meine Augen und brachten sie zum Brennen.

»Was ist mit deinen Eltern?«

Es war logisch, dass er mich fragte. Es war üblich und harmlos, und ich hatte es provoziert.

»Sie erkennen mich nicht mehr«, sagte ich, »ich existiere nicht für sie. Es ist schon bitter, wie mich alle vergessen. Niemand kennt mich.«

Schweigen. Und dann: »Was ist mit ihnen? Sind sie krank?«

»Alt sind sie. Sie waren schon alt, als ich zu ihnen kam. Sie kommen ganz gut zurecht. Mein Vater hat eine üppige Pension, so können sie sich Hilfe leisten. Manchmal denke ich, dass sie glücklicher sind als jemals zuvor. Sie lieben sich. Bewundernswert, über diese lange Zeit.« Ich saugte an der Zigarette. »Und sie erkennen sich. Das ist gut. So sind sie nicht allein, im Gegensatz zu mir. Manchmal fragen sie mich, wer ich bin. Einmal wollten sie mich nicht ins Haus lassen. Und als ich sagte: ›Ich bin eure Tochter Grete‹, wollte mein Vater meinen Ausweis sehen.«

»Und dann?«

»Er hat gestutzt, als er meinen Namen las, und mich dann reingelassen. Mein Zimmer gibt es immer noch. Manchmal habe ich etwas umgestellt. Bilder, Blumen und so. Beim nächsten Besuch stand es wieder so wie früher. Sie lassen keine Veränderung mehr zu. Sie leben jetzt in einer Zeit, in der es mich noch nicht gab.«

»Und davor?«

»Sie haben mich adoptiert. Ich weiß gar nicht genau, wann das war. Ich habe schon ein paar Jahre bei ihnen gelebt. Wo ich wirklich herkomme, weiß ich nicht.« In meiner Faust hielt ich den Ohrring. Sein Haken bohrte sich in mei-ne Handfläche. Ich drückte fest zu, bis der Schmerz unerträglich wurde, dann ließ ich ihn neben mir ins Gras fallen. Aus einem Riss in meiner Haut sickerte Blut. Ich wischte es an meinem Hosenbein ab und sah weiter auf meine Hand.

»Manchmal kommt dieser Neid über mich. Ich beneide Leute, die eine richtige Familie haben. Ich war froh, als ich endlich von zu Hause weggehen konnte, in die Stadt. Die Anonymität dort war so schön. Niemand interessiert sich wirklich für ein anderes Schicksal, jeder ist mit sich selbst beschäftigt. Aber der Neid blieb. Ich schäme mich für den Wunsch, meine richtige Mutter möge doch kommen. Du kennst deine Eltern und ich meine nicht. Manchmal denke ich, dass ich nicht echt bin. Mein Leben ist nichts weiter als ein langer Traum. Und irgendwann wache ich auf, genau in dem Moment, in dem ich meine Mutter finde. Ich wünsche mir so sehr ein stinknormales Leben. Jeder will etwas Besonderes sein. Ich nicht. Ich glaube, das ist krank.«

André sagte nichts. Schweigend legte er seine Hand neben meine. Ich sah eine Narbe bis zum Mittelfinger laufen. Sie war unregelmäßig gezackt wie eine Bisswunde, durchschnitt Lebens- und Schicksalslinie. Andrés Finger glitten zwischen meine. Dann sagte er: »Ich habe so ein Leben, und manchmal ist es schon etwas langweilig.«

»Ich war immer auf Normalität aus. Aber ich werde nie so leben können. Meine Träume sind so schrecklich. Und das Haus ... ich weiß, ich bin hier gewesen und ich war nicht allein. Meine Mutter war auch hier und noch jemand. Aber ganz sicher bin ich mir nicht, und manchmal sagt mir mein Verstand, es sind doch nur Träume, Grete. Nichts davon ist wirklich passiert. Und außerdem ist da das Moor. Das Moor ist das Schlimmste von allem.«

»Und was hast du dort gefunden?«

»Ich war noch nicht da.«

»Wir könnten zusammen hingehen.« Andrés Händedruck wurde fester, meine Finger begannen zu schmerzen.

»Nein«, sagte ich, und bevor ich es ihm erklären konnte, musste ich überlegen.

»Du störst meine Erinnerungen«, sagte ich dann.

Ich legte meinen Kopf an seine Schulter. Langsam zog er mich an sich. Ich schob meine Hand unter sein T-Shirt, in meinen Fingerspitzen fühlte ich die Haut vibrieren. Er wiegte mich sanft, und als ich dachte »Ich will nicht zurückgehen«, musste ich weinen.

Nackt stand ich inmitten von Seerosen. Langsam, mit hohlen Händen, wusch ich mir seine Küsse, seine Berührungen vom Körper. Er lag auf dem Bauch am Ufer und sah mir zu.

»Du beobachtest mich, als wäre ich die erste Frau, die du siehst«, sagte ich.

»Ist dir das unangenehm?«

»Nein. Nicht unbedingt. Ist einfach eine Weile her, dass mir so etwas passiert ist.«

»Ich frage mich, ob Männer und Frauen überhaupt zusammenpassen«, meinte André.

»Anatomisch betrachtet, passen sie wunderbar.«

»Und der Rest?«

»Welcher Rest?«

»Na, die Jahrzehnte nach dem Sex. Was denkst du?«

»Ich weiß nicht so recht. Beziehungen sind anstrengend. Erzähle mir von den Frauen, die du hattest.«

»Es waren so viele. Du musst gar nicht so komisch gucken. Und lachen musst du auch nicht.«

»Ich habe Zeit. Fang an.« Ich stieg ans Ufer, strich mir

das Wasser von den Beinen und legte mich neben ihn ins Gras.

»Warum willst du das eigentlich wissen?«

»Nur so. Um zu sehen, in welcher Gesellschaft ich mich befinde.«

»Also gut. An ein paar Namen kann ich mich sogar noch erinnern. Meine erste Freundin hieß Karin und ging in meine Klasse. Bei Karin durfte jeder mal, es gehörte sogar zum guten Ton, bei ihr die Unschuld zu verlieren. Als das Gerücht umging, sie sei schwanger, oh Gott, war mir schlecht. Ein bisschen Spaß auf dem Schulklo, und das Leben ist festgefahren. Na ja, die anderen haben sich genauso mies gefühlt. Dann gab es Britta. Ich war so ungefähr zwei Jahre mit ihr zusammen. Als ich neunzehn wurde, hatte ich plötzlich das Gefühl, meine Zeit läuft mir davon. Ich dachte, morgen bin ich fünfundsiebzig Jahre alt und habe nur mit einer einzigen Frau geschlafen. Karin zählte ich nicht mit. Ich sagte Britta, ich hätte eine andere.«

»War da eine?«

»Nein. Es folgten viele namenlose Gesichter. Eigentlich weniger die Gesichter, mehr der Rest. Dann lebte ich drei Jahre mit der Kellnerin meiner Stammkneipe zusammen. Sie hieß Anastasia, was für ein Name! Ich betrog sie, sie betrog mich. Wir haben uns dann getrennt, weil keiner den ständigen Betrug des anderen ertragen konnte. Nach Anastasia kam Maren. Der Übergang war eigentlich fließend. Maren verließ mich wegen Peter. Peter verließ Maren wegen unserer Freundschaft.«

»Peter hat dir die Freundin ausgespannt, und du hast ihm verziehen?«

»Nachdem ich ihn verprügelt hatte. Na ja, es ging eigentlich eher ums Prinzip. So läuft das eben. Und so toll war sie auch nicht. Ich glaube, ich war eher froh, dass ich sie los war. Bis vor zwei Jahren war ich dann mit, wie hieß sie noch gleich? Ja, mit Ute zusammen. Aber als sie unbedingt ein Kind haben wollte, fing ich an, mich zu langweilen. Sie hat über nichts anderes mehr geredet. Das war eine öde Zeit. Schließlich habe ich sie verlassen. Das Kind hat sie nun von einem anderen. Soll der doch mit ihr glücklich werden. Jetzt bin ich ein einsamer Single und nehme, was ich kriegen kann.«

»Das ist angenehm stressfrei, nicht wahr?«

Es dauerte einen Moment, bis er sich zu einem Grinsen entschloss.

»Du bist ziemlich verdorben«, sagte er schließlich. »Sind Frauen eigentlich sauer, wenn sie am Morgen danach alleine aufwachen?«

»Das kommt auf die Frau an. Und auf das, was sie erwartet hat.«

»Komisch, wie man sich verändert. Früher fand ich es richtig stark, mich danach davonzuschleichen. Ich drückte die Tür leise ins Schloss. Ich klappte den Kragen hoch und ging nach Hause. Das gehörte dazu. Der einsame Heimweg. Heute will ich eigentlich gar nicht raus aus den schönen, warmen Betten.«

»Hast du Familie, ich meine Eltern?«, fragte ich ihn.

»Ja.«

»Erzähl mir von ihnen«, sagte ich und drehte mich auf den Rücken.

»Meine Mutter ist sehr nett. Ich mag sie wahnsinnig gern. Das glaubt sie mir allerdings nicht. Wir sehen uns fast täglich. Sie macht sich Gedanken, weil ich keine Freundin habe. Sie befürchtet wohl das Schlimmste für mich, fast dreißig und nichts in Sicht. Ich glaube, sie denkt, ich bin schwul. Mein Vater und ich, wir arbeiten zusammen, mehr ist zu ihm nicht zu sagen.« André fuhr mit seinem Zeigefinger meine Wirbelsäule entlang. Dann fragte er: »Wie lange ist es eigentlich her, dass du etwas Ernsthaftes hattest?«

»Sieben oder acht Jahre, glaube ich. Er war Sanitäter im Krankenhaus.«

»Schlechte Erfahrungen gemacht?«

»Eigentlich nicht. Ich kann nicht genau sagen, warum sich danach nichts mehr ergeben hat. Vielleicht weil ich immer, schon als Kind, wahnsinnig schüchtern war. Und artig. Außerdem habe ich mich ständig geschämt.«

»Wofür?«

»Für alles. Für meine Fehler. Für die Fehler, die ich nicht hatte. Für meine Herkunft. Für den Zweiten Weltkrieg. Was weiß ich. Es gab keinen speziellen Grund. Da war einfach dieses Gefühl der Minderwertigkeit, ich fand mich eben nicht wert, glücklich zu sein. Also war ich nicht glücklich. Männer merken so etwas. Die miesen nutzen es aus, die besseren fühlen sich ausgenutzt. Meine Eltern schleppten mich als Kind zum Psychologen, und der meinte, solche Depressionen lägen in meiner Kindheit begründet, also in Erfahrungen, die ich gemacht hatte, bevor ich bewusst denken konnte. Aber eigentlich ist das Quatsch, weil es den meisten Mädchen so geht. Mit neunzehn traf ich dann Tobias.«

»Und der hat dir da rausgeholfen?«

»Nein. Er hat mich verlassen, weil er sich nicht von mir runterziehen lassen wollte.«

»Seht ihr euch noch?«

»Nein.«

»Und dann?«

»Kreuz und quer durch das Gemüsebeet. So ähnlich wie bei dir. Das meiste im Krankenhaus. Allerdings ging es bei mir, im Gegensatz zu anderen, um Entspannung, nicht um Karriere. Berechnend war ich nie. Dafür war mein Ruf aber immer schlechter als der meiner Kolleginnen.«

»Hast du vor, diese alten Angewohnheiten irgendwann einmal abzulegen?«

Ich hielt einen Moment inne, stand dann auf und zog mich an.

»Lass uns gehen«, sagte ich, »mir ist kalt.«

Langsam wurde aus meiner Baustelle etwas Bewohnbares. Der neue Giebel stand, mein Haus hatte jetzt wieder vier Wände. Allerdings fehlten noch sämtliche Fenster und die Eingangstür. Eines Morgens weckte mich statt des üblichen Transporters ein fremdes Fahrzeug, aus dem drei Männer stiegen, die wegen der Hitze, schon ein paar Stunden früher als üblich begannen, das Dach neu einzudecken. Der Stapel mit den Baumaterialien wurde kleiner, der Abfallberg wuchs. Ich bestand darauf, dass André und Peter den Eingang zum Keller wieder abdeckten. Ich wollte ihn nicht sehen. Ich spielte mit dem Gedanken, das Loch zuschütten zu lassen, ich würde nie wieder freiwillig dort hinuntergehen.

Ich hatte jetzt mehr Zeit, mich um den Garten zu kümmern. Blumen wollte ich haben. So hockte ich die meiste Zeit auf dem Boden und riss Unkraut und Gras aus der Erde. Zwischen André und mir war lange nichts mehr passiert. Er war sehr zurückhaltend, und ich wusste nicht, worüber ich mit ihm reden sollte, bis er mich eines Morgens mit »Hallo, Landei« begrüßte.

»Hallo«, sagte ich.

»Hast du Lust, mal wieder mit mir ins Kino zu gehen?«

»Kommt darauf an. Muss ich mich wieder verkleiden?«

»Wenn ich Ja sage, sagst du dann Nein?«

»Ja.«

»Schade. Dann frage ich eben Peter.« Er wollte gehen.

»Warte. Was kommt denn?«

»Sie haben Casablanca abgesetzt. Dafür kommen jetzt die Blues Brothers im neuen Kino in der Innenstadt. Aber schwarzer Anzug, Hut und Sonnenbrille sind Pflicht. Sonst ist es nicht kultig genug.«

»Okay. Ich bin dabei. Wann?«

»Morgen, kurz vor Mitternacht. Aber wir könnten vorher noch was trinken gehen. Kennst du die Kellerbar? Die gegenüber vom Kino?«

»So ungefähr.«

»Also, dann treffen wir uns da um neun heute Abend. Und Kleiderordnung nicht vergessen.«

Ich traf vor André ein und wählte einen Ecktisch. Ich bestellte mir ein Glas Bier und beobachtete durch die schmalen Fenster die Schuhe und die Hosenbeine der Passanten auf dem Bürgersteig. Um mich herum hatte man eine Filmkulisse geschaffen, schwarz-weiß mit Chromeinlagen, das antike Hollywood. Bilder vieler berühmter Leute an den Wänden. Kontraste, Schattierungen, Scheinwerfer. Es gefiel mir gut.

André kam durch die Tür, wie versprochen im schwarzen Anzug. Er nahm seine Sonnenbrille nicht ab und lief prompt gegen einen Stuhl. Ich hörte sein »Aua!« und musste laut lachen.

»Ja, du lachst!« Er rieb sich sein Schienbein. »Letzte Woche stand der Stuhl noch nicht da. Mein Auftritt ist ruiniert. Wieso sitzt du unter Fred Astaire?«

»Ja, keine Ahnung. Wieso denn nicht?«

»Also, ich würde lieber unter Bogart sitzen, aber den hatten wir ja schon letztes Mal.«

»Doris Day dahinten sieht auch ganz nett aus.« Ich zeigte auf die Wand neben der Eingangstür. André schüttelte traurig den Kopf.

»Ach, Doris Day magst du wohl nicht?«

»Doch, aber der Platz ist so ungemütlich. Komm, wir setzen uns zu Clark Gable.«

»Ich glaube nicht, dass wir dahin passen. Was hältst du von Sean Connery?«

»Der lebt doch noch!«

»Wie strafbar. Aber dort hinten ist die einzige Ecke, in der wir mit unserem Aufzug nicht auffallen.«

»Also gut.« Und zum Kellner: »Einen Martini bitte, geschüttelt, nicht gerührt.«

»Du bist oft hier, nicht wahr? Das ist doch eine ungewöhnliche Neigung für einen Mann. Alte Filme. Wieso eigentlich?«

André hatte die Sonnenbrille auf die Nasenspitze geschoben und sah mich über den Rahmen hinweg an. Er schlürfte an seinem Martini und sah neidisch auf mein Glas.

»Dein Bier ist hier aber unpassend. Wir sitzen schließlich nicht unter John Wayne.«

»Ich mag aber keinen Martini.«

»Na und? Ich auch nicht.« Er leerte das Glas in einem Zug, verzog das Gesicht dabei und schüttelte sich noch, als er zu reden begann.

»Als Kind, ich ging gerade zur Schule, in die zweite Klasse, habe ich im Sommer bei einem Theaterstück mitgemacht. Wir hatten eine Lehrerin frisch von der Uni, die wollte wohl mal was anderes machen als die üblichen Märchen. Du weißt schon, Das Rübchen und so was. Also hat sie Casablanca umgeschrieben, und mir hat sie die Hauptrolle gegeben. Ich war stolz wie ein Spanier, kann ich dir sagen. Als Trenchcoat trug ich ein Hemd meines Vaters. Mein Hut rutschte mir ständig ins Gesicht. Robert Thierbach war Sam. Er bearbeitete mit schwarz bemaltem Gesicht und weit ausholenden Gesten sein Pappklavier, er hat alles gegeben. Den Flieger hatten sie mit Kreide um die Ausgangstür vom Speisesaal gemalt, und den Standventilator, den ich aus dem Zimmer vom Direktor gut kannte, hatten sie davor gestellt, als Propeller. Ich hielt Madeleine Beckmann aus der Parallelklasse in meinen Armen. Und ich küsste sie! Dann ging ich mit gesenktem Kopf aus der Tür. Das Publikum jubelte, und ich wurde gefeiert, ich war der Held. Meine Mutter hatte rotgeweinte Augen. Von diesem Erfolg zehre ich heute noch. Kellner, ein Bier bitte!«

Wir schwiegen eine Weile.

»Du bist dran. Erzähl mir was aus deiner Kindheit«, sagte André.

»Das ist kein gutes Thema. Schlag ein anderes vor.«

»Ich frage nur, weil … für mich ist es unvorstellbar, keine Erinnerungen zu haben.«

»Ich habe Erinnerungen. Höchstwahrscheinlich würden die mir vollkommen reichen, wenn ich nicht wüsste, dass meine Eltern eben nicht meine Eltern sind.«

»Vielleicht geht es dir besser, wenn du mal darüber redest.«

»Das glaube ich nicht.«

»Versuch es.« Das klang wie ein Befehl.

»Ich weiß nicht recht. Wenn ich darüber nachdenke, zieht es mich immer runter. Aber wenn du unbedingt willst, gut. Als man mich fand, saß ich unter einem Baum. Meine Eltern waren verschwunden, spurlos, da war nur ich. Ich konnte mich an nichts erinnern, obwohl irgendetwas hätte da sein müssen. Ich kam dann in ein Kinderheim, aus dem haben mich meine Eltern, also meine Pflegeeltern, nach ein paar Wochen geholt. Mein Vater ist in der ersten Zeit mit mir fast täglich zu diesem Baum gegangen und hat mich gefragt, ob mir was einfällt, wenn ich ihn sehe. Einmal habe ich angefangen zu heulen, dann hat er es gelassen. Aber im Grunde genommen war ich ein ganz normales kleines Mädchen. Zufrieden?«

»Wusstest du von Anfang an, dass du nicht ihre Tochter bist?«

»Nein. Oder doch. Aber ich fand das alles ganz normal. Erst als ich zur Schule kam, habe ich gemerkt, das irgendetwas nicht stimmt. Die anderen Kinder haben mich ständig gefragt, wie ich denn richtig heiße. Damals fand ich es nicht so tragisch, meinen Namen nicht zu kennen, das kam erst später. Später ist mir auch klar geworden, dass meine Kindheit sehr schön war. Dabei war ich nie gerne Kind. Als Kind bist du ein Sklave deiner Umwelt. Jeder Idiot versucht dich zu belehren, du kannst nicht sprechen, wann du willst, und immer bekommen die Erwachsenen Recht.«

»Du bist auf der Suche nach ihnen, nicht wahr?«

»Ich weiß nicht, was ich suche. Ich weiß wirklich nicht, was ich suche.«

»Was ist mit dem Haus?«

»Was soll damit sein? Ich kenne es, aber ich weiß nicht woher. Vielleicht kann ich mich erinnern, wenn es fertig ist. Wie lange dauert das eigentlich noch?«

»Und warum gehst du nicht zum Moor?«

Ich sah auf die Uhr an der Wand und sagte: »Ich glaube, wir müssen gehen.«

Diesmal waren wir nicht allein im Kino. Unmengen von Leuten in schwarzen Anzügen, schwarzen Hüten und dunklen Sonnenbrillen saßen im Saal. Äußerlich passte ich blendend dazu. Popcorn flog durch die Luft. Es wurde gesungen und gejubelt. Ich wollte mich von der Stimmung anstecken lassen, aber meine Gedanken flüsterten hämisch aus dem Untergrund, aufgewühlt durch das Gespräch mit André. Genau deswegen hatte ich nicht über meine Kindheit reden wollen. Ich begann an meinen Nägeln zu kauen. Es gab so viele Unterschiede zwischen diesen Menschen hier und mir. Mein Hals wurde rau. Sie wollten eine Zukunft, ich eine Vergangenheit. Sie strebten nach Individualität, ich nach Normalität. Ich wühlte nach einem Taschentuch, fand aber keins. Ich stand leise auf. André drehte sich zu mir, aber ich versteckte schnell mein Gesicht und ging aus dem Saal. Ich wollte alleine sein und verließ das Kino. Ich lief schnell. Vorn, auf der Hauptstraße, standen die Taxis. Ich wollte zur

Villa, vielleicht auch nach Linden. Nach ein paar Minuten hörte ich das Fahrrad hinter mir.

»He! Ich dachte, du kommst wieder zurück. Was ist los?«

André bremste neben mir, und ich blieb stehen.

»Ich weiß nicht.«

»Ist dir nicht gut?«

»Doch, eigentlich schon. Ich will nach Hause.«

»Ich begleite dich.«

»Nein. Ich möchte allein sein.«

»Was hast du? Ich sehe doch, dass etwas nicht stimmt.«

»Lass mich in Ruhe, André. Mir ist nicht nach Gesellschaft.«

»Was soll das, Grete? Was soll der ganze Quatsch mit deiner Schweigsamkeit? Erzähl mir, was mit dir los ist. Du kannst dich doch nicht immer verkriechen, wenn irgendwas nicht stimmt.«

Ich sah auf meine Schuhe und sagte: »Ich gehe jetzt nach Hause. Allein.«

André verzog das Gesicht. Er setzte das Fahrrad um und sagte dabei wütend: »Rede bloß nicht mit mir.« Dann fuhr er davon.

Der gelbe Wagen hielt vor dem großen Torbogen der Villa. Ich stieg langsam aus und überlegte, was ich tun sollte. Ich könnte mit meinem Wagen durch die Nacht nach Linden fahren. Ich könnte mich in das Zelt legen und die Augen schließen. Die Linde würde mit ihren Blättern rauschen, und wenn ich einsam war, würde ich den Hund zu mir rufen. Es trieb mich weg von diesem vornehmen Ort, die Kälte in diesem großen Haus war so allgegenwärtig. Aber das, was ich hier wollte, war zu wichtig. Irgendwann musste ich damit anfangen. So ging ich durch das Atelier in die Bibliothek. Frau Reimann saß vor dem großen Fenster und sah in den dunklen Park. Sie drehte sich zu mir um und musterte mich.

»Was willst du hier?«

Ich holte den Ohrring mit der Glasperle aus der Tasche und ließ ihn vor meinem Gesicht baumeln. Das Licht der Deckenlampe fing sich in der blauen Kugel und warf blaue Blitze in den Raum.

Ich sah, wie sie ihre Kiefer aufeinander presste. Sie fuhr auf mich zu, der Rollstuhl blieb knapp vor meinen Füßen stehen. Sie sah zu mir hoch. Es war nicht der übliche Blick, der mich traf. Es war noch etwas anderes in ihren Augen. Ihre Hand reckte sich dem Ohrring entgegen. Ich hielt ihn höher. Langsam senkte sich ihr Arm wieder.

»Sie sind nicht zufällig meine Mutter?«

Sie fing hohl an zu lachen.

»Nein, das bin ich bestimmt nicht.«

»Was ist mit Laura geschehen?«

»Lass mich in Ruhe.«

»Ihre Schwester hat einmal gesagt, Laura hat Ihnen das Kind gestohlen.«

»Und da hast du gedacht, du wärest mein Kind, nicht wahr? Du hast dich von Lotte auf die falsche Fährte locken lassen. Sie konnte dich genauso wenig leiden wie mich. Du weißt doch, dass sie dir das Haus nur gegeben hat, damit ich es nicht bekomme. Und, wie schläft es sich dort? Keine Albträume?«

»Was hat Ihre Schwester mit dem gestohlenen Kind gemeint?«

»Laura war schuld an dem Unfall, den ich hatte. Ich habe mein Kind dabei verloren. Ich kann nicht mehr gehen. Meine Familie existiert nicht mehr. Laura ist an allem schuld. Ich dulde nicht, dass in meinem Haus über sie geredet wird. Für mich ist sie tot.«

»Laura ist meine Mutter, nicht wahr?« Sie reagierte nicht.

»Wo ist Laura?«, fragte ich. Sie setzte den Rollstuhl ein Stück zurück, umkreiste mich dann und fuhr in den offenen

Lift. Sie murmelte Worte vor sich hin, ich verstand nur einige davon, diese aber ganz genau.

»Ja, geh zu ihr.«

Das Atelier war so groß. Auch im Halbdunkel spürte ich die Kälte des Raumes. Das Licht der Laternen in der Auffahrt warf die Schatten der Fensterkreuze auf die Gardinen. Nach dem Streit mit Frau Reimann hatte ich mich hier eingeschlossen. Ich fühlte mich zu müde, um nach Linden zu fahren. Jetzt lag ich in meinem großen Bett und dachte an das Haus. Und an das Zelt unter dem Baum. An die Tiere. Mein Schlaf war leicht geworden in letzter Zeit. Die ländlichen Geräusche fehlten mir hier. Die Matratze war viel zu weich. Und die Decke über mir so hoch.

Mitten in der Nacht finde ich mich auf einer Wiese wieder. Bodennebel deckt sie ab wie Schnee. Es ist sternenklar, das Mondlicht verzerrt jeden Eindruck von Farbe und Entfernung. Zuerst sehe ich nur einen weißen Wirbel. Er bewegt sich unkontrolliert über dem Boden und zieht einen Dunstschleier hinter sich her. Er reicht bis weit in den Himmel hinauf und legt sich nur langsam auf die Erde. Er kommt auf mich zu, und dann erkenne ich etwas in ihm: eine Elfe. Sie tanzt über die Wiese. Ich kann durch ihren Körper sehen, er besteht aus feinen, glitzernden Wassertropfen. Die Elfe trägt ein langes Kleid, dessen Saum über den Boden gleitet. Wenn sie sich dreht, zerstäubt sie den Nebel unter ihren Füßen. Sie ist vollkommen substanzlos, eine Skizze, eine Figur aus grauweißen Fäden, deren Anordnung sich ständig verändert. Das Gesicht hat keine Konturen, es ist eher ein vom Mondlicht ausgelöster Reflex. Sie kommt auf mich zu und spricht zu mir. Ihre Stimme ist wie der Klang von Regentropfen auf einer Wasserfläche, ein seichtes Klatschen. Ich schüttele den Kopf, ich kann sie nicht verstehen. Sie gluckst, als lache sie mich aus. Dann legt sie ihre Arme um meine Schultern. Ihr

Körper hinterlässt einen dunklen, feuchten Abdruck auf meiner Kleidung, kleine Wasserperlen bilden sich und durchnässen den Stoff. Die Elfe streichelt meinen Kopf, und Eiskristalle entstehen auf meinem Haar. Weitere Wirbel ihrer Art huschen über die Wiese und kommen auf uns zu. Als wären sie gerufen worden, wachsen andere Elfen empor. Sie bilden einen engen Kreis um mich. Ihre Körper drängen sich aneinander und verdichten sich zu einer undurchschaubaren Nebelwand. Ihre Berührungen lassen mich frösteln, ihre Stimmen schmerzen in meinen Ohren. Ich versuche, das Elfenvolk beiseite zu schieben, aber meine Hände durchdringen die trübe, blinde Substanz ohne Widerstand.

Ich würde nicht wieder einschlafen können. Die Traumbilder hafteten am Inneren meiner Lider. Sie zeigten mir, dass die Nacht für mich zu Ende war. Ich setzte mich an eines der Fenster und sah in den Park. Schon als Kind hatte ich mich gern auf das Fensterbrett in meinem Zimmer gehockt. Ich sah auf die magere Wiese mit ihren kargen Büschen, und nach einer Weile vertrieb die Monotonie jede Hektik aus meinem Kopf. Dort draußen gab es keine Probleme, dort war alles unkompliziert. Die Natur hatte sich auf das Einfache beschränkt und hatte ein spartanisches Bild erschaffen. Ich liebte das Schlichte. Und ich hasste Rätsel. Rätsel waren kompliziert. Rätsel waren unnötig. Ich wollte nie raten. Ich wollte immer wissen.

Warum fühlte ich diese Stille in mir, wenn die einzelne Flamme einer Kerze flackerte? Es gab einen speziellen Ort, an dem sie stehen musste. Vor der Tür, in einer Ecke, auf dem Fußboden. Nie vor dem Fenster. Ich suchte diese Stelle jedes Mal von neuem, ich trug den Leuchter so lange hierhin und dorthin, setzte ihn ab und hob ihn wieder auf, bis die gewünschte Wirkung eintrat. Nur in einer ganz bestimmten Perspektive, wenn die Schatten im Raum sich in einem besonderen Winkel neigten, trat dieser Effekt ein. Nur dann konnte ich zufrieden den Kopf in den Nacken legen und die Augen schließen. War das ein romantisches Empfinden oder hatte es eine Bedeutung?

In einer Zeitschrift hatte ich die Fotografie eines japanischen Steingartens gefunden. Ich hatte sie an die Wand über meinem Schreibtisch gepinnt. In einem Bett aus weißen Kieseln lagen Inseln aus derben, großen Steinen. Der Untergrund war sauber geharkt, nur Steine, nichts weiter. Aber wenn ich mich darauf konzentrierte, formten sich das Weiß und das Schwarz des Bildes zu einem Negativ der Nacht. Schwarz war weiß und weiß war schwarz. Wie der Nachthimmel und die Sterne. Berührte mich das einfach so, oder gab es eine Verbindung?

Und was war das für ein Geräusch, das so unendlich einschläfernd auf mich wirkte? Was war sein Ursprung? Es war rhythmisch, ein Schlagen oder ein dumpfes, immer wiederkehrendes Rattern. Nichts Konkretes. Manchmal war es das Schlagzeug im Hintergrund eines Liedes, manchmal das Schleudern der Waschmaschine oder das Geräusch der Autoreifen, wenn ich über Unebenheiten im Asphalt fuhr. Es musste nur eintönig genug sein, dann konnte es meinen Gedankenfluss unterbrechen. Es war wie ein Schalter, ein Code.

Und André beruhigte mich. Auf seine eigene, derbe Weise. Und auch bei ihm konnte ich nicht sagen, warum. Reagierte ich auf ihn, ich als Grete, oder löste er nur etwas aus, etwas Altes, Schönes, Unbekanntes? Wollte ich ihn, oder wollte ich nur dieses Gefühl?

Mein Haus stand wie immer in seiner grünen Einöde. Der Hund begrüßte mich, er wedelte mit dem Schwanz und freute sich, mich zu sehen. Der Ort schien genauso, wie ich ihn verlassen hatte, aber ich konnte spüren, dass irgendetwas anders war als sonst.

»Guten Morgen«, sagte ich zu Peter, der an der Hauswand lehnte und in den Betonmischer sah.

»Hallo.«

»Wo ist André?«

»Der kommt heute nicht. Ist krank. Scheint eine ungesunde Nacht gewesen zu sein.« Er grinste anzüglich.

»Schade. Siehst du ihn noch?«

»Ja klar.«

»Dann wünsche ihm gute Besserung.«

»Natürlich«, sagte er. Ich war schon weitergegangen, als ich »Ach, Grete ...« hörte.

»Ja?«

»Was ist eigentlich zwischen euch?«

Ich sah ihn verwundert an.

»Wir gehen manchmal zusammen ins Kino.«

»Mehr nicht?«

»Nein. Was soll die Frage?«

»Ich wollte nur hören, was du sagst.«

»Wieso denn?«

»Nur so. Ich habe mir schon gedacht, dass du das so siehst.«

»Was sehe ich wie?«

»Es ist nichts. Ich mache hier weiter.«

»Okay«, sagte ich.

Den ganzen Tag schon wehte ein heftiger Wind, kontinuierlich in seiner Kraft, laut und dominant. In der letzten Zeit hatte er sich damit begnügt, dem Wetter als Hintergrundkulisse zu dienen, heute aber beanspruchte er die Hauptrolle für sich. Er konzentrierte die Schwüle der vergangenen Wochen und verschob die feuchtwarmen Luftmassen von einem Ort zum anderen. Boshaft nahm er mir den Atem und legte sich auf meine Lunge. Durch die graue Hülle, die er über den Himmel gelegt hatte, stach die Sonne ungehindert hindurch. Der Zug, den er verursachte, ließ den Schweiß auf meiner Haut brennen.

Und dann war Stille, so Besorgnis erregend wie das, was nach ihr kommen würde. Wolken türmten sich auf, schwarzblau, als stießen sie sich am Horizont, als wäre dort eine Barrikade, die sie nicht überwinden konnten. Ein Zwielicht, das der Abenddämmerung glich, drängte sich in den Tag, es ließ den Zeiger der inneren Uhr um einige Stunden nach vorne rücken. Über den Wäldern zuckten Blitze, begleitet von einem leisen, fernen Grollen. Ich räumte meine Sachen zusammen und ging ins Haus. Der Wunsch, es möge doch endlich regnen, löste sich auf, das Ausmaß des sich anbahnenden Unwetters war zu groß, um etwas anderes als Furcht zu erzeugen. Der Wind erstarb und nahm jedes Geräusch mit sich, sogar die Blätter der Linde stellten ihr ewiges Rauschen ein. Mit dem ersten Donnerschlag, so kurz und laut wie ein Schuss, schüttete sich der Himmel aus, und ein Sturm setzte ein, der das Haus erzittern ließ.

Ich saß in dem kleinen Zimmer unter dem Dach und sah auf die zitternde Folie, die das leere Fenster verschloss. Ich hörte Peter, wie er in der Küche ging. Er wollte nicht zu mir kommen, ich wollte nicht zu ihm gehen. Ich fühlte mich einsam, aber nicht so wie sonst, denn ich hatte etwas gefunden, etwas so Wichtiges, dass ich mich in allem, was ich getan hatte, bestätigt fühlte.

Wie immer war ich am Morgen über den Friedhof gefahren. Wie immer hatte ich die Tore geöffnet und hinter mir geschlossen. Und wie immer hatten die Reifen meines Wagens die in den Sand geharkten Muster ruiniert. Ich stand da, die Gitterstäbe des Torflügels zum Hohlweg vor meinem Gesicht, hinter mir der laufende Automotor. Ich hatte den Zündschlüssel abgezogen und war zurückgegangen.

Der Hauptweg, durch den ich fahren musste, um den Friedhof zu durchqueren, war ursprünglich die Verlängerung des Weges zum Haus gewesen. Vermutlich hatte niemand angenommen, dass Bewohner dorthin zurückkehren würden, als man beschlossen hatte, die Zufahrt zu integrieren. Ich wusste, dass man es nicht gern sah, wenn die Baufahrzeuge oder auch nur mein Wagen so dicht an den Gräbern vorbeifuhren. Hätte man es mir verbieten können, diesen Weg zu nehmen, wäre Linden Nummer eins nur noch zu Fuß erreichbar gewesen.

Der neue Teil lag links neben der Allee, der alte rechts. Die Kirche bildete hier das Zentrum. Die Grabstätten waren kreisförmig um sie herum angelegt. Neben dem Turm stand eine aus Feldsteinen gemauerte Gruft. Über der kleinen Eichentür befand sich eine quadratische Granitplatte, die verwischte Dankesworte enthielt. Sie waren den Männern des Ortes gewidmet, die 1777 versucht hatten, das brennende Gutshaus zu löschen. Da es in Linden kein Gutshaus gab, nahm ich an, dass der Versuch misslungen war, und musste an das Märchen von der Magd denken, das Frau Greber mir erzählt hatte. An der hinteren Seite, so dass man sie erst sehen konnte, wenn man direkt davor stand, waren alte Grabsteine und Zaungitter gestapelt, von Efeuranken fast verschlungen und von einem Lebensbaum verdeckt. Unter seinen Zweigen lag, auf die Vorderseite gekippt, ein Engel aus schwarzem, mittlerweile grün angelaufenem Stein. Vielleicht einen Meter groß, der rechte Flügel war abgebrochen.

Ich kroch unter den Baum und versuchte, die Figur auf den Rücken zu drehen, ich wollte ihr Gesicht sehen, egal, wie viele Fingernägel dabei abbrachen, egal, ob die Zweige mir das Gesicht zerkratzten. Kellerasseln huschten aufgeschreckt zur Seite, farblose Maden und Würmer wanden sich im ersten Sonnenlicht ihres Lebens. Weiße Graswurzeln durchzogen die nackte Erde unter der Skulptur. Mit einem dumpfen Schlag, den ich in den Füßen vibrieren spürte, drehte sich die Figur. Ich wischte ihr nicht den Schmutz aus Augen und Mund. Ich erkannte das Gesicht auch so, ich hatte es oft genug in meinen Träumen gesehen. Das hier war mein Engel. Aus meinen Träumen zurückgekehrt an seinen ursprünglichen Ort. Ich wusste, dass er früher rechts vom Weg gestanden hatte, dicht beim Ausgang, auf einem Grab, das mittlerweile eingeebnet war. Er würde mir in der Nacht keine Angst mehr machen können. Ich hatte ihn gesehen. Er existierte wirklich. Er war jetzt eine Erinnerung. Er sollte mich weiterführen, weiter in die Realität, heraus aus der dunklen Welt des Nicht-Wissens.

Das Knistern der Folie vor dem Fenster ließ nach. Das Grollen entfernte sich. Ich hörte, wie Peter in den Transporter stieg und wegfuhr. Nur noch der Regen trommelte rhythmisch in einem beruhigenden Takt gegen die Dachsteine.

»Guten Morgen«, sagte ich zu André. »Wieder gesund?«

»Geht so.«

Er sah müde aus und kaute auf seiner Unterlippe. Seine Augen waren klein und noch etwas glasig, wie nach einer durchzechten Nacht.

»Tut mir Leid, wegen ... du weißt schon. Dass ich einfach so weggegangen bin«, sagte ich.

»Okay.«

»Noch sauer?«

Er schüttelte den Kopf und fuhr sich mit der Hand durch das Haar. Ich versuchte, die Flecken an seinem Hals zu übersehen. Blau-rote Hämatome, wie Bisse.

»Lass mich arbeiten, Grete. Ich will endlich fertig werden. Und dann weg von hier.«

»Mhmm«, sagte ich und setzte in Gedanken ein Fragezeichen dahinter. Ich konnte mir nicht erklären, was mit ihm passiert war. Mein Gehirn arbeitete angestrengt, aber vergeblich, und warf nur einen einzigen möglichen Satz aus.

»Habe ich dir irgendwas getan?«

Er stemmte die Hände auf die Oberschenkel und rieb sich über die Hosenbeine. Er sah an mir vorbei und sagte: »Ich habe keine Lust mehr auf dieses Versteckspiel mit dir, dieses Hin und Her. Lass mich in Ruhe. Und tu nicht so, als wäre nichts passiert.«

»Muss ich mich für irgendwas entschuldigen?«, fragte ich und merkte, wie Wut in mir hochstieg. Wut, und etwas anderes, fremd und doch bekannt, wie fast vergessen. Die Angst vor dem Verlassenwerden. Die Panik, nicht die richtigen Worte zu finden, die es noch aufhalten konnten. Da er nichts sagte, fauchte ich ihn an. Ich wollte es nicht so klingen lassen, aber ich konnte es nicht verhindern: »Also gut, es tut mir Leid!« Da war dieser falsche Ton in meiner Stimme, falsch und irgendwie gemein. André stöhnte leicht.

»Hör auf damit«, sagte er. »Hör einfach auf.«

»Womit? Womit soll ich aufhören?«

»Mit dieser Tour. Du willst nichts Ernstes. Das macht zu viel Stress. Okay, schon gut. Aber dann zieh das auch durch. In ein paar Wochen sind wir weg, und dann kannst du ganz allein deinen wertvollen Gedanken nachgehen. Ich habe keine Lust mehr auf deine unkontrollierbaren Stimmungsschwankungen. Okay?«

»Du verstehst das nicht. Ich kann nicht ...«

»Doch, ich verstehe. Du willst nicht. Und ich will auch nicht mehr.« Er drehte sich weg, um zu gehen.

»War es wenigstens schön gestern Nacht?«, sagte ich, und er blieb stehen.

»Ja. Sie war sehr nett. Heute Morgen hat sie mir sogar eine Flasche Mineralwasser an das Bett gestellt. Ich sollte öfter saufen, ich finde Frauen viel interessanter, wenn ich blau bin. Nur der Kater am Morgen ist unangenehm.«

Ich schluckte, mein Hals war rau und schmerzte. Er sah mich an. »Sie hat mir ihre ganze Lebensgeschichte erzählt, einfach so, ich habe sie nicht einmal danach gefragt. Komisch, jeder kann das, nur du nicht.«

»Nein«, sagte ich langsam und spürte es, zwanghaft, das

Gefühl, mich verstecken zu müssen, wegzulaufen, mir die Ohren zuzuhalten. »Nein, ich kann das nicht.«

»Sie hat mir von ihren Problemen erzählt. Weißt du, Grete, andere Leute haben auch welche.«

»Ach ja? Was war es denn? Hat der Friseur ihre Haare verschnitten, oder ist ihr Hamster gestorben?«

»Genau das ist es, Grete. Du denkst, nur dir geht es schlecht. Du interessierst dich für niemanden. Nur für dich.«

»Das ist nicht wahr.«

»Doch. So sehe ich das.«

»André, ich ... es ... wirklich, es tut mir Leid, ich ...«

»So, was denn? Sag mir, was dir Leid tut. Kannst du nicht? Dann sage ich es dir: Du tust dir Leid. Die arme Grete. Als Kind verlassen. So einsam, so allein. Das ist doch die beste Ausrede für dich, niemanden an dich heranzulassen. Du fühlst dich doch wohl dabei.«

Ich schloss die Augen.

»Ich weiß, dass du Angst hast, Grete«, sagte er. »Ich habe gedacht, wenn ich dir zuhöre, würdest du erkennen, dass ich nicht nur ... ich will mehr. Und ich will keine halben Sachen mehr.«

Ich griff nach seiner Hand, aber er zog sie weg. Es war eine endgültige Geste. Er schüttelte den Kopf.

»Lass uns zum See gehen, André. Bitte. Wir könnten ...«

»Nein. Was würde das bringen? Wir machen es, und alles ist wie vorher. Wenn du das willst, such dir einen anderen. Du weißt ja, wie das geht. Stressfrei natürlich.« Seine Stimme, seine Worte, die blanke Ironie. Er wollte mich treffen, und es war ihm gelungen. Ich ging zurück, bis ich mich an der Hauswand stieß. Ich hörte mich aufheulen, aber das war nur innen, es kam nicht heraus.

»Sehr witzig!«, sagte ich hastig. »Ein Maurer mit Sinn für Humor.«

»Ich bin gar kein Maurer, ich bin Zimmermann. Wenn du dich je wirklich für mich interessiert hättest, wüsstest du das. Dann hättest du mich auch gefragt, was ich in der Zeit, in der wir uns nicht gesehen haben, getan habe. Ich hätte dir dann erzählt, dass ich gehofft habe, dich wiederzutreffen. Ich bin sogar ins Krankenhaus gefahren und habe nach dir gefragt, aber du warst nicht mehr da, und niemand wollte mir sagen, wo du hingegangen bist. Wenn du nicht so verflixt kalt wärst, hättest du dann auch begriffen, dass ich nur deinetwegen hier bin und dass niemand, wirklich niemand, in so kurzer Zeit sein Haus wieder aufbauen lassen kann. Es sei denn, man hat mit jemandem geschlafen, der einfach nicht begreifen will, dass es sich nicht lohnt, sich den ganzen Sommer um die Ohren zu hauen, die Aufträge umzuorganisieren und Überstunden zu schieben, um einer Frau nachzulaufen, die ständig ohne Erklärung verschwindet. Aber es ist anscheinend deine Spezialität, einfach so zu gehen und mich blöd stehen zu lassen. Wieder und immer wieder.« Er musterte mich noch einmal kurz und sagte: »Ich habe hier einen Job, Grete. Nicht mehr. Nur einen Job.«

Ich durchwühlte meinen Schreibtisch im Atelier. Wo war mein Notizbuch? Sollte ich etwa Trübsal blasen, nur weil André eine Krise hatte? Ich dachte nicht daran! Und dieser Blick, den Peter mir zugeworfen hatte. Ja, jetzt ist eure Welt wieder in Ordnung. Es war vorbei. Ein glatter Schnitt. Wenn André damit glücklich war, mir sollte es recht sein. Ich konnte machen, was ich wollte, genauso, wie ich es immer getan hatte. Warum sollte ich etwas ändern? Es ging mir gut. Ich konnte es stressfrei haben, genauso, wie er es gesagt hatte. Warum soll ich mich mit einem anderen Menschen belasten? Hatte ich nicht genug mit mir zu tun? Ich fand das Buch in einer Tasche meines Wintermantels und begann zu blättern. Die Seiten klebten aneinander. Dir werde ich es zeigen! Was du kannst, kann ich schon lange! Namen verschwammen vor meinen Augen. Viele Namen. Als ich bei D ankam, musste ich schniefen. Bei T heulte ich.

T wie Tobias. Seine Worte klangen in meinen Ohren.

»Es geht nicht mehr, Grete. Ich kann nicht mehr. Ich will auch nicht mehr. Dein Vergangenheitswahn ist doch krank. Du suchst nach irgendwelchen geheimnisvollen Dingen, und ich passe nicht dazu. Ich laufe wie ein Hund hinter dir her und warte, dass du einen Stock wirfst. Hier ist ein kleines Stück von der wahren Grete, such, Tobias! Ich habe keine Lust, mir deine Vergangenheit anzusehen. Ich will jetzt hier sein und nicht irgendwann vor zwanzig Jahren.« Tobias – André. André – Tobias. Im Grunde genommen hatten sie beide dasselbe gemeint. Aber wie einfach es für sie war. Großer Showdown und verschwinden. Und vorher natürlich kräftig austeilen, damit sie einen Schlussstrich ziehen konnten. Nur für mich, für mich gab es kein sauberes Ende. Ich blieb immer zurück. Ich schüttelte den Kopf. Ich wollte nicht mehr daran denken. Ich wollte weg, raus, verschwinden, vergessen.

Unter V stand eine Nummer ohne Namen. Meine Finger zitterten über die Tastatur des Telefons.

»Hallo? Hier ist Grete. Können wir uns treffen?«

Die Zimmerdecke über mir war vergilbt, und die Farbe hing in großen Fetzen herab. Aus dem Bad drangen die Geräusche des duschenden Mannes. Der Raum war karg, dunkle Möbel standen vor einer blassen Tapete. Die Gardine war aufgezogen, das Fenster weit offen. Die Stadtluft vertrieb nur langsam den typischen Geruch aus dem Zimmer.

Er kam mit einem Handtuch um die Hüften zu mir und setzte sich auf die Bettkante. Seine Haut war feuerrot und dampfte, seine Haare waren nass. Er hatte sie nach hinten gekämmt, ich konnte die lichten Flächen unter den dunklen Strähnen deutlich sehen.

»Willst du reden?«, fragte er.

»Nein. Eigentlich nicht. Ich weiß nicht.«

Wir waren übereinander hergefallen, jeder wütend auf seine Weise, jeder mit seinen eigenen Gedanken im Kopf. Wir waren aus unterschiedlichen Gründen hier, um miteinander dasselbe zu tun. Danach schliefen wir ein paar Stunden vor Erschöpfung, Rücken an Rücken. Ich hatte geträumt.

Der Saal, den ich betrete, ist verspiegelt. Ich drehe mich einmal um meine eigene Achse, und eine unsichtbare Tür schließt sich hinter mir. Die Spiegel werfen einander mein Bild zu, links, rechts, oben und unten. Ich setze mich im Schneidersitz auf den Boden. Ein zischendes Geräusch erklingt, direkt neben meinen Ohren. Mein Kopf wird schwerer, und aus den Augenwinkeln sehe ich, wie Schlangen sich durch mein Haar winden. Ihre kleinen Mäuler sind weit aufgerissen, ihre Körper verfangen sich ineinander. Millionenfach spiegeln sie sich in den Wänden. Langsam erstarre ich. Graue, hässliche Schuppen überziehen meine Haut. Sie wachsen an mir empor und ergreifen meinen Körper, mein Gesicht, und das Letzte, was ich sehe, ist das versteinerte Haupt der Medusa.

Das war nicht mein Traum. Andrés Bilder hatten sich in meine Gedanken geschlichen.

Wir kannten uns seit Jahren und trafen uns gelegentlich in diesem Hotel. Ich mochte ihn, er mochte mich. Manchmal hatte er Andeutungen gemacht, hatte die Zukunft erwähnt. Ich ließ längere Zeit vergehen, bevor ich ihn wieder anrief. Das letzte Mal war lange her. Es war viel passiert.

Er war immer noch verheiratet. Er arbeitete immer noch in seiner kleinen Praxis in der Innenstadt. Und seine Freude, meine Stimme zu hören, war echt gewesen.

Wir hatten uns im Krankenhaus kennen gelernt, als er eine seiner Patientinnen besuchte. Der Rest ergab sich.

»Es geht um einen Mann, nicht wahr?« Er nahm mein Gesicht zwischen seine Hände. Ich konnte ihn nicht ansehen.

»Was ist los?« Er streichelte meinen Hals. Ich schloss die Augen.

»Hältst du mich für kalt?«, fragte ich.

»Nein. Kalt ist nicht das richtige Wort.«

»Was ist das richtige Wort?«

»Distanziert. Distanziert ist das richtige Wort.«

»Warum?«

»Ich weiß nicht. Vielleicht, weil du nie über dich redest. Vielleicht, weil ich nie weiß, was du denkst. Erzähl mir von ihm.«

»Von wem?«

»Von ihm.«

»Wie kommst du darauf, dass es jemanden gibt?«

Er lächelte. »Ich hätte dich gerne für immer gehabt, Grete, aber du wolltest nicht. Du wolltest alleine sein. Erst habe ich gedacht, es wäre der Altersunterschied, der uns im Wege steht. Es ist schon richtig gelaufen mit uns.«

Ich wusste, dass er Recht hatte, und antwortete nicht.

»Es ist schön zu sehen, dass dir jemand nahe kommen kann. Was ist Besonderes an ihm?«

»Ich kann es nicht beschreiben. Er geistert durch meine Gedanken.«

Ich sah wieder zur Decke und schwieg. Er stand auf und zog sich an. Ich sah ihm zu und wusste, was jetzt kommen musste. Er stand, die Klinke schon in der Hand, an der Tür.

»Lass es uns beenden, Grete«, sagte er und ging, ohne meine Antwort abzuwarten.

KAPITEL 6

Langsam schlenderte ich über den Boulevard der Stadt. Ich sah in die hell erleuchteten Auslagen. Es zog kühl aus den Seitenstraßen.

Da war der Feinkostladen, dekoriert mit edlen Weinen in offenen Holzschachteln, aufgetürmt zu einer Pyramide. Daneben der Florist, auf rotem Krepppapier lagen weiße Rosenblätter. Das Tabak- und Spirituosengeschäft, die Parfümerie, der Wäscheladen. Alles war wie immer. Am Ende der Straße, an der Ecke zur U-Bahnüberführung, das Büchercafé. Hier hatte ich meinen Stammplatz, am Einzeltisch vor dem großen Fenster. Als wäre ich nie woanders gewesen, nahm ich Platz. Ohne nachzufragen, brachte die Kellnerin Tee mit Rum. Hier kannte man mich und wusste, was ich wollte. Ich rührte in meinem Glas, der Löffel klirrte, und beobachtete, wie sich die Zuckerkristalle auflösten. Auf dem Stuhl neben mir lag eine Tüte aus Packpapier. Ein smaragdgrünes Stück Stoff hing heraus. Es gehörte zu dem Kleid, das ich eben gekauft hatte, beim Kostümverleih auf dem Hinterhof eines Kaufhauses. Ich hatte mich lange ziellos durch die nachmittägliche Geschäftigkeit treiben lassen. Vielleicht wollte ich genau dorthin, aber wenn, dann konnte ich es mir nicht eingestehen. Weil das, was jetzt passieren würde, weil das, was ich mit diesem Kleid vorhatte, mich auf die andere Seite werfen würde. Auf Frau Reimanns Seite.

Ich hatte eine Weile vor dem hohen, schmalen Schaufenster gestanden. Es war mit dunkelrotem Satin ausgeschlagen. Schwarze Perlenschnüre hingen wie eine Gardine von der Decke herab. Die Dekoration bestand aus einer einzelnen Pfauenfeder, deren ehemals schillernde Fasern von einer dicken Staubschicht überzogen waren. Als ich den Raum betrat, schlug mir der muffige Geruch alten Schweißes gemischt mit Mottenkugeln entgegen. Ein blechernes Scheppern ertönte. Unwillkürlich sah ich nach oben, dorthin, wo die Tür gegen die Glocke schlug. Ich erwartete einen älteren Herrn, vielleicht in einem dunklen, perfekt sitzenden Anzug, mit einer runden Nickelbrille auf der Nase und einem Maßband um den Hals. Stattdessen erschien eine kleine Frau undefinierbaren Alters, blass geschminkt mit abstehenden künstlichen Wimpern und einer roten Mähne, die einer Clownsperücke ähnelte.

»Ich suche ein dunkelgrünes Charlestonkleid«, sagte ich, und sie zog mich, wenig erfreut über Kundschaft, in ein hinteres Zimmer, in dem in zwei Etagen übereinander die Kostüme hingen. Sie tastete mich mit den Augen ab und zog schließlich ein billiges Ding aus Faschingsseide aus den Kleiderbündeln hervor.

»Sie haben Glück, noch ist nicht Karnevalszeit.«

Es hatte nicht ganz den Farbton, den ich wollte. An den Kragen und an den Rocksaum waren schwarze Federn genäht. Ich knöpfte mein Hemd auf, um es anzuprobieren, und es war mir unangenehm, dass sie nicht hinausging. Ich streifte es über, der Stoff war steif und raschelte laut, und betrachtete mich in dem hohen Spiegel, den sie in meine Richtung gedreht hatte.

»Ich will es kaufen«, hatte ich gesagt.

»Nur leihen«, war ihre Antwort gewesen. Ich schüttelte mit dem Kopf.

»Kaufen. Wie teuer ist es?«

Sie verdrehte die Augen zur Decke und nannte mir einen Preis, der mich zu jedem früheren Zeitpunkt zu einem ungläubigen Lachen gebracht hätte. Aber ich zahlte. Noch im Laden riss ich die Federboa vom Kragen.

Jetzt saß ich hier und schob meine Pläne beiseite. Stattdessen rief ich mir André ins Gedächtnis. André, den ich nicht, und irgendwie doch, wiedersehen wollte. André, mit den Knutschflecken am Hals. Der mir ein schlechtes Gewissen wegen der letzten Nacht machen würde. André, der mir mit seiner Anwesenheit die Rückkehr nach Linden versperrte, weil ich mich schämen würde, wenn ich ihn sah. So, wie ich mich für die letzte Nacht schämte, weil ich genau so reagiert hatte, wie er es vorausgesagt hatte. Weil er es wissen würde, weil er es sehen würde. Für den ich nur noch ein Job war, und das war mir zu wenig. Für den ich zu wenig war.

Wie oft hatte ich schon so hier gesessen und nachgedacht. Wie einfach es war, mit jemandem zu reden, der sich irgendwo weit weg aufhielt und nichts von meinen Gedankengängen ahnte. Der nicht wusste, dass ich ihm die passenden Antworten in den Mund schob. Der nur so reagieren konnte, wie ich es zuließ. Plötzlich fiel mir all das ein, was ich ihm hätte erzählen können.

»André«, hätte ich sagen können, irgendwann einmal, wie nebenbei, damit er nicht merkte, wie schwer es mir fiel, »mein Gedächtnis versagt komplett bei meinen frühen Jahren. Mein Kopf ist total leer. Das macht mich verrückt. Schon als Kind hat mich das verrückt gemacht. Als ich begriffen habe, was mit mir passiert ist, dass ich nicht wie alle anderen um mich herum bin.« Ich hätte an meiner Zigarette gesaugt und gesagt: »Ich war eine richtige kleine Psychopathin.« Und dann hätte ich gelacht. »Weißt du, ich habe mich manchmal so lange gekämmt, bis meine Kopfhaut geblutet hat. Einmal habe ich mir sogar die Haare abrasiert und mit einem roten Filzstift einen Kreis auf den Schädel gemalt, dort, wo ich mein Gedächtnis vermutet habe. Dann stand ich vor dem Spiegel und wollte mit einem Küchenmesser ein bisschen drin rumstochern, aber mein Vater kam herein und hat es mir weggenommen. Ich muss damals zehn gewesen sein. Einmal habe ich meiner Mutter ein schwarzes Stück Taft geklaut, und abends, wenn ich im Bett lag, habe ich es mir auf das Gesicht gelegt. Ich dachte, wenn ich schlafe und es rutscht herunter, reißt es den schwarzen Schleier mit sich. Leider hat es nicht funktioniert. Manchmal bin ich nachts aufgewacht und hatte solche Kopfschmerzen, dass ich mir vorgestellt habe, das müssten die Würmer aus dem Traum sein, die mir das Gehirn zerfressen. Ich habe dann einfach geschrien, bis der Druck weg war. Mein Vater hat mich geholt und in das Ehebett getragen, ich habe wochenlang nicht in meinem eigenen Bett geschlafen. Bis es Herbst wurde, da habe ich mein Kissen mit feuchten Blättern von der Straße ausgestopft. Es hat so gut gerochen, so bekannt. Ich bin dann täglich in die Drogerie gegangen und habe mir alles, vom besten Parfüm bis zum Kloreiniger, auf die Haut getupft, um diesen Geruch zu finden, um ihn in einer Flasche nach Hause nehmen zu können, damit er immer bei mir ist. Ich habe sogar an jedem Baum in der Stadt geschnuppert, wie ein Hund, der eine Markierung sucht, und meine Mutter hat sich furchtbar geschämt, als eine Nachbarin ihr das erzählt hat. Aber noch schlimmer war für sie, wenn ich wildfremden Leuten hinterherlief, um sie zu fragen, ob sie meine richtigen Eltern waren. Einmal bekam ich sogar Prügel, von einem Arzt, der dachte wohl, das würde mir wieder auf die Sprünge helfen. Hat auch nicht funktioniert. Mein Vater hat es ihm dann heimgezahlt. Das war toll. Und jetzt haben sie mich vergessen. Erst mein Vater, dann meine Mutter. Es begann damit, dass sie mich verwundert ansahen und fragten, wer ich bin. Um dann, im nächsten Moment, zu sagen: ›Ah, Grete, du bist hier. Das ist schön.‹

Ich habe sie angefleht, sich zu erinnern, dass ich ihre Tochter war. Ich wollte nicht schon wieder allein gelassen werden.«

All das hätte ich André erzählen können, das wäre in Ordnung gewesen. Aber wie hätte er reagiert, wenn ich weitergeredet hätte, wenn ich näher an die Gegenwart gerückt wäre? Näher an ihn?

»Alles, was mich verrückt macht, alles, was ich nicht weiß, kann ich vergessen, wenn ich nachts nicht alleine bin. Die Tage halte ich aus, aber die Nächte ... Ich habe selten Albträume, wenn jemand neben mir liegt. Nur nicht alleine sein. Wer es ist und wohin er danach geht, ist mir egal. Und wenn er mir fremd ist, ist mir das nur recht. Denn alle, die mich kennen, scheinen mich zu vergessen.«

Als ich die Villa betrat, wusste ich, dass ich länger bleiben würde. So lange, bis ich von Frau Reimann die Wahrheit erfahren hatte. Bis das Haus in Linden fertig gestellt sein würde, damit ich André nicht ansehen musste. Ich wählte die Nummer der Auskunft, ließ mich mit dem Anschluss des Pfarrhauses in Linden verbinden und bat die Pfarrersfrau, Astor und die Katze eine Weile zu sich zu nehmen. Wie lange? Ein paar Wochen vielleicht. Das ginge? Ich bin Ihnen sehr dankbar. Das Futter steht hinter dem Zelt unter der Linde. Sie helfen mir wirklich sehr. Danke. Bis dann.

Es war gegen neun Uhr. Ich konnte vom Atelier aus genau hören, wie die alte Dame sich nachtfertig machte. Durch die Heizungsrohre drangen die Geräusche aus ihrem Zimmer zu mir nach oben. Das Summen des Rollstuhls verstummte, an dem Knarren erkannte ich, dass sie sich in ihr Bett zog. Ich wusste, dass wie immer die Gardine in ihrem Zimmer vom Wind bewegt wurde, dass ihre Schmuckkassette auf der Frisierkommode vor dem großen Spiegel stand. Ich wusste, dass sie noch Parfüm auflegte und dass sie ihr kurzes Gebet sprach, bevor sie das Licht löschte und es dann, eine Weile später, wenn der Schlaf nicht kommen wollte, wieder als heller Schein auf dem Rasen vor dem Haus zu sehen sein würde. Ich kannte ihren Tag genau. Ich musste nur warten, bis alles still und dunkel sein würde.

Ich legte mir die Haare so um den Kopf, wie die Frau auf dem Gemälde sie trug, und steckte sie mit etlichen Nadeln fest. Ich zog das grüne Kleid an und reparierte den Verschluss meiner Kette notdürftig mit einer Büroklammer. Frau Grebers Ring steckte fremd an meinem Finger, und der einzelne Ohrring aus dem Keller in Linden schlug mir gegen die Wange. Ich hatte mich aus der Erinnerung heraus geschminkt und dann das Make-up wieder abgewischt. Sie würde ohnehin wissen, dass ich es war, darauf kam es nicht an. Ich wusste wie keine andere, dass die Dunkelheit die Dinge verändern würde, die einem tagsüber harmlos erschienen. Ich griff nach Kerze und Feuerzeug und tastete mich barfuß die Treppe hinunter zur Bibliothek, in der sich das letzte Leuchten der Abenddämmerung im lächelnden Gesicht der Frau im grünen Kleid fing. Ich schlich mich durch die dunklen Flure in die Küche, zündete die Kerze an und legte die Schalter der Sicherungen um. Dann ging ich, die Flamme mit der Hand schützend, über die kühlen Fliesen durch das Foyer und klopfte zaghaft, ohne noch einmal nachzudenken, ob das, was ich tat, richtig war, an Frau Reimanns Tür.

»Was ist?« Ihre Stimme war ungeduldig und wach.

Ich klopfte noch einmal.

»Was willst du? Geh weg!« Ich hörte, wie sie in die Hände klatschte, um das Licht anzuschalten, aber es blieb dunkel.

Langsam öffnete ich die Tür. Die Flamme flackerte im Zug und warf verzerrte Schatten auf mein Gesicht. Ich betrat den Raum.

Sie saß in ihrem Bett, ihre Augen waren weit aufgerissen.

Sie starrte mich an. Ihre Lippen bewegten sich, doch es kam kein Ton aus ihrer Kehle.

Ich durchschritt den Raum bis zu dem dreiflügligen Spiegel über ihrem Frisiertisch. Ich öffnete die Schmuckschatulle, und die kleine, fiepende Melodie erklang. Tastend glitten meine Finger über das Gewirr aus Gold und Perlen, schoben es zur Seite, durchwühlten es, bis ein kleiner blauer Blitz mir die Richtung wies. Ganz unten in einer Ecke fand ich, was ich hier vermutet hatte. Ich erkannte ihn sofort. Ich nahm den zweiten Ohrring und klappte die Kassette zu. Das Lied verstummte abrupt. Um uns war eine bittere Stille. Und in dem großen Frisierspiegel sah ich, bevor die Kerze erlosch, mein Gesicht, von der Flamme in eine wild zuckende Landschaft verwandelt. Daneben breitete ein hässlicher alter Dämon seine Arme flehend aus und schrie weinend:

»Nimm mich mit! Nimm mich doch mit!«

Ich drehte mich um und lief aus dem Raum.

Das Wasser sprühte aus dem Hahn in die schäbige Wanne. Ich zog die Nadeln aus meinen Haaren, sie sprangen auseinander und fielen mir über die Schultern. Ich spürte das Kitzeln auf meinem Rücken und auf meinen Hüften. Ich stieg in das heiße Bad. Dampfschwaden erhoben sich über der klaren Oberfläche und verloren sich in dem kühlen Raum. Ich holte tief Luft und rutschte in das Becken, bis das Wasser über mir zusammenschlug. Als ich wieder auftauchte, schwammen die langen Haarsträhnen um meinen Körper. Sie bewegten sich leicht im Takt meiner Atemzüge. Als ich aus der Wanne stieg, klebten sie wie abgerissene Schlingpflanzen an meinem Körper.

Ich war so müde. Ich trocknete mich nicht ab und legte mich so, wie ich war, ins Bett. Unter mir fuhr die Frau im Rollstuhl durch ihr Zimmer. Es war ein einschläferndes Geräusch.

Sie war still, als ich mich am nächsten Morgen zu ihr an den Frühstückstisch setzte. Auf mein »Guten Morgen« antwortete sie mir: »Ich will, dass du gehst.«

Ich schüttelte nur mit dem Kopf.

Sie löschte das Licht abends nicht mehr. Ich drehte ihr am Sicherungskasten in der Küche einfach den Strom ab. Sie kam morgens nicht zum Frühstück, um mich nicht sehen zu müssen. Ich servierte es ihr ans Bett. Ich zog sämtliche Telefonleitungen ab und versteckte sie. Sie schwieg. Sie veränderte sich, wurde blass und krank. Aber sie blieb hart. Nach vier Wochen der Maskerade war der Ausschnitt des grünen Kleides mit Kerzenruß verschmiert und zeigte versengte Stellen. Ich ließ wieder die Kette vor ihren Augen baumeln. Und dann erzählte ich ihr, mit flüsternder Stimme in der Dunkelheit, von dem Keller in Linden. Sie hielt sich die Fäuste vor die Ohren und, bevor sie die Lider über die Augen senkte, sah ich an ihrem Blick, dass ich diesmal gewonnen hatte.

»Was ist mit meiner Mutter?«, fragte ich. Ihre Hände fielen auf das Bett.

»Deine Mutter ist tot.« Sie sprach langsam und tonlos.

»Sie haben sie getötet.«

»Nein.« Keine Regung war in ihrer Stimme. Keine Verzweiflung, keine Wut, kein Hass. Ich glaubte, etwas über ihr Gesicht huschen zu sehen, doch ich hatte mich getäuscht.

»Was ist passiert?«

Sie schwieg. Dann flüsterte sie: »Es war ein Unfall. Ich wollte das nicht. Nicht bei ihr.«

»Was haben Sie mit ihr gemacht?«

Sie sah mir in das Gesicht, und ich drehte mich weg. Ich wusste schon lange, wo meine Mutter, wo Laura war.

»Warum? Warum kein Arzt? Warum keine Polizei? Warum haben Sie sie dorthin gebracht, wenn es ein Unfall war und kein … kein Mord?« Sie zuckte bei dem letzten Wort zusammen.

»Weil dann alles herausgekommen wäre.«

»Was? Was wäre rausgekommen?« Ich wollte sie schütteln, ich legte meine Hände um ihre Schultern und zuckte zurück. Ich empfand Ekel, ich konnte sie nicht berühren.

Sie sprach jetzt mechanisch.

»Lauras Tod war ein Unfall. Ich hätte nie meine Schwester umbringen können, Martin schon, aber … ich … ich …«

»Wer, zum Teufel, ist … was hat Ihr Mann damit …« Plötzlich begannen sich die wirren Puzzleteile zu ordnen.

»Sie haben Ihren Mann umgebracht?« Ich hatte mit vielem gerechnet, aber nicht mit diesem Geständnis. Sie lachte kurz auf, schrill, hysterisch.

»Das tut mir nicht Leid, nein. Das mit Laura, ja, aber er … es war ganz leicht. Ein kurzer Stoß, als der Bus um die Ecke bog, und schon war es vorbei.«

»Aber warum …«

»Ich habe jahrelang darauf gewartet, ein Kind von ihm zu bekommen. Und dann, als ich endlich schwanger war, wollte er die Scheidung, weil er schon eines mit meiner Schwester hatte. Ich hätte dahinter kommen müssen, als Laura keine Abtreibung wollte, obwohl sie keinen Mann zu dem Kind vorzeigen konnte. Ich wusste ja, dass er mich betrog. Aber mit meiner eigenen Schwester? Und dann ist sie einfach so verschwunden. Nach Linden, natürlich. Es hat mehr als drei Jahre gedauert, bis ich dahinter gekommen bin. Weißt du, was sie zu mir gesagt hat? Sie wollte Geld. Ha! Ihr Erbteil. Ich bin die Einzige gewesen, die hier gearbeitet hat, ich habe die Geschäfte geführt. Ich hätte es ihr sogar gegeben, wenn sie zurückgekommen wäre, aber sie wollte nicht. Ausgelacht hat sie mich. Ich habe so gezittert, als ich damals zurückgefahren bin. Als ich dann gegen den anderen Wagen fuhr, war mein letzter Gedanke, auch gut, dann sehen sie wenigstens nicht Lauras Blut an mir. Nur, dass ich dabei mein Kind verloren habe, das nehme ich ihr heute noch übel. Du hättest meine Tochter sein können, weißt du das?«

»Wissen Sie überhaupt, was Sie getan haben? Sie ...«

»Es durfte niemand erfahren, verstehst du das nicht? Nicht wegen Laura. Niemand hätte mir das zur Last gelegt. Aber Lotte hätte den Zusammenhang erkannt. Martin, Laura und ein Kind. Irgendwann. Sie hätte mich erpresst, so wie sie mir Linden abgepresst hat. Ich hätte mit nichts dagestanden. Oder sie hätten Martin wieder ausbuddeln können und vielleicht noch etwas anderes als Alkohol gefunden. Polizei, Verhöre, Gefängnis. Alles wäre rausgekommen.«

»Sie haben mich da draußen alleine gelassen, um Ihre Haut zu retten? Ich hätte sterben können ...«

»Du bist weggerannt. Du hast mir die Kette vom Hals gerissen und bist in den Wald gelaufen. Ich habe dich gerufen, aber du warst verschwunden. Glaubst du tatsächlich, ich wollte das Leben meiner Nichte auf dem Gewissen haben? Die ganze Fahrt zurück habe ich darüber nachgedacht. Ich wollte bei der Polizei anrufen, anonym natürlich, damit sie dich suchen. Aber dann hatte ich den Unfall. Ich bin erst vierzehn Tage später aus dem Koma aufgewacht. Ich dachte, du wärst schon lange tot.« Sie hob die Hand und griff nach meinem Kopf. Ich schrie auf und sprang zurück. Ich sah sie lächeln. Sie zeigte auf mein Gesicht, auf den Ohrring.

»Schön, dass wieder alles zusammen ist. Ich habe damals lange im Gras nach ihm gesucht. Wo hast du ihn gefunden?«

»Im Keller.« Sie zuckte zusammen.

»Was wirst du jetzt tun?«, fragte sie.

»Ich gehe zurück nach Linden.«

»Und was willst du da noch? Du weißt doch jetzt alles.«

»Ich will meine eigenen Erinnerungen.« Ich tastete mich

rückwärts zur Tür. Die Klinke schon in der Hand, fiel mir ein, dass ich eine Frage nicht gestellt hatte.

»Wie heiße ich eigentlich wirklich?«

Es war vier Uhr morgens, und ich raste nach Linden. Ich hätte nicht bei ihr bleiben können, nicht einmal ihre Nähe in einem anderen Raum hielt ich aus. So dicht bei mir. Nein. Sie hatte mir mehr gesagt, als sie gemusst hätte. Ich hatte sie über Wochen weichgeklopft, vielleicht war sie auch froh, die Wahrheit endlich auszusprechen. Aber meine Erinnerung, meine eigene Version von dem, was passiert war, tauchte nicht auf. Nichts kam zurück. Meine Gedanken rotierten, drehten sich um sich selbst. Wenn der Schock, die Wahrheit zu hören, meinem Gedächtnis nicht auf die Sprünge helfen konnte, was dann? Ich war so enttäuscht. Eigentlich sollte ich nicht mehr darüber nachdenken, es war vorbei. Ich wusste jetzt endlich, was passiert war, aber das reichte nicht. Ich wollte mich erinnern. Ich wollte es spüren, ich wollte etwas Gutes fühlen aus dieser verschütteten Zeit, überhaupt wollte ich mehr als nur dieses kleine bisschen rasch verschwindenden Triumphes, es aus ihr herausgekitzelt zu haben. Ich wollte vor meinen eigenen Augen, in meinem eigenen Kopf, sehen, wie meine Mutter mich in den Arm genommen hat.

Meine Mutter ist tot.

Die Scheinwerfer meines Wagens brachten die Reflektoren am Straßenrand zum Aufleuchten.

Sie ist tot, ein Unfall.

Wie Augen.

Ein Unfall?

Ihre Blicke verfolgen mich.

Mein Vater ist tot.

Ich drehte den Rückspiegel zur Seite.

Ermordet.

Es ist, als bewegte ich mich über das Rollfeld einer Flugbahn.

Wie heiße ich eigentlich wirklich?

Die Schneise aus grellen Lichtern weist stur geradeaus.

Ich weiß es nicht.

Immer schneller. Gleich werde ich abheben.

Keine Erinnerung. Immer noch keine Erinnerung. Keine Familie. Kein Name.

Die Rollbahn ist zu Ende.

Ich hörte das Quietschen, das Lenkrad schlug gegen meine Hände, Steine prasselten gegen das Blech unter meinen Füßen. Der Wagen drehte sich um seine eigene Achse, kein Flugzeug mehr, ein Karussell. Dann der Aufschlag. Dann Stille.

Als ich die Augen öffnete, sah ich zuerst das schwache Scheinwerferlicht, das zweifach durch die Dunkelheit schnitt. Ich zuckte zusammen, weil mich etwas streifte, etwas Vergessenes, ein Gedankenblitz, der rasch vorbeizog. Ich konnte noch das Krachen spüren, aber da war kein Schmerz, ich war unverletzt. Erschrocken, aber unversehrt. Ich hatte geträumt, von Augenpaaren, die mich verfolgen. Die Albträume hörten nie auf. Aber vielleicht war ich nur ausgelaugt von den letzten Wochen, aufgeputscht von dem, was ich vor kurzem erst erfahren hatte, übermüdet. Eingeschlafen oder halb wach weggedämmert. Ich dachte an Frau Reimann und, als setzte der Schock um Stunden verzögert ein, fing ich an zu zittern. Einen kurzen abergläubischen Moment lang bildete ich mir ein, sie hätte mich von der Straße abgebracht. Mit dem, was sie getan hatte. Mit dem, was sie gesagt hatte. Sie wollte mich auf dem Wege der Familientradition sehen. Autounfall, Querschnittslähmung oder am allerbesten tot, vergessen und ungefährlich. Ich kroch hinaus und befühlte die eingedrückte Tür. Der Wagen stand um 180

Grad gedreht und zeigte wieder Richtung Stadt, deren mattes rotes Glühen am Horizont ein Morgenrot vortäuschte. Ich musste kurz vor Meyenburg sein, also halb am Ziel. Ich startete problemlos den Motor, fuhr von dem Baum weg, dessen Rinde einen weiteren Teil des Lacks ruiniert hatte, wendete und bewegte mich wieder auf Linden zu. Meine Hände rieben über das Lenkrad. Meine Eltern sind tot, dachte ich und stellte voller Verwunderung fest, dass ich nichts dabei fühlte. Ich war nicht entsetzt, nicht wütend, nicht einmal traurig. Ich hatte es, schon lange bevor Frau Reimann es aussprach, gewusst.

KAPITEL 7

Ich wachte auf und sah auf Zeltwände. Ich war zu Hause, ich musste in Linden angekommen sein, obwohl ... Die letzte Nacht konnte nur das Äquivalent eines meiner Albträume gewesen sein. Ich erinnerte mich daran, einen Unfall gehabt zu haben, nicht schlimm, nur ein Blechschaden. Ich erinnerte mich daran, eingeschlafen oder weggedöst zu sein und geträumt zu haben, Augen hatten mich beobachtet, bevor ich von der Straße abgekommen war. Aber ich wusste nicht mehr, dass ich über den Friedhof gefahren war, geschweige denn, dass ich ausgestiegen war, um das Tor zum Hohlweg zu öffnen und zu schließen. Und dass ich mich hingelegt hatte, um zu schlafen, auch das war aus meinem Gedächtnis verschwunden. Einen schrecklichen Augenblick dachte ich, die Erinnerungslosigkeit meiner frühen Kindheit hätte mich eingeholt und irgendetwas sehr Wichtiges in mir gelöscht, ich hätte Amnesie, ich wäre mit dem Kopf auf das Lenkrad geprallt und anstatt meine Vergangenheit sichtbar werden zu lassen, wäre ein weiterer Teil meines Gehirnes beschädigt worden. Aber dann, langsam und Stück für Stück, fiel mir jedes einzelne Wort ein, das ich gehört hatte. Ich raffte mich stöhnend auf und kroch ins Freie.

Die Linde war etwas lichter geworden und verdeckte den Blick auf das Haus nicht mehr ganz. Es stand da, als wäre es nie unbewohnt gewesen. Alle Spuren des Verfalls waren verschwunden. André und Peter hatten sich davongemacht. An der Tür, der neuen Tür, hing ein Zettel. »Schlüssel im Pfarrhaus« stand darauf, mehr nicht. Was hatte ich erwartet? Ich setzte mich auf die Stufen, die neuen Stufen, und sah in den Hohlweg. Eine Schleuse, dachte ich. Das Tor zu einer anderen Zeit. Nur für mich. Ging ich hinaus, betrat ich die Realität, ging ich hinein, befand ich mich in der Vergangenheit. Und zwischendurch Dämmerung, Verschwommenheit und Lücken. Ich hatte den Wechsel der Jahreszeiten verpasst. Das erste Mal, solange ich denken konnte, hatte ich nicht gespürt, dass es Herbst wird. Ich hatte in der Villa gesessen und vier Wochen lang mit Frau Reimann blinde Kuh gespielt. Ich kramte in meinem Gedächtnis nach meinem Zeitgefühl, meiner inneren Uhr. Es musste Ende September oder auch schon Anfang Oktober sein. Vielleicht auch später.

Ich stand auf, um ins Dorf zu gehen und die Tiere zu holen. Ich wollte nicht allein sein.

Ich hockte am See und griff mit beiden Händen in den feuchten Grund. Das Wasser war trüber geworden und kräuselte sich leicht. Hartnäckig hielt sich der Sommer an dieser Stelle, die Eiche war kaum vergilbt, das Gras war immer noch sattgrün, die schwarze Erde roch schlammig. Eine kleine verirrte Spinne wohnte in dem zerknitterten Weidenlaub. Sie hatte lange gebogene Beine und einen kugelrunden Körper mit einem roten Streifen auf dem Rücken. Ein grüner Kokon wippte in der Blattachsel. Aufgeregt setzte sich die Spinne auf ihren ungeschlüpften Nachwuchs, als könnte sie ihn mit ihrem winzigen Körper vor dem kommenden Frost schützen. Sie wusste nicht, dass sie zu spät dran war, dass das Jahr zu Ende ging und dass sie bald sterben würde. Ich betrachtete das Bild blinder mütterlicher Aufopferung.

Ich lebte allein hier in der Wildnis, in einem Haus, das

zwar neu, aber trotzdem voller alter Geheimnisse war, und hatte manchmal Angst, verrückt zu werden. Ich redete mit den Tieren, ich war einsam und spürte die jährliche Herbstdepression in mir. In ein paar Tagen hatte ich sozusagen Geburtstag, mein Erscheinen jährte sich zum achtundzwanzigsten Mal. Seit ich aus der Stadt zurückgekehrt war, hatte ich nicht mehr geträumt. Als zehrte das fortschreitende Alter meine Erinnerungen auf, als hätte mein Gedächtnis zu lange versucht, mir Wege zu zeigen. Meine Traumwelt verstummte in beängstigender Zwecklosigkeit. Und hatte ich jemals einen eigenen Traum gehabt, ich hatte ihn schon lange vergessen.

Der Himmel nahm die Farbe von Kornblumen an, ein mattes, verwaschenes Blau.

Ein trockenes Ahornblatt segelte vor meine Füße. Es hatte einen weiten Weg hinter sich, es kam aus dem Wald und lockte mich dorthin. Der Wind trieb es auf die Oberfläche des Sees, es wechselte seine Farbe, sein Blassbraun wurde dunkel, fast schwarz. Seine fünf Spitzen waren nach innen gerollt wie die Finger eines alten Menschen. Doch sobald es das Wasser berührte, war es, als käme wieder Leben in die tote Substanz, als saugten die verholzten Adern die Feuchtigkeit in sich auf, und das Blatt klappte auseinander. Dann drehte es sich und zeigte, ich hatte es geahnt, zum Moor.

Ich erhob mich.

Das kahle Moor. Wenn ich es auch hasste, wenn ich es auch fürchtete, ich konnte es nicht mehr verdrängen. Es war meine einzige wahre Erinnerung. Ich wusste genau, schon als ich es das erste Mal auf der Fotografie sah, dass ich es kannte. Es lockte mich und stieß mich ab. Es warnte mich. Es fragte mich, wenn ich ihm in meinen Träumen begegnete, ob ich die Wahrheit wissen wollte. Es rief mich, es machte mir Angst. Und weil es mehr wusste als ich und weil ich es nicht fragen konnte, weil es nur tote Natur war, hasste ich es.

Ich hasste mit allem, was ich Erinnerung nannte, mit allem, was meine Gegenwart war, diesen Ort dort draußen vor dem herbstlichen Wald. Weil es mein Ort war, weil dieser Ort mein Gedächtnis an sich genommen hatte. Und gleich, in welche Richtung ich mich bewegte, nur dort lag das, was mein Leben bestimmte. Dort war die Wiege meiner Albträume. Und Lauras Grab.

Die weite Wiese vor dem Wald und dem kleinen Moor war mit hohem Gras bewachsen. Es schlug gegen meine Beine und durchfeuchtete den Stoff der Hose bis über die Knie. Die Sonne hatte schon seit Tagen nicht mehr die Kraft, den morgendlichen Nebel vollständig aufzusaugen. Meine Socken rutschten in den Schuhen und quietschten vor Nässe. Vielleicht war es auch damals so gewesen. Mir war kalt, ich hatte Angst und verstand nichts. Außer: Ich war unterwegs zum Moor. Ich überblickte den Wald und vermied, bewusst oder instinktiv, den Blick auf den schmalen Ausschnitt mit den kahlen Baumstämmen. Die Birken dahinter waren verfärbt, ich war nah genug, um sie wie Sterntaler im Wind glitzern zu sehen. Es war ein milder Herbst, und der veränderte Wald ließ seine Farben leuchten. Die hellbraunen Buchen und Eichen, bei denen sich Grün, Gelb und Braun im fließenden Übergang befanden. Kastanienblätter, die sich zusammengerollt hatten und sich senkrecht nach unten fallen ließen. Roter Ahorn, der den goldenen Teil aus dem Licht filterte. Das satte, fremde Grün von Kiefern und Fichten und kränklich wirkende Lärchen.

Die Linde vor dem Haus, dem sicheren Ort, hatte sich schnell von ihrem Laub getrennt und nur die Unmengen vertrockneter Blütenreste behalten, die ihre nackte Silhouette zu einem zotteligen Gespinst verdichteten. Zum Haus, Grete, geh zum Haus zurück. Nicht zum Moor.

Sieh nicht hin. Wenn du davor stehst, wirkt es anders. Betrachte den Wald. Es ist Herbst, und er ist bunt gefärbt, genau so, wie du es magst.

Rechts neben dem kahlen, toten Holz, vielleicht zwanzig Meter entfernt, öffnete sich der Wald zu einem schmalen Weg, der zugewuchert und auch aus der Nähe kaum zu erkennen war. Eine künstlich angelegte, schon lange Zeit nicht mehr benutzte Schneise. Markiert durch zwei Bäume, eine Eiche und eine Kastanie, so ineinander verschlungen, dass sie eine Einheit bildeten. In ihren Ästen hingen Misteln wie eine Kolonie aus Vogelnestern.

Ich rannte los, zu diesem Bild aus meinem Traum, nicht, weil ich wollte. Ich musste. Nur weg vom Moor. Weg von hier. Rein in den Wald. Weg vom Moor mit seinem schmatzenden Schlamm, weg von meiner toten Mutter, weg von Frau Reimann, weg von ihrer Hand.

Es roch dumpf nach feuchter Erde und Verwesung. Laubgedeckte Hügel türmten sich auf, steil und schwer zu erklimmen, Wurzeln ragten aus dem Boden, Äste griffen ineinander und kreuzigten den Himmel. Hinter einer Biegung bremste ich scharf. Vor mir eine Pfütze, die Erde von Wildschweinen aufgewühlt, und die Kuhlen vollgelaufen mit Regenwasser. Es führte kein Weg daran vorbei, ich musste zurück. Aber das war unmöglich. Ich konnte nicht umkehren, denn beim Moor war sie.

Diese Stille.

Ich lief, lief weiter, durch das Wasser. Ich strauchelte und fing im letzen Moment den Sturz ab. Wenn ich fiel, wenn ich hier hinfiel. Das Wasser würde über meinem Kopf zusammenschlagen. Ich würde denken, ich müsste ertrinken. Und wenn ich nicht ertrank, dann würde ich herauskriechen und den zerfressenen schwarzen Vogel finden. Genau wie damals.

Ich ließ den Graben hinter mir zurück und blieb stehen. Ich ging ein Stück und blieb stehen. Diese Stille, wenn ich mich nicht bewegte. Dieses Rascheln, wenn ich ging. Über mir die graue Fläche des Himmels. Die Zweige der Bäume wehten leise. Meine Schritte schleppten über den Boden, sie schoben die toten Blätter zusammen, sie traten auf einsame Erde. Ich ging. Ich sah nur nach unten, nicht nach links oder rechts. Nach unten, auf meine Schuhe, musste ich sehen. Meine Hände waren zu Fäusten geballt. Dann lief ich. Ich rannte. Ich wollte hier raus. Aber ich konnte nicht zurück. Ich konnte mich nicht umdrehen. Ich musste geradeaus laufen. Immer den Weg entlang.

Der Wald war groß. Er war ewig. Er war unendlich. Ich war Gretel, das verirrte Mädchen.

Es ging steil bergauf, höher und höher. Der Hang schien kein Ende zu haben. Und dann …

Keuchend blieb ich stehen. Eine große, nackte Fläche lag vor mir, von Gestrüpp überwuchert. Eine ganz andere Landschaft. Kleine Tümpel, Bäche, Seen gingen ineinander über, dazwischen lag weißer Sand.

Schienen führten hierher. Ein Gleisbett konnte ich sehen. Einen Prellbock. Und eine kleine verrostete Lore.

Ein Zug! Eine Bahn! Ich stolperte mehr, als ich lief, bis ich direkt auf den groben Holzbalken stand, die das Schienenpaar verbanden.

Ich bin mit der Bahn weg von hier gefahren. Das ist sie, die Erklärung, wie auch ein Kind weite Wege überwinden konnte. Wie ich hier weggekommen bin. Ich balancierte über die rostigen Metallstreifen. Es gab sie, die Möglichkeit.

Der Schienenstrang durchlief Wiesen und Felder, hörte auf und ging in eine doppelte Spur aus Sand über. Die Straße, die aus Linden führte. Nur ein paar Hundert Meter vor mir erhob sich ein Dach. Das letzte Haus des Dorfes, das dem Mann mit dem alten, fetten Dackel gehörte.

»Hallo?«, rief ich, mir fehlte die Luft, so schnell war ich hierher gelaufen. »Wo sind Sie?«

Der Hund sprang kläffend um meine Beine.

»Ja?« Der Alte humpelte aus seinem Hühnerstall, in seiner Hand trug er einen Korb mit Eiern. Als er mich sah, schob er seinen Hut in den Nacken und sagte: »Ach, die junge Frau. Na, haben Sie das Haus gefunden?« Die wässrige, zerlaufene Iris seiner Augen betrachtete mich.

»Ja, ja. Was sind das für Schienen da draußen?«

»Schienen?«

»Ja, die Gleise, die bis kurz vor das Dorf führen, die aus dem Wald kommen. Wo führen die hin?«

»Na ja, die kommen von der alten Kiesgrube. Die ist aber schon vor zwanzig Jahren aufgegeben worden. Die Baggerlöcher sind jetzt vollgelaufen. Die Kinder baden im Sommer dort. Fische gibt es auch. Wieso fragen Sie?«

»Wohin ging die Bahn?«

»Also, das war eigentlich keine Bahn. Nicht so, wie Sie sich das vorstellen. Es waren nur offene Loren, mit Sand und Kies. Die wurden von einer kleinen Lok gezogen. Bis nach Meyenburg.«

Meyenburg. Der Ort mit dem grasbewachsenen Damm, einem Bahndamm, und den Schienen, die über die Straße führten.

»Und dann? Von dort? Wohin kam der Kies von dort aus?«

»Ja, wenn Sie es so genau wissen wollen: Dann fuhr er zur Treike. Der Kies wurde dort auf Schiffe verladen. Wieso fragen Sie?«

Eine einzelne Wildgans flog, ständig ihren Ruf wiederholend, über uns hinweg.

Treike. Das Haus meiner Eltern an den Uferwiesen, nicht weit weg vom Hafen. Fast täglich waren Lastkähne vor meinem Fenster vorbeigefahren, ich hatte sie als Kind beobachtet und nicht ahnen können, dass ein Teil ihrer Fracht von demselben Ort kam wie ich. Ich hatte den Weg gefunden.

Als ich zurückkam, stand der Bautransporter der Firma Drevitz vor der Haustür. André saß breitbeinig auf der Treppe. Ich hatte nicht erwartet, ihn wiederzusehen.

»Hallo, André.«

»Hallo.«

»Was macht du hier?«

»Bauabnahme. Muss sein. Hast du irgendwelche Mängel festgestellt?« Er klopfte mit einem Stift auf ein großes Blatt Papier.

»Nein. Alles in Ordnung.« Eigentlich wollte ich nicht mit ihm reden. Schon als er aufgestanden war, hatte ich gesehen, dass eben nicht alles in Ordnung war. Er würde mir meine Stimmung ruinieren, dieses Gefühl, ein wichtiges, fast das wichtigste Rätsel geknackt zu haben.

»Es gibt immer etwas zu bemängeln«, sagte er und bemühte sich, an mir vorbeizusehen.

»Nein. Alles okay.«

»Ist das Dach in Ordnung?« Er stand mit der Liste vor mir, den Kugelschreiber in der Hand.

»Ja«, sagte ich.

»Schließen Fenster und Türen richtig?«

»Ja«, sagte ich und merkte, dass meine Mundwinkel nach unten gerutscht waren.

»Die Fußböden?«

»Sind okay.« Kein Lächeln mehr.

»Innenwände?«

»Okay.«

»Außenwände?«

»Perfekt.«

»Sind alle Leitungen so, wie du wolltest?«

»Ja.«

»Irgendetwas kaputtgegangen, verschrammt, schief? Knarrt und quietscht es irgendwo?«

»Nein«, sagte ich.

»Wir gehen jetzt zusammen durch die einzelnen Räume. Vielleicht finden wir da was.«

Ich schüttelte den Kopf.

Er klemmte entnervt den Stift an die Hemdtasche.

»Das glaubt uns kein Mensch. Es gibt immer Baumängel. Du hast aber auch gar nichts dazugelernt. Wenn es Mängel gibt, kannst du die Bausumme nach unten drücken.«

»Warum erzählst du mir das? Freu dich doch, dass alles in bester Ordnung ist. Ihr kriegt euer Geld.« Irgendwie wurde ich das Gefühl nicht los, dass er mich mit seinen Formalitäten ärgern wollte.

»Kein Bauherr zahlt heute die volle Summe. Wenn du Ärger mit der Elektrik hast, überweist du weniger an uns. Wir holen uns das dann von der jeweiligen Firma wieder. Also, Elektrik, Klempnerarbeiten, Treppe, Heizung, Tischlerarbeiten. Irgendwelche Mängel?«

»Nein. Wie geht es dir eigentlich? Irgendwelche Mängel?«

»Nein. Ich praktiziere die stressfreie Methode. Habe ich von dir gelernt.« Die Sommersprossen in seinem Gesicht begannen zu verblassen. Über seiner Nasenwurzel bildete sich eine steile Falte.

»Die stressfreie Methode ist anstrengend geworden. Habe ich dir zu verdanken«, sagte ich.

»Ach, jetzt habe ich dir den Spaß verdorben, was?« Da war sie wieder, die bitterste Ironie in seiner Stimme, die ich schon fast vergessen hatte. »Na, Hauptsache, du hast Freude. Und für deine Entgleisungen hast du ja mich. Als Alibi. Ach, habe ich ganz vergessen. Du hältst dich ja gar nicht an deine moralischen Regeln«, sagte ich.

Seine Augen wurden schmaler. Er kniff die Lippen zusammen.

»Das ist immer noch besser, als gar keine Prinzipien zu haben«

»Ach, wieso denn? Wieso habe ich keine Prinzipien?«

»Weil du immer nur an dich denkst. Ich war dir doch von Anfang an scheißegal. Gretes Bedürfnisse stehen doch an erster Stelle. Was kümmert dich die arme Sau, die dafür herhalten muss.«

»Ja klar! Armer André! Dazu verdammt, sich von mir benutzen zu lassen. Wo du doch so selbstlos bist. Und immer nur an mich gedacht hast und nie an dich.«

»Du willst das doch gar nicht verstehen. Du denkst doch, du kennst schon alles. Du bist doch nur sauer, weil ich dir einen Strich durch deine Ex-und-hopp-Rechnung gemacht habe. Was hast du gedacht? Dass ich warte, bis du mich abservierst? Tschüs, André, war nett mit dir, aber du machst Stress? Es gibt da einen kleinen Unterschied zwischen mir und deinen Bettgeschichten ...«

Ich stellte mich auf die Zehenspitzen und schrie in sein Gesicht. Meine Stimme war schrill, Tränen sammelten sich in meinen Augen.

»Was willst du überhaupt von mir? Du hattest eine andere! Wie läuft es denn so? Irgendwelche Mängel?«

Er sah mich an, die Verachtung war aus seinem Gesicht verschwunden. Ich stand heulend vor ihm.

»He.« Ratlosigkeit war in seiner Stimme. Ich holte tief Luft. Die Wut legte sich und der Tränenstrom verebbte.

»Ich bin im Wald gewesen«, schniefte ich und wusste nicht, warum ich ihm das erzählte. »Ich habe den Weg gefunden, den Weg von damals.«

André reagierte nicht.

»Eigentlich wollte ich zum Moor, aber ich konnte nicht.«

Er sagte nichts.

»Ich kann da nicht alleine hin.«

Nichts.

»Ich möchte, dass du mit mir kommst.«

André begann, seine Schultern kreisen zu lassen, als wollte er etwas abschütteln. Einen festen Entschluss. Oder mich.

»Bevor du Nein sagst, muss ich dir noch was erzählen. Es ist jetzt wahrscheinlich nicht mehr wichtig für dich. Hör mir trotzdem zu. Wenn ich es früher gesagt hätte, wäre vielleicht alles anders gekommen.« Ich setzte mich auf die Stufen und sah auf meine schmutzigen Schuhe. »Ich weiß, was du von mir hältst. Es ist nicht so, dass ich dich nicht verstehen kann, denn du denkst, es geht mir um den Spaß. Aber das ist falsch. Es geht darum, zu vergessen. Nur für ein paar Stunden alles zu vergessen. Okay, das macht es in deinen Augen vielleicht nicht besser, trotzdem. Mein Leben ist immer eine Katastrophe gewesen, nein, nein, das ist kein Selbstmitleid, das ist eine Tatsache. Es ist von Mal zu Mal schlimmer geworden, hinterher, meine ich. Ja, selbst schuld, ich weiß. Manchmal denke ich, dass ich das gebraucht habe, ich habe einfach ein anderes Problem gebraucht. Vielleicht wollte ich nur spüren, wie das ist, wenn man jemanden verlässt. Verstehst du? Nein, ich sehe schon, du verstehst nicht. Du bist ein Mann und fühlst dich toll nach einem One-Night-Stand. Du denkst, bei mir müsste das auch so ein Trieb sein. Mitnehmen, fallen lassen, kein schlechtes Gewissen, nur ein gutes Gefühl. Ja, ich glaube dir, dass du das nicht mehr willst. Aber gib doch zu, auch du bist so gewesen, sonst hätten wir uns gar nicht kennen gelernt. Ich habe mich danach so müde und leer gefühlt. Und es gab genug Situationen, in denen ich mir geschworen habe, nie wieder. Nie wieder diese verfluchten Nachwirkungen. Einmal hat eine heulende Ehefrau in meiner Küche gesessen, die wollte von mir, dass ich das Krankenhaus verlasse, weil ich mit ihrem Mann geschlafen habe. Einmal habe ich gedacht, dass ich schwanger bin. Der Typ wollte mir dann die Abtreibung bezahlen, es war aber nur falscher Alarm. Kein Kind, schade eigentlich. Und einmal bin ich morgens aufgewacht und habe wie ein Junkie ausgesehen, weil sie mir was in mein Bier getan hatten. Zwei Typen, neunzehn oder zwanzig. Ich hatte sie in einer Kneipe beim Billard kennen gelernt. Ich hatte geflirtet, okay, aber nicht viel getrunken, und, ich schwöre es, ich hatte nichts provoziert. Meine Unterwäsche war verschwunden, meine Schränke waren durchwühlt, und zum Glück kann ich mich nicht erinnern, was sonst noch passiert ist. Ich will es auch nicht wissen. Warum erzähle ich dir das eigentlich? Macht doch alles noch viel schlimmer. Trotzdem. Versteh doch: Es gab einfach Wichtigeres für mich, ich wusste doch nicht einmal, wer ich bin. Jetzt weiß ich es. Ich bin fast am Ziel. Und das mit den stressfreien Affären, du weißt schon, die gibt es nicht, hat es nie gegeben. Es tut mir Leid um uns, wirklich. Ich wünschte, ich könnte es ändern. Ich bitte dich. Ich bitte dich, geh mit mir zum Moor. Ich kann das nicht allein. Komm mit. Hilf mir, mich zu erinnern. Bitte.«

Als er den Mund öffnete, war ich mir sicher, ein Nein in seinen Augen zu sehen. Es kam nicht. Stattdessen ein anderes Wort.

»Wann?«

»Morgen. Morgen ist der 29. Oktober.«

André nickte nur, stieg in den Transporter und fuhr in den Hohlweg. An den letzten Blättern der Alleebäume zerrte der Wind.

Wir saßen auf dem Fußboden in der Küche, rauchten und tranken Wein. Neben mir lag ein Holzklotz, ein Stück aus dem alten Dachbalken. Ich fuhr mit den Fingern die eingekerbten Linien entlang. Ihre Ränder waren glatt, abgenutzt von der Zeit. Sauber waren vier Zahlen eingemeißelt. 1763. Es war Andrés Geburtstagsgeschenk. Ich schloss die Augen und stellte mir ein Richtfest vor. 1763. Vor fast 250 Jahren. Ein Vierteljahrtausend. Die Magd war dabei. Sie hatte in meiner Vorstellung den Oberkörper der Nixe vom Brunnen und die mageren Beine von Frau Greber.

»Wann wollen wir gehen?«, fragte André.

»Später.«

»Wann später?«

»Wenn es dunkel ist.«

»Mach die Augen auf, Grete. Es ist schon lange dunkel.« André zeigte zum Fenster.

Es half wohl nichts. Es sollte beginnen.

Der Orion erhob sich knapp über dem Horizont. Noch nicht in seiner vollen Größe, doch sein Gürtel war schon deutlich zu erkennen. Er war der Bote, das Jahr ging zu Ende.

Wir liefen über die feuchte Wiese.

Ich war schon immer mit dem Herbst verbunden. Ich hatte ihn als Freund betrachtet, geheimnisvoll, ja, aber friedfertig und mir wohl gesonnen. Doch jetzt hier draußen in der Wildnis war seine Macht über mich so stark, dass es fast körperlich weh tat. Was ich sonst in der Stadt nur bemerkte, weil meine Sinne feinfühliger dafür waren, fiel hier über mich her. Jeder Windhauch brachte mir Bilder einer verschütteten Welt. Jeder Sturm in den Bäumen ließ mich tief durchatmen vor Angst. Und mit jedem Atemzug türmten sich Erinnerungen in mir auf. Doch noch immer konnte ich sie nicht greifen. Sie versteckten sich vor mir. Und als zerre das verfallende Jahr sie hervor, huschten sie vor meine Augen wie feine Schatten.

Unsere Schritte brachten das Gras zum Rascheln.

Die Luft war mit Gerüchen erfüllt, verwesendes Laub, triefende schwarze Erde und moderndes Wasser. Alles um mich herum verging und löste sich auf. Und mittendrin war ich, suchend nach meinem Gedächtnis, einer Sprache lauschend, die ich nicht verstand, ging ich den Weg, den ich vor vielen Jahren schon einmal gewählt hatte.

Ich lief wie in Trance.

Wie eine ferne Landschaft erstrahlten die Wolkenbänke am Horizont. Der Wind trieb Fetzen vor die breite Mondsichel, die mir wie ein Auge zuzwinkerte. Langsam verschoben sich die Flächen vor dem Bild, und nur die geheimnisvolle Landschaft am Himmel blieb zurück.

Bodennebel schwamm um meine Füße. Wie damals.

Die Geräusche der Nacht kamen näher, es krabbelte und knackte. In meine Angst mischte sich ein unsicherer Gedanke. Was, wenn ich mich nicht fürchten würde? Wenn die Nacht mich nicht vorwärtstrieb? Wenn ich einfach hier stehen bleiben würde? Plötzlich hatte ich das Gefühl, diese verzweifelt von mir gesuchten Erinnerungen gar nicht haben zu wollen. Als mache ich mir etwas vor. Als suche ich etwas, das direkt vor mir lag, ganz deutlich und unverschlüsselt, und immer, wenn es in mein Blickfeld kam, sah ich weg. Und um den Schein der Sicherheit nicht zu riskieren.

Ich wollte nicht dorthin. Wir gingen dicht nebeneinander, aber wir berührten uns nicht. André blieb stehen. Es waren nur noch fünf Meter bis zur Moorkante.

»Ich bin hier. Und ich kann dich sehen. Geh weiter.«

Ich nahm seine Hand und zog. Er schüttelte den Kopf und löste meine Finger.

»Geh vor. Allein. Ich bin direkt hinter dir«, sagte er, »ich will deine Erinnerungen nicht stören.«

Kein Stern mehr am Himmel.

Zwei Schritte näher. Ich fühlte meine Beine unter mir wegsacken und fiel auf die Knie.

»Grete, was ist mit dir?« Andrés Stimme. Nur er.

»Ich kann es sehen.«

»Was siehst du?«

»Alles. Ich sehe mich. Ich sehe sie. Und ich sehe, was sie tut.«

Ich spürte, wie das Zittern mich ergriff, wie es an mir hochkroch. Ich hörte meine Zähne klappern.

»Grete?« Andrés Hand griff nach mir. Es war seine Hand, das wusste ich doch genau, aber es war auch ihre Hand.

»Grete? Sprich mit mir.«

»Nimm die Hand weg! Nimm sie weg! Nimm sie weg! Fass mich nicht an! Nimm die Hand weg!«

Die Hand rutschte von meiner Schulter und gehörte wieder zu André. Es war nur Andrés Hand. Nur Andrés Hand.

»Erzähl mir, was du siehst, Grete.«

»Ich sehe, wie sie zu uns kommt. Meine Mutter sitzt vor der offenen Kellerluke und schält Kartoffeln. Sie streiten sich. Meine Mutter lacht sie aus, und dann stößt sie meine Mutter in den Keller. Sie wirft die Luke zu, sie tobt und schreit. Sie beschimpft meine Mutter. Meine Mutter sagt nichts. Sie sagt nichts mehr. Sie liegt da unten, und Blut läuft ihr aus den Ohren und aus der Nase. Alles ist voller Blut. Sie geht zu meiner Mutter nach unten. Sie hält sie in den Armen, wie meine Mutter es immer mit mir macht. Sie weint. Ich sehe sie da unten, aber sie sieht mich nicht, sie sieht durch mich hindurch, als wäre ich nicht da. Dann zieht sie sie aus dem Keller, sie keucht, sie zieht sie über den Fußboden, sie zieht sie aus dem Haus über die Wiese. Ich laufe hinter ihnen her. Da, wo ich bin, ist der Nebel, da, wo sie ist, sind die Sterne. Der Mond ist rund und hell. Die blaue Perle an ihrem Hals leuchtet. Sie zieht meine Mutter zum Moor. Ich durfte nie zum Moor gehen. Sie zerrt sie in den Schlamm und nimmt ihren Ohrring. Der zweite Ohrring ist nicht mehr da. Sie geht weg, sie geht gebückt, sie geht zurück zum Haus. Ich laufe zu meiner Mutter. Sie ist ganz schmutzig. Sie versinkt. Langsam, ganz langsam. Ich sitze neben ihr, als sie zurückkommt. Ich will weglaufen, ich will weg. Aber meine Füße sind verschwunden. Sie sieht mich an, sie sieht mich lange an. Auch meine Beine verschwinden. Von meiner Mutter ist nur noch das Gesicht zu sehen. Ich spüre den Arm meiner Mutter, unten, an meinen verschwundenen Beinen. Dann fasst sie mich an. Sie fasst mich an! Sie holt mich aus dem Moor. Sie nimmt mich auf den Arm und drückt mich.

Ihre Hände fassen mich an. Ich sehe die blaue Perle, sie leuchtet, ich greife nach ihr und ziehe. Sie schreit und lässt mich los. Ich renne weg. Ich renne in den Wald, obwohl meine Mutter gesagt hat, ich darf nicht allein in den Wald. Ich laufe durch den Wald. Da ist eine Pfütze, in die ich falle. Ich habe Angst, zu ertrinken. Ich strample, was ich kann und komme wieder raus. Vor mir liegt ein zerfressener schwarzer Vogel. Ich erschrecke. Ich will schreien, aber ich kann nicht. Ich laufe weiter, bis ich die Lichter der Lok sehe. Die Tür steht offen, und ich klettere rein. In einer Ecke liegt ein großer Haufen mit alten Kleidungsstücken. Lumpen zum Putzen. Mir ist so kalt, ich schlüpfe in ein paar Ärmel und verstecke mich. Später kommt der Mann. Er sieht mich nicht. Er dreht sich nicht mal nach mir um. Der Zug fährt los, und ich schlafe ein. Ich wache auf, der Zug steht, der Mann ist verschwunden. Ich klettere raus und laufe weg. Da erst merke ich, dass ich ihr die Kette vom Hals gerissen habe.«

Urplötzlich musste ich wie krank lachen.

»Was ist?«, fragte André. Er hob den Arm, als wollte er mich berühren, ließ ihn aber wieder sinken.

»Ich sehe in ihr Gesicht, in ihr junges Gesicht, und irgendwie ist es auch meines. So verblüffend ähnlich. Meine Fantasie spielt mir keinen Streich. Sie trägt die Haare genau so wie ich. Ich wäre gar nicht hier, wenn diese Ähnlichkeit nicht wäre. Warum hat sie das nie gemerkt?«

Ich wühlte in meinen Taschen und holte den Schmuck heraus. Ich drehte ihn in meiner Hand und ließ ihn durch meine Finger gleiten. Silber und Glas. Ich warf ihn hoch, er verschwand in der Dunkelheit. Ich lauschte dem leisen, dumpfen Aufschlag, den er auf der sumpfigen Oberfläche machte, lange nach und sagte dann: »Lass uns gehen.«

Wir saßen wieder nebeneinander auf dem Fußboden in der Küche, rauchten, tranken Wein und redeten. Nicht viel, nur das Notwendigste und auch das nur, um von dem abzulenken, was uns, ihn und mich, betraf. Jetzt, da ich meine Erinnerungen hatte, wollte ich wissen, wie es weiterging. Alles war neu. Und irgendwie war es genauso ungewiss, wie es immer für mich gewesen ist.

»Was wirst du jetzt tun, Grete?«

»Ich werde zu meinen Eltern fahren und es ihnen erzählen. Sie werden es nicht verstehen, aber das ist egal. Damals, als sie mich noch kannten, hätten sie es wissen wollen.«

»Und danach?«

»Ich denke, ich werde zurückgehen. Zurück in die Stadt. Ich will wieder im Krankenhaus arbeiten.«

»Was ist mit dem Haus?«

»Vielleicht komme ich im Sommer zurück, vielleicht auch nicht. Eigentlich brauche ich es nicht. Ich kann hier nicht leben, es ist so einsam hier.«

»Wirst du zur Polizei gehen?«

»Wegen Frau Reimann? Nein. Ich glaube ihr, dass der Tod meiner Mutter ein Unfall war. Und das mit meinem Vater … ich weiß nicht. Ich kann mir nicht vorstellen, dass sie es noch einmal zugeben würde.«

»Ist dir dein Name wieder eingefallen?«

»Nein. Aber etwas anderes. Der Traum, den ich in der Lok hatte, nachdem ich vom Schaukeln eingeschlafen bin. Jetzt, nach diesen vielen Jahren. Und obwohl ich so lange wissen wollte, was mit mir passiert ist, scheint er das einzig Reale zu sein, das von meiner Suche übrig geblieben ist. Ich habe immer geahnt, dass ich Dinge entdecken könnte, die mir nicht gefallen. So wüsste ich jetzt lieber nicht, dass ich zu einer Familie gehöre, die sich selbst zerstört hat. Vielleicht sollte ich diesen Traum als Anfang betrachten, als die Lösung meines Rätsels, als das, was mir aus dieser Zeit meines Lebens eine Erinnerung wert ist. Ich habe geträumt, *die Sonne ist eine Kugel aus blauem Glas. Meine Mutter ist bei mir und wirft mich in die Luft. Wieder und immer wieder. Ich lache. Sie legt mich auf den Boden und wirft Blüten auf mich. Es regnet Kornblumen.«* Ich lehnte mich zurück.

»Ich glaube«, sagte ich, »ich bin gar kein Herbstkind. Ich wurde im Sommer geboren.«